JN151278

dear+ novel
night garden

ナイトガーデン 完全版

一穂ミチ

新書館ディアプラス文庫

ナイトガーデン 完全版

contents

illustration：竹美家らら

ナイトガーデン

night garden

弔《とむら》いには色がついている。柊《しゅう》の記憶ではそうだ。もう二十年近く前、祖母の葬儀。ぐるりと張り巡らされた白黒の布、一様に黒い服に身を包み、いつもと別人みたいな大人たち。くすんだモノクロの景色は子ども心に悲しみよりは不安を起こさせた。何かただならぬ行いが始まるのだ、という予感。

白木の長い箱の周りは白い菊で囲まれている。無彩色の世界で、切れ目のない、言葉なのか歌なのか判然としないつらつらとした低い声を聞き、皆が順繰りに前に出て頭を下げてうつむいておまじないじみた動作をするのを眺めた。やがて柊も母親に促《うなが》され、わけが分からないままにたどたどしくまねっこをする。おゆうぎでもお昼寝でもごはんでもないこれはいったいいつが「おしまい」なのかときょろきょろ辺りを見渡すとたちまち「いい子にしてなさい」と小声で叱責《しっせき》された。この場における「いい子」のお手本も分からないのに。

長い長い時間が経《た》ち、車輪のついた台に箱が移された。

——柊、おいで。

祖父が手招きし、柊を抱き上げる。木の蓋《ふた》の一部が窓みたいに開き、血の気《け》の失せきった祖母の面《おもて》が現れた。また、白。

——おばあちゃんに、さようならしなさい。

死別の意味を理解しきれないまま、ただ号令に従う犬のように数度手を振ると祖父は頷き、柊を父に預けた。そして、黒い服のポケットから手のひらにおさまるほどの小瓶《こびん》を取り出す。

その中身には見覚えがあった。

――……君は、これが大好きだったからね。

コルクの蓋を開け、口を傾けると、ぱら、ぱら、と金平糖《こんぺいとう》がこぼれ出した。黄色、ピンク、水色、オレンジ。生まれたての星みたいにやわらかいとげをまとった色彩の粒が柊の視界にまたたいた。モノクロだった景色に色がつく。鮮やかだった。美しかった。

――柊も食べるかい。

そしてひと粒を口の中へ運ばれ、その素直な甘みを舌の上で転がした瞬間、柊は今進んでいる儀式の意味を唐突に悟《さと》った。もうおばあちゃんには会えない、というごく単純な理解ではあったが、この世の理《ことわり》にひとつ、触れた。

ぽろ、と飴をこぼしたような涙が落ち、それを見た祖父が柊の頭をそっと撫でた。眼鏡の奥の目もいっぱいに悼《いた》みをたたえ、潤《うる》んでいた。悲しかったし寂しかった、でもわんわんと泣くたぐいのものとは違って、ちいさな身体の奥のほうから静かに沁《し》みてきた死別の実感は今思い出しても悪いものじゃなく、金平糖のあたたかな色がつき、舌にはあの素朴な甘さがよみがえってくる。

深い木立を通り抜けた朝陽が、和章《かずあき》の足下でゼラチンみたいに揺れている。その不規則な動きをじっと見ているとたったまま眠ってしまいそうだ。緑のおかげで東京よりいくぶん涼しいだろうか。アスファルトで均《なら》された道はところどころひび割れ、隙間から雑草が顔を出していた。山が先にあり、後から人間の都合を押しつけているのだから仕方がない。そう、頭では分かっているのだけれど、とっさに「埋めたい」と思ってしまう。熱い熱いどろどろのアスファルトを隙間から流し込み、冷やし固めて環境などお構いなしの図太い生命力ごと閉ざしてやりたい。

しかしそうしたところでまた人工の地面はどこかからほころび、必ず芽は出る。いたちごっこの最後は絶対にこいつらの勝ちだ。知性や文明なんて本能の一途《いちず》さには歯が立たない。だって言葉も心も通じない。そんなところから伸びてどうする、先なんてないだろう、土の下で腐《くさ》り果てるほうがよっぽど楽じゃないのか……咀嚼《そしゃく》されない理屈は無意味だ。本能の一途さ、一途さの中に含まれる愚鈍《ぐどん》や残酷、それが煩《わずら》わしい。煩わしいからには、和章も多分に抱えている性質に違いない。亀裂からひょろりと覗く、名もない植物に投げた問いは、そのまま自身へのブーメランになる。

歩みを一定に保ち、埒《らち》もない思考に足を取られないよう努《つと》める。目的地まではおそらくあと三十分ほどだ。総所要時間は片道一時間とすこし、ふもとからはバスも出ているが、一日二時間、坂道を上り下りする負荷は悪くないと思えた。どうせ急ぐ必要なんてないのだ。

それなりに高く深く、しかし険《けわ》しさはない山にはこのルートを含め、何本かの気楽なハイキングコースがあるらしい。

こつ、とつま先に小石が転がり落ちてきた。続いて、斜面からざざざ、という派手な葉ずれの音。猪《いのしし》や鹿と簡単に出くわすほどの山なんだろうか、と立ち止まって斜め上に視線をやると人間の足が見えた。

まだらに茶色く染まった白いスニーカー。それから葉っぱの裏側に似た、くすんだ緑色のつなぎ。腹ばいになった姿勢で、ゆっくりと体重に任せて山肌を下ってくる、というか、ずり落ちてきている、が正しい。遊んでいるふうではないが、遭難するほどの難所《なんしょ》でもない、断じて。しかしどこかしらけがをしているかもしれないので動向を注視した。よく見ると、両手で何かを捧《ささ》げ持っていて、そのせいでどこにも摑まれないらしかった。あちこちに木の根が張り出しているだろうに、落ち葉で滑《すべ》りがいいのか緩慢《かんまん》な滑降《かっこう》はなかなか止まらない。

それでもようやっと肘《ひじ》と膝を突っ張って身体を支え「よっ」と起き上がる。その距離、およそ二メートル。

「ふー……」

若い男だった。まだ高校生くらいかもしれない。鳥のしっぽよろしく申し訳程度に後ろでまとめられた金茶の明るい髪が、木洩れ日にちかちかと光って見えて思わず目を細める。

「……えっ？」

負傷していないなら、特に声をかける必要もないだろう。そう思って黙っていると向こうが気づいて声を上げた。

「うわ、びっくりしたー……あ、すいません、人いると思わなくって」

見開いた目は深緑がかった茶色で、山のエッセンスをそのまま写し取ったみたいだった。しかし、顔立ち自体はごく一般的な日本人の範ちゅうだ。

びっくりしたのはこっちだが、特に謝られる筋合いもないので首を横に振ると、ぺこりと恥ずかしそうに会釈《えしゃく》してゆるい山道を駆け上がって行った。泥だらけの服や顔はすこしも気にならないらしい。軍手をはめた手のひらはまだ、水を掬《すく》うかたちに保たれたままで、その中には土がこんもりと盛られていた。雛《ひな》でも温めるように、一体何を後生《ごしょう》大事に包んできたのか、そもそもあれは何者なのか。

すこし考えたが、それも意味のない疑問だと思い直して再び歩き出した。


「ああ、よく来てくれました」

恩師、というのはどの程度の親しさで使う言葉なのか。そんなに密な交流はなかった。担任でも部活の顧問でもなく、大学時代の第二外国語担当、というのは大した間柄じゃないだろう。

元より人懐こい性格でもなかったし、先方にとっても大勢受け持つ学生のひとりに過ぎなかったはずだ。なのに細々と糸はつながり、今ここにいる。

「ごぶさたしてます」

「バス停、すぐ分かりましたか?」

「いえ、歩いてきましたので」

「遠かったでしょう」

「無理な距離ではありませんから」

「そうですか、僕の孫は山のもっと上で働いているけど、原付《げんつき》に乗っているねえ。君もそうしたらどうですか」

「そのつもりはありません」

世間話をするつもりもなかったので短く打ち切って「書庫を見せていただけますか」と本題に入ったが「まあそう焦《あせ》らずに」と流された。

「疲れているでしょう、お茶でも飲みなさい」

「いえ」

「緑茶でいいですか」

重ねて固辞《こじ》しかけたが、無駄だなと思い直してやめた。年の功のマイペースさには負ける。

「いただきます」

瓦《かわら》屋根の一軒家なのに、内装は至って洋風だった。フローリングのリビングには南向きの大きな窓から陽射しがそそぐ。庭を見ると、とりどりの植物が植わっている。雑然とした印象ではあるが、荒れた感じはしない、といってガーデニングという仰々《ぎょうぎょう》しい単語も似つかわしくない。飾るとか誇るという欲を持たない誰かが、ちゃんと手をかけて世話をしているのだろうと思った。

「きのう、石蕗《つわぶき》の花が咲いたんですよ」

と教えられても、どれなのか分からない。

「先生と同じ名前なんですか」

「僕が植物と同じ名前だと言うべきでしょうかね。家系図などないもので、どうしてこういう名字になったのかは分かりませんが」

ほら、あの黄色い花、と庭の手前の方を示される。丸っこく茂る葉っぱの間からひょろりと茎《くき》が伸び、その先にいくつもの小さな花が線香花火のように開いていた。笹《ささ》形の花びらも中心も、混じりけのないイエロー。

「春先はね、若い葉を摘《つ》んでさっと茹《ゆ》でるとなかなかおいしい」

「そうですか」

和章の鈍《にぶ》い反応に石蕗は茶の立てる湯気の向こうで微苦笑し「草花には興味がありませんか」と尋ねる。

「まったく。家に緑のものを置こうと思ったこともありませんし、花屋の前で足を止めた経験も皆無ですから。花の名前を挙げろと言われれば梅と桜とバラとチューリップとひまわりと朝顔で打ち止めです」

「たんぽぽは？」

「知ってます」

「百合、菊、マーガレット」

「知ってますね」

「ほら、たくさん言えるじゃないですか。いや、揚げ足を取るつもりはなく、君はものをつくっている人だから、自然の創造物にも心惹かれるんじゃないかと勝手に思っていた次第です」

「芸術的な感性の部分が至って鈍いので。僕は自分の仕事を創作じゃなくて単なる製作だと思っていますし、ここ最近はそれも怠《なま》けていますから」

「スランプですか、困りましたね」

「やる気が出ないだけですよ。スランプなんて、才能のある人間が陥《おちい》るものです」

「君は変わりませんねえ」

石蕗はふっと乳白の空気を吹いた。

「世間一般的には十二分に成功しているんだから、もっとこう、天狗になっていてもいいはずなのに、昔から冷静というか、人も自分も突き放したようなところがある」

「つめたいのは確かです」

「冷静と冷淡は大きく違いますよ。そして君のノートはいつも芸術的に整然としていた。どの字も活字のように乱れがなくて……僕もそこそこ長い間教壇に立ってきましたが、藤澤《ふじさわ》くんのより美しいノートにはお目にかかったことがない」

それには和章が苦笑した。

「だからこのたび、お呼びがかかったわけですか」

「君に頼んだら誰よりも確実にこなしてくれるだろうと期待はしていました。とはいえ雑用のたぐいですし、まさか、本当にこんな田舎に越して来てまで引き受けてもらえるとは思っていませんでした」

「自由だけは利《き》くもので」

大学卒業以来住んでいたマンションは去年引き払った。次に住む場所を一緒に行く相手ごと見失い、ここ一年は自分でも呆れるほど身軽に身勝手に過ごしてきた。部屋はすぐに買い手がついたし、しばらく無為に暮らしていけるだけの蓄《たくわ》えにも不自由していない。

ホテルに何カ月か暮らしてみたり、海外を転々としてみたり、そうして自分が何をしたくないのかは明確になっても、何がしたいのかは分からなかった。仕事も同じで、こういうものはつくりたくないな、というサンプルケースばかりが頭を占め、つくりたいものに関しては空《から》っぽになってしまう。新しくオープンするレストランのカトラリー、セレクトショップのノベルティ用キーケース、家一軒丸ごとの内装と家具のデザイン。いくつかの案件をお手上げのかたちでキャンセルしてしまった。申し訳ないとも悔しいとも思えないのがなお悪い。

年に数回、はがきをやり取りしていた石蕗から手紙をもらったのは梅雨《つゆ》の時期だった。やり取りといっても向こうの往信に和章が紋切り型《もんきりがた》のあいさつで返す、その一往復が年賀状含め三、四回といったところだった。当座の目標さえあれば余計なことを考えずにすむだろう、というだけの理由で和章は石蕗の依頼を引き受けた。いたずらにカレンダーをめくり、雨の季節を迎えるのが怖かった。水の気配に誘われてあれこれと思い出し、いっそう身動きが取れなくなりそうで。メールで打ち合わせ、住む場所を探し、夏の間こまめに通って手を入れ、すこしずつ生活用品をそろえて三日前に正式入居したばかりだった。

「……僕は」

和章はつぶやいた。

「このところよく、先生に教わったことわざを思い出していました。だから、お声がかかった時、巡り合わせのようなものを感じて」

運命も縁も信じていない、むしろ嫌悪している。だからこそ身を任せてみようと思ったのかもしれない。ちょっとした歯車のずれが和章の人生を変えたように。そして、軋《きし》みながら回り続けていた歯車は数年後、またもほんのささいなバグをきっかけに壊れた。それでよかったと何度言い聞かせてみても和章の駆動部《くどうぶ》は大切な部品を失い停まったままだ。

「ことわざ、とは?」

「『Einmal ist keinmal』」

「ああ」

石蕗は頷いて、けれどそれ以上話を広げようとはせず「行きましょうか」と立ち上がった。


職場で借りたプラスチックの鉢《はち》を片手に、家の引き戸を開ける。

「ただいま！　じいちゃんごめん、新聞紙持ってきて！　服泥《どろ》だらけだからここで脱いで風呂入る！」

玄関から向かって右手には、二方向へ階段が続いている。ひとつは二階へ、もうひとつは地下の、祖父の書庫へ。だから階下から足音が上がって来た時、それを祖父だと信じて疑わなかった。

けれど徐々に見えてきた頭は祖父の白髪じゃなく真っ黒で、年格好も何もかも違う他人が現れた。共通点は性別くらいか。とっさに泥棒、と叫びそうになったが、やけに悠然としているのと、その顔に見覚えがあったので言葉を飲み込んだ。

男は柊を一べつすると、挨拶も自己紹介もなく背中を向け、二階へ言葉を発した。

「先生」

鼓膜《こまく》よりは骨をふるわせるような、ひくい、響きの深い声だった。

「何でしょう」

すこし遅れて、祖父の声。

「新聞紙がいるそうです」

「新聞紙？　ああ……」

扉を開閉する音に続いて、祖父が下りてきた。

「また山遊びをしてきたんだね」

「遊びじゃねーよ」

「じゃあ縄張りのパトロールかな……ちょっと待ってなさい」

祖父が新聞を取りに行っている間、改めて男の顔を見る。確かに「先生」と言った。昔の教え子だろうか。昔、といってもまだ二十代だろうから、ひょっとすると祖父が退職間際に指導した学生なのかもしれない。仏頂面《ぶっちょうづら》、というわけではないのだが、情緒の見えにくい顔立ちだった。あまりに凪《な》いだ海はどこを眺めたらいいのか分からなくなるのに似ている。しまいには、絵や写真なのかも、と疑いすら生じそうだ。

気詰まりをこらえて「あの」と話しかける。

「朝、会いましたよね」

「はい」

という答えは、今思い出したというニュアンスではなく、向こうも対面した瞬間から見当がついていたふうで、でも「それがどうした」という空気が伝わってきた。

「すいませんでした、驚かせて」

「いや。……あそこで、何を？」

「これ」

手にしたままの鉢を差し出す。青い花が一輪、弱々しく咲いている。

「ブルーデイジーなんだけど、歩いてたら、これもう絶対無理だろってとこに生えてたから。こいつ、湿気苦手なのにじめじめした苔《こけ》んとこ。すげー痩《や》せてたし、このままだとすぐ枯れちゃうだろうからうちの庭に植え替えようと思って、根っこごと確保したら足滑らせちゃった」

手は使えないし、そう危険じゃないのを知っていたから滑るに任せておとなしくしていたのだが、人に出くわすとは思わなかった。

「分かった」

男は言った。ただことの次第を把握した、というだけの、すがすがしいほど共感を含まない台詞《セリフ》だった。

「こんなちっさいけど、うまく育てたら一メートルぐらいにはなるんだよ」

それにはお義理の相づちさえなく、乾ききった無関心が漂っていた。感心してくれだなんて思っちゃいないが、普通、言うだろ。嘘でも、よかったですねとか楽しみですねとか。何で自分ちでこんな居心地悪い思いしなきゃなんねーの？

　そこへ祖父が戻ってきて、三和土《たたき》に新聞紙を広げた。

「遅いよ、じいちゃん」

「まだ全部読んでいない新聞ばかりだったから。ああ、藤澤くん、僕の孫です。柊《しゅう》と言います。すいませんね、こんな山猿みたいな風体《ふうてい》で」

「じーちゃん！」

「山猿には見えません」

　そんな、しれっと否定されると却《かえ》ってバカにされてるみたいなんだけど。

「朝、偶然お会いしました」

「そうなのかい、柊」

「いや、会ったっつーか、目撃されたっつーか」

「猟友会《りょうゆうかい》に通報されなくてよかったねえ」

「まだ猟期じゃねーよ！」

　そもそも猟区でもない。

「藤澤くん、もう遅いし、作業は切り上げてください。僕もつい本に夢中になっていて申し訳なかった」

「いえ。では、きょうのところはおいとまします」

「よければ、一緒に夕食をどうですか。といってもこの子が風呂に入って人間に戻ってからですが」

「いいえ」

藤澤は繰り返すと、靴を履いて柊とすれ違う。柊は振り返る。

「……藤澤、さん」

用事はなかった。ごく普通の名前がある、というのが何だかふしぎで、声に出さずにいられなかったのだ。学名プラス識別番号、とかのほうがふさわしい気がする。

「はい」

しかし返事をされてしまったので（当たり前か）焦って質問した。

「——って、何してる人？」

きょうは平日だし、到底勤め人には見えなかった。しかしいくら何でも不躾《ぶしつけ》すぎたかと反省したが、藤澤は平然と「住所不定無職」と答えた。

え、と絶句する柊にお構いなく「おじゃましました」と祖父にあいさつし、家を出る。その後ろ姿が見えなくなってから祖父に向き直り「何なんだよあれは」と問い質《ただ》した。

「人をあれなんて呼ぶものじゃないよ、それに柊も今聞いたじゃないか、住所不定無職だって」

「それが何でうちに」

「あれもそれもよしなさい、とにかく風呂に入っておいで」

「孫を猿呼ばわりはいいのかよ」

「目の中に入れても痛くない自慢の孫ですなんて対外的に公言するわけにはいかないだろう？　そろそろ豚肉を食べてしまわないとね。ポークチョップにしようか。つけ合わせには柊がきのう摘んできてくれたミズがあるし」

「嘘くせえ……」

後半、おかずの相談に変わってるし。

「ああそうそう、忘れてた」

「なに？」

キッチンに足を向けた祖父が振り返って「おかえり柊」と笑った。


「蔵書の整理をね、頼もうと思って」

ふたりきりの食卓を囲むと、祖父はそう切り出した。

「地下の？」

「そう。ここ数年、無造作に買いっぱなしだったからさすがに収拾がつかなくてね。冊数も五千以降数えていないし、必要な時に必要な本が見つからなくて困るし、僕がぽっくり逝《い》ってしまったら人さまを困らせることになりそうだし」

「縁起でもねー話すんなよ」

「もう七十代だよ、可能性はじゅうぶんある。それで藤澤くんに頼むことにした。彼ならすこしドイツ語も分かるからね。そういうわけでしばらく出入りしてもらうけど、まあ、あのとおりマイペースな人だから、柊も特別に気を遣う必要はないよ」

「マイペースっていうかさあ……まあいいや、しばらくってどんくらい？」

「整理が終わるまでだよ。書棚に分類したうえで、機械音痴な僕でもパソコンで簡単に検索できるようデータベース化してもらう。彼も時間の自由は利くらしいから、特に期限を定めないつもりだ」

「自由って、家も仕事もないような人、うちに上げて大丈夫なのかよ」

「いやだな柊、何を言ってるんだ？」

と祖父は笑い出した。

「家もなくて彼はどこに帰って行ったんだい？」

「え、だって、住所不定無職って」

「今も仮住まいのつもりだって言いたいんだろう。ほら、ふもとの戸建《こだ》て。三年前、陶芸《とうげい》の先生だかが建てたけどすぐ手放してしまったところ」

「ああ……え、じゃあ、それを借りる金は？」

「無職も厳密には違うねえ、今柊の目の前にも藤澤くんの仕事がちゃんと存在している」

「え?」

目の前。祖父の顔をじっと見つめ、取りあえず思いついた候補を挙げた。

「眼鏡屋?」

「ああ、実に安直だね」

「もったいぶんなよ」

「すこしは考えるということをしなさい」

ため息とともに、ミネラルウォーターの入ったカラフェを軽く持ち上げた。

「たとえばこれ。うちにあるナイフやフォーク、下駄箱の上のキートレイ、書斎で使っているペーパーウェイト、柊のお気に入りのマグカップだって藤澤くんがデザインしたものだよ」

「……そうなの?」

自室を除けば家の中のものはすべて祖父のチョイスで、それをどこから取り寄せたのかなんて考えたこともなかった。逆に言うと、気にならないほどそれらはごくシンプルで、いい意味で特別に見えなかった。

「そう。知人の結婚式の引き出物で頂いてね、それはカップとソーサーのセットだったかな、とても好みだったから他にもそろえようと思って調べたら、かつての教え子がデザイナーになっていた。驚いて事務所宛にはがきを送ったら返事をくれてね、今に至るというわけだよ。おもしろいもので、僕からの連絡を喜んでいるわけじゃないのに、律義《りちぎ》に返してくれる」

「へー……」

耐熱ガラスのカラフェには、金属のスポンジで何度もこすったような細かい傷があらかじめ無数についていて遠目には曇《くも》って見える。これをあの男が考え、つくる。ぴんとくるようなこないような。

「じゃあ何で無職とか言ったんだよ」

「今は開店休業状態みたいだね。やる気が出ないそうだ」

「うわ、アーティストって感じ」

「その形容はきっといやがるだろうね、まあ、あす以降顔を合わせる機会もあるだろうからいろいろと話をしてごらん。どうも柊の世間は固定されすぎているからね、見聞《けんぶん》を広めるのは大事だよ」

固定されていて不都合はないし、とても話が弾《はず》むとは思えない。しかしあれこれ反論したところで言い負かされてしまうのは目に見えているから黙ってグラスに水を注いだ。

「Einmal ist keinmal」

祖父がつぶやく。

「え？　ドイツ語無理だって、日本語でしゃべってよ」

「ハンナがあんなに熱心に子守唄を歌ってくれたのに」

「それでぺらぺらになったら苦労しねーから」

「『一度はものの数じゃない』。この言葉、柊ならどう解釈する？」

ちゃかすと叱られそうな雰囲気だったのでまじめに思案した。

「一度駄目でも諦めるな？」

「なるほど」

正解かどうかは分からないが、祖父の表情が和《やわ》らいだので及第点《きゅうだいてん》はもらえたようだ。

「柊は基本的にポジティブだね、とてもいい。今はすこしひねくれてしまっているけど」

「……ごちそうさま！」

後片づけをすませ、ふたりぶんのコーヒーを淹《い》れる。柊の、白いマグカップ。お気に入り、とまでは思っていないつもりだが、器《うつわ》はほかにもあるのに意識せずこればかり選んでしまうのは確かだった。重さや持った時の感触がちょうどいい。柊以外の不特定多数もそう感じてこれを使っているのならすごいなと思う。手の大きさも握力も千差万別なのだから。一見何の変哲もない色かたちながら、この完成品に到達するまでには緻密《ちみつ》な計算や配慮、それに想像力がいるはずだ。

飲み干してカップの裏を見ると、「vostok」とごくちいさく刻印されていた。これが銘《めい》、というかブランド名なのだろうか。

ネットで検索してみると、それが数人のデザイナーによって起《た》ち上げられた会社で、藤澤が主要メンバーのひとりであることが分かった。藤澤和章、というフルネームも。商品の展開はエスニックなテイストの家具、水玉やストライプが特徴的なファブリック、蛍光《けいこう》が目を刺すような色使いのバッグまで多岐《たき》にわたっていたが、柊がここから何かを買うとすれば、やっぱり藤澤和章のつくったシンプルなものを選ぶだろう。好みを超えた普遍《ふへん》があり、かつ大量生産品の中に埋没《まいぼつ》してしまわない。

ほんとにすごいんだ、と恐れ入りつつ素直に賞賛する気持ちになれないのは、別れ際の態度が引っかかっているからだった。すれ違う時、わずかに肩が触れた。すると藤澤和章は、家の門を出る手前で入念にその部分を払っていた。

汚いものと接触したとばかりに――や、そりゃ汚いよ、朝っぱらから山ん中這っちゃったし、その後も一日土仕事だし、ごもっともだよ。しかしああいう、生活感の希薄《きはく》な人間にされると反省も恥ずかしさも反発へと転化されてしまう。それに、ふたりきりで暮らしている家にひんぱんに他人を上げるのなら前もって言ってほしかった、という祖父へのわだかまりもある。じいちゃんちだから、俺に決定権なんてないけどさ。

パソコンの電源を落とし、カップを洗うために立ち上がるとドアがノックされた。

「なに？」

「柊、まだ起きているのかい」

当の祖父が顔を覗かせた。

「これ洗ったらもう寝る」

「僕のと一緒に洗っておこう、もうおやすみ」

「じいちゃん」

「何だい」

「ヴォストーク?ってどういう意味?」

「藤澤くんの?」

「そう」

「本人に訊いてごらん」

「俺とまともにしゃべってくれる気しないんだけど」

「そんなことは……なくはないねえ」

「ほらー!」

「僕だって会話が弾むわけじゃないよ、柊を見くびって意地悪をするような人じゃないって言いたいんだ」

「そーかなー……って別に、仲良くしゃべりたいなんて思ってねーし。暗いし神経質っぽいし……」

「柊のいないところで、柊をそんなふうに言ったりもしないだろうねえ」

笑顔で釘を刺されて返す言葉がない。それで話題を変えた。

「あの人、大学ではじいちゃんと仲よかった?」

「いいや、別に。大学に入ってから二年間は英語のほかに何か外国語の授業を受けなきゃいけないからね。それでたまたま面識ができただけだよ」

でも、と柊は慎重に口を開く。

「『あのこと』は、知ってるんだよな」

「今時の若い人は驚くほど何でも知っている」

あのこと、の意味を知りながら祖父はかわした。

「じいちゃん」

「そりゃ、知ってるだろう。でもああいう人だからか、何も言わない。こっちから水を向けるのもへんだろう？　僕の前科を知っていますか、なんて」

「前科じゃねーじゃん！」

柊のために冗談めかしてくれたのは分かっていても、声を荒らげてしまった。

「ああ、ごめんよ柊、そんなつもりじゃなかった」

「……後から知ってうだうだ言われんのはやだから、俺は……別に藤澤さんの人格を疑ってるわけじゃないけど」

「分かっているとも」

幼い子どもにするように、祖父はそっと柊の肩を抱き寄せた。

一度はものの数じゃない。大学時代に習ったことなどほとんど覚えていないのに、そのことわざだけをはっきり思い出すようになった。

整《せい》と別れてしまってから。

たった一度のことなら、起こらなかったのと同じ。

同じことを何度も繰り返している。たとえば歯を磨《みが》き、たとえば服を着て、たとえばものを食べる。でもそれらは厳密に同一ではなく、流れる時間の一秒一秒は「たった一度」で、人生に二度目はない。ならばすべては無意味で、あってもなくても同じだということなのだろうか。いてもいなくても。

整にとっての自分がそうであったらいい、と心から願う。一とゼロはイコール、だったらいい。何もかもをなかったことにしてくれたらいい。一度だけセックスしたことも。

たったひとり、本当に好きだった相手を手離した後、和章のもとには約束だけが残った。

——ちゃんと自分を幸せにしてほしい。

和章は頷いた。嘘ではなかったけれど日が経つごとに整の言葉は重たく感じられた。健康で自由だ。大抵の人間は自分の境遇をうらやましがるだろうし、実際恵まれていると自覚していて、でも約束はすこしも果たせていない。

たったひとつ、整が和章に望んでくれたことだから叶えたい。反面でもう二度と会わないのに、自己満足な責任感が何になる、という投げやりな気持ちもある。整が口にした「幸せ」というのはとりもなおさず「整以外の誰かを好きになってほしい」という意味だが、もうあんな経験はごめんだった。一度でじゅうぶんすぎる。

約束を守りたくて守りたくない。その矛盾にはまり込むといつも眠れなくなり、夜中にベッドを抜け出す。

水を一杯飲んでからキッチンの窓を開けると、ひたひた潮が満ちるように山の気配が昼間よりずっと濃くなっている。都心の高層マンションでは無縁だった土と緑の匂いが室内に漂い、同じ空気をまとった石蕗の孫とすれ違った時のことを思い出した。猿よりは猫に似ていた。きつくない程度の吊り目で、鼻がちいさく尖《とが》っていて。

死んだ妻がドイツ人でね、と授業中に石蕗が洩らしていた記憶がある。目や髪の色はそっちの遺伝子が濃く発現したせいだろう。

手のひらに、花を抱いていたのだという。これ、と見せられたものは、正確にはブルーじゃなく青紫だった。価値観はそれぞれながら、何も土にまみれてまで、としか思えない。稀少《きしょう》な品種でもなさそうだったし、そこらを歩けばいくらでも生えているだろうに。地面のひび割れから生えた草を埋めたい、などと口にしたら怒られそうだ。

変わってる、と自分を棚に上げて思った。

窓のない地下書庫は、紙とインクと埃《ほこり》の匂いが湿気によってミックスされ、ひそやかにまとわりついてくる感じがする。ここを離れても、ふとした拍子、忘れられていたしおりみたいに髪や服の隙間からこぼれ落ちるだろう。でも悪くない。周りの山が放つ、生命そのものの圧倒的な香気《こうき》よりもずっと落ち着く。

ぴったり天井から床までの書架《しょか》、それが二十列。ざっと眺めたところ、本たちはただ無作為に突っ込まれている、という印象だった。一度すべて床に積み上げてしまいたいが、そうすると作業スペースがなくなる。パズルよろしく、あっちを出しこっちをしまい、地道に進めていくしかなさそうだ。題名と作者、訳者、出版社、出版年月日に簡単な内容紹介もまとめていくつもりだった。小説、評論、紀行文、学術書、といったジャンルに加え、たとえば「赤い服を着た少女が主人公」というふうに、ファジーな探し方もできるように。日独英が混在しているから、和章《かずあき》自身、辞書と首っ引きになるだろうし、手に負《お》えなければその都度石蕗《つわぶき》に訊かなければならない。

本の森を整備するには何カ月かかるか今のところ想像がつかなかったが、あてどのない心身には却《かえ》ってありがたかった。むしろこの作業さえいつかは終わってしまうのだと思うほうが怖い。ヒンジが錆《さ》びつき、開けるにも閉めるにもひと苦労の脚立《きゃたつ》を開く。油をさしたほうがいいかもしれない、と赤茶けた部品を眺めていると石蕗が下りてきた。

「すこし、出かけなくてはならなくなりました、留守を頼んでもいいでしょうか」

「はい。どちらへ？」

「これです」

帆布《はんぷ》のちいさな手提げかばんを示した。

「柊《しゅう》が弁当を忘れて行きまして」

ちょくちょくあるんです、とため息をつく。

「毎日のことなのに、どうして頭から抜けるんだか……。ちょっと山を登ってきます」

「バスを使われないんですか」

「今出たところですから、あと一時間待たなきゃいけません。僕はせっかちなもので、思い立ったらすぐ動きたいんですよ」

和章の目には常に泰然として見えるが、本人がそう言うのならそうなのだろう。

「分かりました」

「よろしく頼みます」

と頷いて階上へ戻りかけた石蕗が、二、三段進んで急に背中を丸める。ちいさく息を詰める気配がしたので「どうかしましたか」と駆け寄ると風船をそっとしぼませようとしているように注意深く、細い息を洩らした。

「先生」

「……いや、すみません」

片手で胸を押さえながら、小声で話す。

「心臓があまり強くないもので、時々前触れもなくこうやって差し込んでくるんですよ。すぐ収まりますから」

病院は、薬は、と立て続けに訊くと、かかりつけ医に毎月通っているし、薬も常備している、という答えだった。

「何だか君が先生みたいですね」

「そんなことより安静にしたほうが」

「もう大丈夫です、行かなくては」

「それなら僕が行きますから、先生はここにいてください」

とっさにそう口走ったのは親切心などではなく、万が一のことがあったら面倒じゃないか、と思ったからだ。せっかくの手すさびを失うし、どうして行かせたんだという責めまで負うかもしれない。それなら軽い山登りくらい引き受ける。

「そうですか、ではすみませんがお願いします。ほぼ一本道を登って行くだけなので迷いはしないでしょう」

「きのう、働いているとは伺いましたが、いったい何の仕事を?」

「植物園です」

「ああ……」

それであのいでたちと行動が腑《ふ》に落ちた。

「働いているというより、ちょろちょろ小間使いをさせてもらっていると言ったほうが正しいでしょうね。門前の小僧というやつです」

玄関で和章を送り出す時、石蕗は「よかったらゆっくりしていらっしゃい」と言った。

「草花には興味がないそうですが、それでも何か発見があるかもしれませんよ。柊も、年の近い君と話すのは楽しいでしょう」

「近くないですよ」

そして楽しくもないだろう。

「藤澤くんは二十六、七じゃありませんか」

「八です」

「あの子は二十三ですから、じゅうぶん近い」

「……てっきり十八ぐらいかと」

「ああ、子どもっぽいですからね。お恥ずかしい」

どちらにせよ、この年代だと五つも離れていればさまざまにずれが生じるだろうから、石蕗の望むように打ち解けるのは難しい。孫の話し相手ならまた別口で募集してくれという心境だった。

歩き出してから、そもそもわざわざ出向く必要はないんじゃないのか、と思った。あっちは原付通勤だし、忘れ物に気づけば放っておいても取りに戻ってくるだろう。それとも、満足に休憩も取れないほどこき使われているのか？

まあ、自分から志願した以上、今回は黙って遂行《すいこう》しよう。一度はゆるめかけた歩調を通常モードに戻して植物園とやらを目指した。頭上の梢《こずえ》がちいさく揺れたと思えば、鳥のはばたきが重なり、じゅいじゅいというさえずりも聞こえる。花に関心がないように鳥にも関心はなく、東京では耳にしない鳴き声だと思う程度だった。

見上げれば陽を受けた葉が、張り巡らされた葉脈《ようみゃく》をくっきり透かしている。あれは葉の血管。石蕗は、教壇であんな姿を見せたことはあっただろうか？　すくなくとも和章の記憶にはない。ここ数年で衰《おとろ》えたのだとすれば、考えられる原因は、単純な加齢がひとつと、それから。

石蕗の心身に多大な負荷をかけただろうできごとに、思い当たるふしがあった。しかし確証はないし、和章の推察どおりだったとして、気の毒以上の言葉を持っていないので、それについて言及するつもりはない。

所要時間としては、借りている家から石蕗家へ行くのと同じくらい。ふもとよりは勾配《こうばい》がきついから、疲労度はやや高かった。山道が漏斗《ろうと》のようにひらけた先にれんが造りのアーチがくっついたちいさな建物があり、その向こうには山の地形を生かした段々畑状の植物園が広がっていた。和章には名前も分からない花や木々がつくる、不規則な色彩の縞《しま》模様をしばし眺め、入り口へと近づく。ところどころ茶けた青銅のプレートには「宗像《むなかた》記念植物園」とあった。植物園といえば自治体が管理運営しているものだとばかり思っていたが。

アーチをくぐり、チケット売り場でガラス戸越しに声をかけた。

「すみません、石蕗柊さんにこれを届けていただきたいのですが。忘れ物を預かってきました」

ひょっとすると名字が違うかもしれないので、フルネームを伝えると受付にいた中年の男はすぐに「ああ」と頷いた。

「今呼びますから待っててくださいね」

「いえ――」

託してすぐUターンするつもりだったのに、止める暇もなく電話の受話器を持ち上げ、内線で「柊いる？　お客さんみえてるからこっち来るように言って」と伝えてしまった。

「すいませんねえ、五分もかからないと思いますから。ひょっとして先生のお知り合いですか？」

「はい」

「そうですか、先生の奥さまは生前よく遊びに来られてたんですよ。草引きなんかのボランティアにも熱心でねえ、今でもありがたいと思ってます」

実にどうでもいい話だ。しかし無関心をあらわに、相づちすら打たない和章に頓着せず男はにこにこと続ける。

「狭いところですが、よかったらいろいろ見ていってください。ちょっと珍しいものもありますから。あ、お代は結構です、どうぞどうぞ」

「用事がありますので」

プラスチックのやわらかな突起が敷いてある昔ながらのキャッシュトレイやパンフレットが載ったカウンターに弁当を置き、さっさと帰ってしまおうとしたが、階段を駆け下りてくる柊と目が合う。明るい髪の色は、視界にちらつくだけでどうしても注意を引く。

「藤澤さん」

ふじさわさん、と発音するための教科書を読み上げているようなぎこちない呼びかけだった。

「忘れ物」

「あー……また忘れてた。すいません、わざわざ」

「いや」

頭を下げると、受付の男に「宗像さん」と、こちらはなめらかな口調で言う。

「十五分だけ抜けてもいい？」

「構わないよ、ゆっくりしておいで。せっかくだからあそこもご案内したらいい」

許しを得た柊は和章に向き直り「ちょっといいですか」と尋ねた。抽象的な質問は嫌いだ。

何をどうすることに対して「いい」のか分からなければ可否《かひ》など判断できないだろう。適当な返事は、のちのち不愉快やトラブルの元になる。つい眉間が寄り、それを見て柊は若干怯《じゃっかんひる》んだようではあったが「見せたいものがあるから」と園内を指差した。

「ついてきて」

答えを待たない、という作戦に決めたのか、反応を見届けないまま歩き出してしまう。やることが先生と一緒だな。しかし無視してまでここから立ち去りたい、というわけでもないから和章はその後に続いた。どうせ時間なら余っている。

「さっきの人が、ここのオーナー?」

背中に問うと、内容よりも、質問をされたこと自体に驚いたふうに振り返り、「うん」とやはり硬い仕草で頷いた。

「――じゃない、はい」

「言葉遣いはどっちでもいい」

意思の疎通《そつう》さえ図《はか》れれば、敬語であろうがなかろうが。

「宗像さんは園長、でも持ち主はどうなってんだっけ……『ムナカタ』って会社分かる? 湿《しっ》布《ぷ》とか入浴剤とか作ってるとこ」

「ああ」

テレビを一切見ない和章でも知っている、というかほとんどの日本人にとって認知度を問うまでもないおなじみのメーカーだろう。

「創業者が、江戸時代にここで薬草とか育てて漢方薬の研究してたんだって。会社が大きくなってから土地を正式に買って、地域へのお礼も兼ねて植物園にしたらしいよ」

なるほど。であれば、さほど収益性《しゅうえきせい》を重視していないのだろう、と和章は思った。平日の昼間、来園者は見たところ至って少ない。交通の便や植物園という場所自体の地味さを考えると休日には満員御礼ということもなさそうだった。それでいて、侘《わび》しさや切迫した印象はなく、どこかにおっとりした余裕が窺える。

「宗像さんは長男だけど、ちょっと変わってて、会社はいらないから植物園を継がせてくれって言って、ここにいる」

柊が下りてきたばかりの階段を上っていく。緑の匂いが、山の中とはすこし違っていた。本来の植生《しょくせい》とは違うものを繁殖《はんしょく》させているせいだろう。自然の中にあるからこそ、その人工性を強く意識させられるのは皮肉な話だ。バラの蔓《つる》が巻きついた屋根のある小径《こみち》、神社にあればしめ縄でも巻かれていそうな大木、カラーチャートみたいにくっきりと色違いの花が咲きこぼれる花壇。

「俺も質問していい？」

「どうぞ」

「『ヴォストーク』ってどういう意味？」

少々意外な問いだった。

「先生から聞いたのか？」

「うん。びっくりした。うちで普通に使ってるもんつくってる人に会うのって、へんな感じ。毎週読んでる漫画の作者に会うみたいな？　違うか……」

「南極にある湖の名前」

和章が短く答えると、振り返った柊はやや不満げだった。

「それは調べたら分かるよ、由来とかを聞きたいんだけど」

「知らない」

「え」

「ブランディングを考える担当者がいるから。マーケティングとか販路《はんろ》の確保も。実務的なことは全部任せてる」

「それでも普通、訊かない？　何でつけたのとか」

「考えもしなかった。『任せる』ってそういうことだろう」

「え、そうかな……」

短い困惑の後、柊が出した結論は「藤澤さんってちょっと変わってんね」だった。

「じゃあ、これもひょっとして関係ないのかな」

建物でいうと三階ぶんぐらい上り、「ツバキ」という案内看板の立ったエリアに入っていく。

身長より遥かに高い、光沢《こうたく》のある葉を繁らせた木々が並んでいて、そのいちいちに「ヤブツバキ」「日光」「和歌の浦《わかのうら》」などと名札がついていた。和章にはもちろん見分けがつかない。

「これ」

柊がある一本の前で立ち止まり、目線の位置を指差した。一輪だけ白い花が咲いている。雪のような純白の花弁に、褪《あ》せた黄色の雄蕊《おしべ》。

「白侘助《しろわびすけ》」

と教えられた。

「今朝見たらこれだけ咲いてて。ほんとはもっと寒くなんないと開かないんだけど。きのう、藤澤さんとこのサイト見てたら、『wabisuke』ってシリーズがあったから」

メラミン樹脂《じゅし》で作った、洗面所やバスルーム周りの小物類だった。コップやソープディッシュ、シャンプーボトルにアクセサリートレイ。外資系ホテルのアメニティとしてひとそろい注文があったり、結果的に結構大規模なビジネスになったからよく覚えている。

「侘助は、ぱあっと花が開ききらないんだよ。猪口《ちょこ》咲きっていうんだけど、サイトに載ってたコップのかたちがよく似てた。色も白だし。それで、侘助を知っててつけた名前かと思ったんだけど——あれもやっぱり、藤澤さんじゃない人の担当?」

「ああ」

「そか」

柊は落胆を隠すように笑って「きれーだろ?」と言った。

「チャドクガがついて大変な時もあるけど、花粉出さないから、活《い》けても粉が落ちないし、長保ちするよ。茶室とかで重宝されるみたい」

「花粉を出さない?」

「葯《やく》が退化してるから」

「じゃあ、どうやって繁殖を?」

「挿《さ》し木で。……簡単に言うと、枝を一部切り取るとそこから根が生えてくるから、また地面に植える」

すこし眉をひそめたのが分かったのだろう、柊が「ん?」と小首を傾《かし》げる。

「質問に対する答えじゃないな、と思って」

「え、何で」

「繁殖の方法を訊いた。たとえば俺の腕を切って、切り口から俺の身体が再生できたとして、それを子孫とは呼ばないだろう。要するに本来の生物学的な意味では殖《ふ》やせないから複製する、という解釈でいいのかな」

「……そういうことになるけど」

「動物なら羊一頭で世界中ひっくり返る大騒ぎなのに、植物の世界ではクローンが当たり前なのか。すごいな」

すごい、に含まれる皮肉を感じ取ったか、今度は柊が眉をひそめた。ああ、気分を害してるな。自分が社会性に乏《とぼ》しいのは自覚している。だからこそじょうずに取《と》り繕《つくろ》えるはずだった。当たり障《さわ》りのないコメント、適度に親しみがありつつ気安すぎない笑顔、そういった皮を何重にもかぶって。ところがたった一年ふらふらしている間に、外界に適応する擬態《ぎたい》の感覚が鈍《にぶ》ってしまったらしい。使わない機能はこうもたやすく退化するもんだな、と自分に呆れる。ただ、柊は仕事の相手じゃないし、孫の不興《ふきょう》を買ったせいで石蕗からお役御免《やくごめん》にされるということもないだろう。

グロテスクじゃないか。わざと傷つけて、その治癒力を人間に都合よく使うだなんて。花粉を出さないとか長保ちするだとかも。和章は植物に何の思い入れもないが、好きな人間は普通に受け容《い》れられるものなのか、不可解だった。

傷つけられることでしか生き延びるすべがないなんて不毛を。

柊はもの言いたげな顔つきのまま、さらに奥へと歩いて行く。まだ何かあるのだろうか。

「あそこ」

椿のエリアを抜け、柊が指差した先には宇宙船めいたドーム屋根の温室が見えた。

「中に、特別展示室があって。宗像さんご自慢の。何か言われなかった?」

「珍しいものがあるとは」

「客に飢《う》えてんなー」

観賞目的で多様な植物が栽培されている施設そのものが和章にはすでに珍しい。お使いさえ頼まれなければ一生足を踏み入れなかったと断言できる。

「あの人、ナーサリーもやってるから」

「……保育園？」

なぜ急にそんな単語が。

「あー、直訳するとそうなんだけど、種苗家《しゅびょうか》のこと。種とか苗を販売してんの。宗像さんは夜咲きの花が特に好きだからほとんどそれ専門みたいなもんで、展示室までつくっちゃった」

夜顔《よるがお》、月見草、待宵草《まつよいぐさ》、と柊は列挙する、が。

「なら、真っ昼間に見たって仕方がない」

「だから特別ってついてんの。簡単な話、部屋を真っ暗にして、今が夜だって花に錯覚させてる。逆に夜間はライトを当てて眠らせてる」

「ばかばかしい」

とうとう、そう口に出した。

「え？」

「生態を狂わせてまで見世物にしたいっていう感覚が理解できないと言ってる」

花一輪、土まみれになってまで保護するくせに、どうしてこんな悪趣味を許容するのだろうか。

「ちょっと待てよ」

柊のほうでも、今まで抑えていただろう反感をあらわに言い返してきた。

「狂わせてっていうけど、ふた晩あれば昼夜は完全にチェンジするし、室温にも照明にも気ぃ遣ってストレスかけないようにしてる、でなきゃ咲かない。花って人間よりずっと率直なんだからさ」

「本来の生息地じゃないところから寄せ集められて管理されてる時点でストレスじゃないのか？　俺は動物園も水族館も好まない。同じ理由で植物園も好きになれないのが短い時間でよく分かった。これ以上長居しても君を不愉快にさせるだけだろうから、帰るよ」

きびすを返すと「待って」と言われた。柊が目の前に回り込んでくる。

「そりゃ、人間の勝手で育ててるものばっかだけど、俺は花がきれいだから好きだ、たくさん見たいし、自分の手で大事に育てて咲かせたい。それって、そんないけないことか？　藤澤さんは、ここの花見てきれいとか、一瞬も思わなかった？」

「思わない」

即答の断言ぶりに、濃緑を帯びた黒目が痛めつけられたように細まった。

「君やここがいけないわけじゃない。俺にはそもそも、『きれい』っていう感覚が分からないから」

「分からない？」

「そう。花が咲いていれば花が咲いていると思う。赤ん坊や子犬は赤ん坊や子犬だなと思う。絵を見れば風景だとか人物だとか思う。ただそれだけだ」

空は青い、海は青い、山は緑。人の顔は、目が大きい、鼻が高い、配置が均等、その程度にしか感じない。「好み」という感覚は存在するが、それは和章の中できちんと系統立った理由が存在するので、柊が言う「きれい」とは違うだろう。

柊は思いきり首を傾げて「藤澤さんってロボットか何か？」とまんざら冗談でもないふうに尋ねた。

「……そうだったら、どんなによかっただろうな」

「え？」

きれいだけじゃなくて、好きも嫌いも、執着や未練も知らなければよかった。そうすれば整《せい》を苦しめずにすんだ。

「帰るよ。先生の仕事が残ってる」

柊の横を通り過ぎ、来た道を戻った。宗像に義務的な会釈だけして門を出ると「待って」と呼び止められる。今度は何だといささかうんざりしながら振り返る和章の目の前に一本の傘が突き出された。

「雨、降りそうだから」

ぶっきらぼうに柊が言った。

「持っててって。うちに置いててくれればいいから」

空を仰《あお》ぐ。来る時と同じく、快晴だった。毎朝携帯で天気予報をチェックしているが、降水確率は十%だったはずだ。

「必要ないと思う」

「山の天気は変わりやすいんだよ」

「天候が悪化するっていう根拠は?」

「何となくそんな気がするから! あー、めんどくさいな、傘一本ぐらい大した荷物じゃないから持ってけって! 錆《さ》びたら困るだろ!」

柊はわざわざ軍手を外し、和章の手を取って傘を握らせた。年より幼い顔立ちと裏腹に、触れた指先だけがさがさと乾いていて、土に近い暮らしを感じさせた。大事に育てている、というのは嘘じゃない、と思った。

思いながら黙っていると、おそるおそる和章を窺って「最後のは冗談だけど」とつぶやく。

「知ってる」

「じゃあ何か反応してよ……」

手の中にある、プラスチックの白い柄《え》。和章はビニール傘が嫌いだった。安っぽさに鳥肌が立つ。でもそれを言うとまた話が長引くかもしれないので「一応借りていく」とため息まじりに頷いた。

「うん。あ、忘れてた」

「何を？」

「弁当、届けてくれてどうもありがとう」

うすいべっ甲色《こういろ》の頭がぴょこんと下がる。

「じいちゃん、具合悪かったんだろ？　俺にはあんま言いたがらないけど……昼間いないから、藤澤さんが来てくれるとその点は嬉しい」

「別々のところで作業しているし、先生に異変があっても気づくとは限らない」

義務や責任を負わされるのはまっぴらだ。

「いいんだ、それでも。何か安心するから。じゃ、気をつけて」

人差し指の腹に引っ掛けた傘をぶらぶらさせながら帰る、と、空は危惧《きぐ》を抱かせないさりげなさで、でも確実にくすんでいった。雲が出るんじゃなく、全体が灰色にトーンを落とす感じだった。水面の光のようにちらちら揺れていた木漏れ日がうすれ、ふっと涼しくなる。これは、と思うと、一滴、二滴、天から頭上の葉がノックされる。しかしまばらな降りだったし、木々が軒先代わりになるので傘は開かず、すごいな、と感心していた。

何となく、と柊は言った。しかし本当は違う。湿度だとか匂いだとか、山の空気を肌で感じ、その鋭敏なアンテナで導き出した予測だろう。ただそれを言語化するのが難しいから「何となく」という雑な表現に落ち着いてしまう。

記憶も後悔も約束もすべて頭の中のもので、かたちのないそれらにとらわれて前に進めない和章と違って、柊は日々を身体で生きている、そんな気がした。

やっぱり動物みたいだな、とか言ったら、気を悪くするだろうか。


「おかえりなさい。いやいや雨が降るとは思わず、申し訳ないことをした」

「先生でも分かりませんでしたか」

暮らしていれば誰でも身につく感覚、ではないらしい。

「はい？」

「いえ、優秀な気象予報士がこれを持たせてくれましたから」

使いはしなかったが、少々濡れた傘を玄関先に広げて置いた。

「ああ、柊ですか」

「はい」

「話は弾みましたか」

「いえ、一向に」

にべもない答えを、むしろ喜ぶように石蕗は笑った。

帰宅すると、無意識に傘立てをチェックしていた。ビニール傘が一本、朝より増えている。別に、道中で捨てられるなどと思っていたわけではないが、ほっとした。

「おかえり」

「ただいま。……藤澤さんは？」

「もう帰ったよ」

「そっか。俺のこと、何か言ってた？」

「褒《ほ》めてくれたね」

「えっ」

「優秀な気象予報士だと」

「ああ……」

「うん？　何か別のことで褒めてほしかったのかい」

「別に」

いつもの、ふたりきりの食卓を囲んで柊は尋ねる。

「『きれい』が分からないなんて、あるかな？」

「ほう」

唐突な提起に、祖父は考えた。

「こんな話を、昔読んだことがあるよ。貧しい生まれで、学校に行けずに育った人がいた。ずいぶん年を取ってから識字《しきじ》教室に通い、五十音や自分の名前を学んだ。するとその人は、生まれて初めて夕焼けを美しいと感じるようになったそうだ。言葉だけじゃなく文字を獲得して『きれい』を知ったんだね。ふしぎな話だと思うが、理屈じゃなく納得がいくだろう？」

「でも、字は書けると思う」

「何だ、藤澤くんの話かい」

「うん」

「彼らしくはあるね」

「花見て、きれいとも思えないなんてつまんなくね？」

「彼の人生、彼の人格だからね。つまらないのが悪いというわけでもないだろう」

「そりゃそうだけど」

「それに、これからも分からないままだとは限らない」

祖父は言った。

「字を覚えるように、彼が何かを心に得て『きれい』を知る時がくるかもしれない。それは、僕や柊の知る『きれい』よりずっと鮮烈な感覚かもしれない」

「そうなのかな」

「知らない、というのは、決して悪いことじゃない。『知る』という尊《とうと》い瞬間への可能性を秘めている状態なんだから」

柊は、祖父が教壇に立つ姿を知らない。でもきっと、この言葉を、たくさんの学生に贈ってきたのだろうと思う。もっと言いたかっただろう。祖父の「先生」の貌《かお》を垣間《かいま》見るのは嬉しくて、悔しい。


夜遅く、書庫に入ってみた。本の山が発する無言の威圧感が苦手で（書物に親しまない柊の勝手な思い込みだと祖父は言う）ふだんはほとんど立ち入らない。照明のスイッチを入れ階段を下りると、書架と蔵書の眺めは和章が来る前と変わりなく見えた。隅っこに、折りたたみの机と椅子が加わったくらいか。

机の上には一冊のノートがあった。すこしためらったが、置きっ放しにしている以上、個人的な日記でもないだろうと開いてみる。

クリーム色にグレーの細かい方眼が入った紙面には、日付と、本のタイトルや作者、発行年月日なんかが書き込まれていた。索引《さくいん》はパソコンでつくってもらうはずだから、これは整理にあたっての個人的な忘備録《ぼうびろく》なのかもしれない。それにしても、印字？　とまじまじ眺めてしまうほど乱れのなさすぎる、大きさもかたちも統一された字だった。読みやすくて整然としている、でもこの字を「美しい」と表現するのは違和感があった。さすが「きれい」を知らないだけのことはある、と感心してしまう。言行一致《げんこういっち》だ。

ずけずけと自分の仕事を否定されて、正直頭にきた。

でも、和章の物言いはあまりにも淡々としていて、貶《けな》された気分にはならなかったし、相容《あいい》れなくても本人の考え方を真正直に表明してくれた、と思えば口先だけ達者な人間よりはるかに誠実といえる。きのうは、嘘でもちょっとぐらい愛想よくしろ、と不満だったが、素の性格がああなら仕方がない。

それに、山道を歩いて届け物をしてくれた。好きになれるかどうかはともかく、祖父が和章を見込んで呼び寄せた理由は分かるような気がする。

分類を始めたばかりなので、ノートは二ページ目から白紙だった。それでもぱらぱらとめくると、最後のページに何か書き込みがあった。

『Einmal ist keinmal』

じいちゃんが、きのう言ってたやつだ。

一度はものの数じゃない。

その一行だけ、方眼を無視して斜めに走り書きされていた。ノートの反対側の筆跡とはまるで別人、でも祖父の字とも違うから、和章に違いない。肉筆、という言葉が浮かぶ。そう、この短いアルファベットには血と肉が通《かよ》っている。

ここには人間の和章がいる、と思った。何を思って書き留めたのか分からないが、分からないだけに、日記よりまずいものを盗み見てしまったような気分で、柊はノートを元どおりに閉じて書庫を出た。

業務連絡以外の用件を含んだメールを打つのは久しぶりだった。あくまでも本題は、当面の住所はこちらになります、という遅ればせの報告だったが。

すぐに携帯が鳴る。

『どういう風の吹き回しだ?』

「わざわざ電話してくださらなくても」

『ラーメンできるの待ってんだよ。あと一分つき合え』

一応、上司ないし雇い主ということになるのだろうか。ヴォストークの名づけ親からだった。ものづくりの才はないが売れそうなにおいをかぎつけるのと、それで儲《もう》けるセンスには少々自信がある、上前《うわまえ》をはねさせてくれれば大概《たいがい》の面倒ごとは引き受けよう——そんな身も蓋《ふた》もない誘い文句で和章を含めた何人かのデザイナーと契約して会社を運営している。

売り込みの文句に偽《いつわ》りはなく、実際いくらはねられているのか知らないが和章に不満はなかった。当分何もつくれそうにない、と言っても、怒りも急《せ》かしもしなかった。

——ならうまいこと言ってほかのやつを押し込むさ。

自分の懐《ふところ》さえ温まれば吸い上げる末端《まったん》がどこであろうと構わないということだろう。へんに思い入れられるよりもありがたい。

『メール読んだけど、何で今さらそんなこと訊く?』

「訊かれたので」

『誰から』

「赤の他人です」

『さっぱり分からん。ついでに新しい住所もさっぱり分からん。だいぶ田舎だろ、これ。何を好き好んで』

「気分転換にバイトでもしようかと」

『バイト? なら事務所で伝票整理でもしてろよ。駄賃ぐらいくれてやる』

それは無視して「久城《くじょう》さん」と言った。

「久城さんの家には椿の木があるんですか」

『あるよ、実家だけどな、それがどうした——ああ、「wabisuke」か?』

「はい」

『そうそう、サンプル見た時に閃《ひらめ》いたんだよ、この名前しかないって。それもえらく今さらな話だな』

「きょう教えてもらったので」

『赤の他人に』

「はい」

ピピ、と電話の向こうで甲高《かんだか》いタイマーの音がする。

『お、一分経ったな』

食い終わったらメールするよ、と短い会話は終わった。


翌日、石蕗の家の前に柊が立っていた。正確には原付が置いてあるガレージの前で、おそらくこれから仕事に向かうのだろう。左腕の、肘から先をぶんぶん上下に振っては首を傾げている。

「おはよう」

声をかけるとびくっと振り向いて「びっくりしたー……」と言った。初対面の時といい、別にこっちが足音を忍ばせて近づいたわけじゃない。

「おはよーございます。……あの、ちょっと訊いていい?」

「手短にならL
「これなんだけど」

柊は手首の腕時計を示す。

「今朝見たら止まっちゃってて。そういう時は振るんだって聞いたことあるから、さっきから振ってんだけど全然動かないし……これ、じいちゃんが成人祝いにくれたやつだから、ばれたらもう壊したのかって怒られる……」

それを聞いた時、自分でも実に意外なことに、ふ、とちいさく笑った。さっきの、かんしゃくを起こした動物みたいな仕草と、当人が至って真剣なことがおかしかったのだ。

ゆうべは久しぶりにメールと電話をして、今朝はたぶん、もっと久しぶりに笑った。いい兆候なのだろうか。

「え、なに?」

「自動巻きだろう?　振るって、そうじゃない」

「えっ」

「貸して」

時計を外し、柊の手のひらに載せた。

「六時の下に親指をあててしっかり持つ。そう……それで、手首を使って水平方向に振る。縦に振ったりしたらそれこそ故障の元だ」

「あー……そ、そうなんだ。てっきり……」

「ちゃんと説明書を読んだほうがいいな」

「はーい……」

そもそも、腕の振りでぜんまいが巻き上げられる仕組みを考えればすぐに分かりそうなものだろう、と思ったが、柊の頬がみるみる赤くなっていくので言わなかった。

そして、しばらく時計を振ったのちに「あ」と目を輝かせた。色のせいだろうか、感情の動きが手に取るように分かる。かげる時、明るくなる時。

眼球の奥が覗けそうなほど澄む時。

花がきれいだから好きだ、と言い切った時の。

ちくりと、外的要因じゃないかすかな疼《うず》きが胸に生じたのは、気のせいだったろうか。

「動いた！」

ぎゅっと時計を握り込む。そうして、手のひらの中で刻まれる時計の鼓動を味わっているらしかった。見るより触れて確かめるのが柊らしい。

柊について何も知らないのに、なぜかそう感じた。

「よかったー……教えてくれてありがとう、もう覚えたから間違えない。んじゃ行ってきます」

「待って」

時計を腕に巻き直し、原付にまたがる柊を呼び止めた。

「ん？」

「『ヴォストーク』の由来、担当者に訊いてみた。南極の、氷に閉じ込められた湖で、千五百万年前の地球がそこに保存されてる。動植物がいるわけじゃないが、細菌や微生物……その中

には人類に有益な働きをするものがいるかもしれないし、致死《ちし》の病原菌も眠っているかもしれない……要はそういう、何が出てくるか分からないような、何でもありえるようなブランドを起《た》ち上げたかった、らしい」

柊は呆気に取られたような顔で説明を聞いていた。

「もう一度言ったほうがいいか？」

「や、大丈夫、分かったけど……」

「けど？」

「わざわざ訊いてくれたんだと思って」

「由来を知りたがったのはそっちだろう」

「うん」

「さして興味がないのなら最初からそう言ってくれ。メール一通の手間ぐらい知れてるが、無駄は嫌いだ」

「ごめん」

神妙に謝ったかと思えば、こらえきれなくなったように腹を折って笑い出す。結構きつい言い方をしたはずなのに、すこしもこたえてはいないらしい。

「……何だ？」

「ごめん、だって、藤澤さんて何か、おもしろい……」

「は？」

「おもしろいよ」

そんなわけがあるか、と思う。つまらない、と言われた記憶はあれど、逆はない。自分でも自分をおもしろいなんて思ったためしがない。なのに、和章にはまったく理解できない言い分で柊は笑っている。ふしぎだった。それが不愉快じゃないことも。

花の名前はたくさん知っていても、時計のねじの巻き方を知らない君のほうが、よっぽどおもしろいだろうに。


ブラインドの隙間から落ちる、規則正しい縞《しま》模様の影。手をかざすと身体のカーブに沿ってたわむ。その時、自分の輪郭《りんかく》だとか厚みを意識した。肉体のどこもかしこも、直線や平面で構成されてはいない。それはひどく不安定な気がした。

光のストライプの部分だけ手の甲がほんのり温かい。和章《かずあき》は手に持った小型のマイナスドライバーをもてあそぶ。寝そべっても余りある広い机の上には、ストローほどの直径の歯車や、ビーズほどの大きさのねじが散らばっている。裏返った文字盤に、ガラスの風防《ふうぼう》、銀色の竜頭《りゅうず》。なまずのひげみたいな細いぜんまい。

ドライバーとピンセットで腕時計をすっかり分解してしまうと、外した順番に並ぶ、百余りの部品を眺めた。作業を止めると、足が空気を掻《か》く心もとなさに意識がいく。大人用のライティングチェアは、座高《ざこう》も肘掛《ひじか》けや背もたれの位置も合わない。

——和章？

うすく開いたドアの隙間から整《せい》が顔を覗かせた。

——何やってんの。

訊きながら近づいてきて、机の上を覗き込むと目を丸くした。

——何これ。

——お父さんの時計。

——和章が壊したの？

——壊したんじゃなくて、ばらしたんだよ。

——何で？

——ふしぎだったから。

——何が？

——時間ってどうやって流れてるんだろうと思って。

——時計の中見たって分かるわけないじゃん。

——分かるわけないって何で分かる？

——そうだけどさー。

なぜ止まらないのか、なぜさかのぼれないのか、一秒一秒の長さは誰が決め、これからもこのまま続くとなぜ決まっているのか。その「絶対」の根っこはどこにある。

ささやかで精密な機械の中にその大本の仕組みが隠されているのを期待した。しかし実際には細かく分け入っていくほど、むしろ時を刻むという役割をどんどん失っていくのだった。外見からは想像できないほど微細なパーツが考え抜かれ精緻《せいち》に収納されている、という驚きを与えてくれはしたが。

腕組みしている和章を見て、整は心配そうに「どうすんの」と尋ねた。

——おじさんに怒られるよ。

——かもしれない。

叱られるのは怖くなかった。褒《ほ》められるのも別段嬉しくはなかった。もちろん、両親が悲しい顔をしていれば悪いなと思うし、喜んでいればよかったなとは思う。

——今言う？　今言おうよ。おじさん下にいるから。

と急《せ》かされた。

——どうして。

整がそういうことを言うのは珍しかった。ご近所の幼なじみとはいってもべったりしたつき合いをしていたわけじゃなく、「同じ空間で違うひとり遊びをする」のが苦じゃない間柄だった。自分ほどじゃないが整は整のペースを大事にしていて、和章の希望も尊重してくれたからやりやすかった。

——だって夕方になったら俺帰んなきゃじゃん。今なら一緒に怒られてあげるし。

——……うん。

別にいいのに、と思っているはずだが、その「一緒」という響きは、ふしぎと和章の胸を温かくした。

父親に、腕時計をばらばらにしたこととその理由を告げると「自分でやったのか」と目を丸くした後「おもしろいこと考えるなあ」と笑った。

——子どもの頭の中ってどうなってるんだろうな、うらやましいよ。

——笑ってちゃだめでしょう。

と母が渋い顔をする。

——お父さんの腕時計壊すなんて。

——壊してない。

和章は反論する。

——ばらしただけだよ。

——じゃあ和くん元に戻せるの？

——戻せたよ。

——何で過去形なんだ？

父親がなおも楽しそうに問う。

——外した順番に並べてたんだ。でもお母さんがびっくりして全部かき集めてごちゃ混ぜになった。だからもう自信がない。

——お母さんのせいだって言いたいの？

——だってそうなんだから。僕は嘘をついてない。

むくれる母と、堂々と反論する和章を、幼なじみははらはらと見比べる。まあまあ、と父がのんきに取りなした。

——組み立てるところも見てみたかったけど、それならしょうがない。納得いったからもう分解しないんだろ？

——うん。

——お父さん甘いんだから……。

——叱る必要を感じないだけだよ。

それでも母は不満げだったが、心配そうな整を見るとしょうがないわねというふうに表情を和《やわ》らげた。

——整くん、和章に付き添ってくれたの？

——はい。

整がこくりと頷くと「やだかわいい」と自分のことでもないのに嬉しそうにする。かわいいって何だろう、と和章は思った。「一緒」がかわいいんだろうか。

——これからも和章と仲よくしてね。

整の顔に戸惑いが浮かんだ。和章じゃない人からそんなふうに頼まれる意味が分からない、と思っているのだろう。母は気づかない。整は不安そうに和章を見た。和章は、分かってる、という意思を込めて見つめ返す。すると幼なじみはほっとしたように笑った。

嬉しくなる。整が笑ったのが、ただそれだけの反応が。時間の謎が解けなかったことも気にならないぐらい。その理由を自分の中に探したけれど見つからなかった。とりあえず「一緒」っていいことらしい、と子どもの頭に刻み込む。ほかの誰でもない整とする「一緒」が。

だから、整がもしも「一緒」を望んだら、絶対に叶えようと決めた。どんな時であろうと。


昔の夢は珍しくないが、小学生時代にまで巻き戻ったのは初めてだった。取り返しのつかない転機よりずっと前の記憶で、しんみりと哀しい気持ちにはなったが、目覚めは悪くない——

ああ、そうか。

すこし前、柊《しゅう》の腕時計に触ったからだろう。「じいちゃんに怒られる」と訴えた表情は、整が「怒られるよ」と案じていた時と、よく似ていた。造作《ぞうさく》は全然違うのに。

あの時、べつだん暗い気持ちにならなかったのはどうしてだろう。明るい朝のやり取りだったからか、単純に思い出さずにすんでいただけか。

サイドテーブルの引き出しを開けると、一本の腕時計がしまわれている。艶消《つやけ》しの、銀色のベルト。整の両親が遺した贈り物。クリスタルサファイアの風防には一面、テクスチャのようなひびが入り、彼らの遭遇した事故の衝撃を物語っている。針は「あの瞬間」を指したままだ。

遺品の処遇について一度も整に尋ねなかった。どうする、と訊けば「捨ててくれ」としか言わないだろう、整の望みどおりにしてやるのがいちばんだと思いながら、和章の手元に時計は今もある。ひょっとすると整は、和章が処分したものだと思い込んでいたのかもしれない。それもう、確かめられない。

手のひらに載せるとつめたい金属の重みを感じる。和章の記憶は何度でも巻き直される。

最後に整の両親と言葉をかわした道端。「何か、連絡あって、病院から」とまるで寝起きのように茫洋《ぼうよう》とした声で電話をかけてきた整。「遺体はご覧にならないほうがいいと思いますので、ひとまず所持品で身元の確認をしていただきます」と淡々と告げた刑事。

それからのこと、最後の夜、最後の朝。頭の中はたやすく過去に戻れるのに、こうしている間も現実の時間は決まったリズムで前進しているなんて。ひんやり触れていたベルトが手の温度でぬるまり、和章は自分の体温を疎《うと》ましく思う。無機物の純度を損《そこ》なったような気がするのだ。風防が欠けてしまわないよう、そっと引き出しに戻した。

石蕗《つわぶき》の家に行くと、柊の原付《げんつき》がまだ置いてある。保護色みたいな深いグリーン。預かっている合鍵で入り、二階の書斎にいる石蕗にひと声かけてから地下に潜《もぐ》る。習慣となりつつある動線の間に柊は見当たらず、気配もなかった。仕事が休みだったとして、バスか徒歩でどこかに出かけているのかもしれない。

いつもどおりの作業に取りかかり、二、三時間ほど経《た》っただろうか。天地も小口《こぐち》も黄ばんだ、見るからに古書、という風格の分厚《ぶあつ》い一冊に手こずった。辞書を引いても載っていない単語が多いし、文法もところどころおかしい。もっと詳しく調べようにも、手近にある高度に専門的な辞書は独英《どくえい》だったり独独だったりでやはり和章の手には余る。安易に石蕗を頼らないように心がけているが、意固地に独力を貫《つらぬ》いてもしょせん素人《しろうと》、ここはおとなしく白旗を揚げることにした。

本を携《たずさ》え、石蕗の部屋をノックする。

「先生、すこしよろしいですか」

しばらく待ったが返事はない。扉の向こうからは、クラシック音楽だけが流れてくる。先日の記憶がよみがえり、ひやりとした。まさか、倒れたりしてないだろうな。

「……先生、開けます」

言い終わる前にドアノブを回す。左右の壁は作りつけの書棚で埋められ、真正面には南向きの大きな窓とシングルベッドほどもある重厚なライティングビューローが見える。

「――ああ、藤澤くん」

チェアの背もたれがくるりと反転し、呆気《あっけ》なく石蕗が姿を見せた。

「すみませんね、ぼんやりしていました」

「いいえ。こちらこそお邪魔をしてすみません」

お訊きしたいことが、と本を見せるとすぐ思い当たったようで「ああ」と頷く。

「難しかったでしょう、これは」

「正直言って歯が立ちません」

「ポルトガル人の日記ですよ。要は、ドイツ語を母語としない人間が綴《つづ》っている。だから間違いだらけで意味も通じないのを、敢えて直さず出版したんです。書物としては欠陥《けっかん》なのかもしれませんが、僕のような者からしてみれば、その間違い方が実に参考になる」

「なるほど」

机の上には、二百字詰めの原稿用紙と鉛筆が数本、転がっていた。頼まれものの翻訳や解説を雑多にこなす日々だと聞いている。窓辺にはフォトフレーム――和章がデザインした――が立てかけられていて、今よりだいぶ髪が黒い石蕗と金髪の女性、その間で両手を引かれる幼い子どもが写っていた。

「死んだ妻と、柊ですよ」

和章の目線をたどったか、石蕗が説明する。女のほうは予想どおりだが、後者には若干驚いた。

「この頃は、髪が黒っぽいんですね」

瞳は茶色いが、それでも今と比べればずいぶん濃い。

「ええ。思春期を迎えてからどんどん妻の血がはっきり出てきて――遺伝子というのはふしぎですね、この子の父親はそんなふうにならなかったのに。本人はあまり愉快じゃない思いもさせられたようですが、これぱっかりは仕方がない」

「仕方がない、ですか」

「ええ」

「意外ですね。先生は優しいので、てっきりかわいそうとか気の毒とおっしゃるのかと」

「それじゃ僕の妻が悪いってことになりますからね。安易にルーツを否定するほうがよほど残酷ですよ」

そういうものか、と和章は思った。

「そうだ、さっき間違いの話をしましたね」

石蕗は机の一角を占めるオーディオセットを指差す。

「今流れている曲、知ってますか」

「いえ」

「リムスキー・コルサコフの『クマンバチの飛行』」

音の弾《たま》を絶え間無く発射しているかのような、めまぐるしいテンポのピアノ。ハチと言われれば確かにふさわしい気がする。

「クマンバチ、あるいはクマバチ。スズメバチをクマンバチと呼ぶこともあるそうですから、とても物騒《ぶっそう》に聞こえますね。しかし原題では『マルハナバチの飛行』だった」

「どうしてそんな誤訳《ごやく》を？」

「何かしらの思い違いがあったのかもしれませんし、マルハナバチでは語感が愛らしすぎると思ってわざと変えたのかもしれません。クマバチはこのへんでもよく見かけますが、図体は大きくてもおとなしい性質ですから、遭遇しても心配いりません」

「そうですか」

と言われても、とっさにスズメバチと見分ける自信はない。石蕗はリモコンに手を伸ばして音楽を停めてしまうと「クマバチは体の割に翅《はね》がちいさいんです」と言う。

「だからかつては、飛行力学上飛べるはずのない生き物だとされていました。では彼らはなぜ飛んでいるのか？　――結論はこうです、『飛べると信じる気持ちで飛んでいるのだ』」

冷笑を浮かべてしまったと思う。

「思考停止も甚《はなは》だしいですね」

「そうでしょうか」

「精神論で片づくなら科学なんて必要ありませんから」

「もちろん」

石蕗は鷹揚《おうよう》に答えた。何百回、何千回と、こういった応酬をするのに慣れた人間の口調で。

「信じる気持ちでは飛べません。今ではクマバチの飛行を科学理論で説明することができます。探究心でもって謎を解き明かすのは立派です。でも、『信じる気持ち』を信じる人間性だって同じくらいすばらしいじゃないかと僕は思うんですよ」

本はこちらで預かりましょう、と言われ、二階の書斎に置いてきた。一階に下り、ふと廊下の奥に視線をやると突き当たりのキッチンに柊が佇《たたず》んでいた。ダイニングテーブル越しの立ち姿は逆光で輪郭《りんかく》がぼやけ、印象派の絵画みたいだ。

明るすぎる、と目を細める。すると柊の手元でちいさく鈍《にぶ》い光を宿すカッターがはっきり見えた。もう片方の手に、その先端は沈もうとしている。


「おい」

いきなり大声で呼びかけられ、手の中からカッターを取り落としそうになった。

「藤澤さん」

和章が険《けわ》しい顔つきでやってくる。

「ちょ、びっくりさせんなよ」

「こっちの台詞《セリフ》だ、そんなもの持って何してる」

「何って——」

そこで柊は、何やらぶっそうな誤解をされているらしいのに気づいた。いやいや、真っ昼間から台所でリスカはしないだろ。

「とげが」

「とげ?」

「そう」

外を指差す。

「庭の手入れしてる時、うっかりピラカンサス触っちゃったからとげが刺さって。あ、ピラカンサスってサンザシな。花は終わったけど、もうちょっとしたら赤い実がいっぱいなってきれいだよ」

あ、きれいって言っちゃった。案の定和章はみじんも心動かされたようには見えない。

「それで、カッターでとげ抜きを?」

「刺さったまま作業続けてたから、もう薄皮の下に潜《もぐ》ってピンセットじゃ取りにくくて」

「消毒は?」

「え?」

「そのカッターは衛生的なのかと訊いてる」

「別に……」

日常的に手紙の封を切ったり段ボールを開けたりするのに使っている、ただの文房具だ。柊の無頓着《むとんちゃく》な答えに和章はため息をついた。

「でも手は洗ったし」

とげを抜いた後も洗うし、と主張すると呆れたようにかぶりを振ってカッターを取り上げた。

「ちょっと」

「左手か？　ちょっと見せて」

強引に柊の手のひらを上向かせると、とげの埋まった箇所《かしょ》を確かめる。

「ひとつじゃないのか。五、六……派手にやったな」

「ちょっとよそ見してて、思いっきり枝つかんじゃって」

叱られているような心持ちになり、別に迷惑かけてないじゃん、とちょっとむかっとした。でも和章の眼差しが真剣で何も言えない。細かな傷なんて日常茶飯事だし、祖父もいちいち構わないのでこの反応は新鮮といえば新鮮だった。

「消毒薬と針を持ってきてくれ」

「え」

「早く」

「……はーい」

大げさ、と小声でぼやきつつ救急箱と裁縫《さいほう》セットを持ってくると、和章は縫《ぬ》い針を一本選び消毒液で湿らせたティッシュで拭《ぬぐ》った。そして再び柊の手首を握って「動くな」とささやいた。

とげをふさいだうすい膜《まく》を、針先で慎重に突つく。くすぐったさに悶《もだ》えかけたがまた怒られそうなのでじっと我慢した。前髪が触れそうな距離で見る和章の顔は、実によくできている。美形でも端正《たんせい》でもなく「できがいい」と褒《ほ》めたくなる造作《ぞうさく》だった。品評会に出されるバラや菊や蘭《らん》みたいに。意思を持ったつくり手が存在し、目も鼻も口も、設計図に沿ってミスなく細胞分裂を繰り返して今に至りますという感じ。怒ったなら怒ったなりに、笑ったなら笑ったなりに、絵になって人の目を引く。きっと当人は、どうでもいいと思っているんだろうが。

「痛いか？」

「ううん」

まだ若い、再生したての皮膚はすぐほつれ、その下にある異物を露出する。和章は針をピンセットに持ち替え、するりととげを抜いてみせた。肉に食い込むささやかなしこりの痛みがふっと消え失せると、ほんの数秒はむずがゆさと物足りなさが残る。

「やっぱ器用だね」

「君は大雑把《おおざっぱ》すぎるな」

「そうかな」

広げたティッシュの上にとげを捨てると、また針の出番だ。

「仕事は、休みなのか」

「うん。藤澤《ふじさわ》さんて休み取んないの」

「毎日毎日来られるのが先生にとってきゅうくつなら考えるよ」

「じいちゃんは気にしないと思うけど……疲れない？」

「別に。君こそ、休日まで土いじりか」

「自分ちの庭は全然違うよ、俺の好きなようにしていいんだもん。開花の調整とか考えなくてすむし」

「その感覚は俺には分からないが、軍手ぐらいしたほうが賢明だと思う」

言われるまでもない。爪の下に入り込んだ土は落とすのに難儀するし、とげのある植物、かぶれる植物、樹皮の硬い植物、枚挙《まいきょ》にいとまがない。強い薬品を使う時もある、虫をつぶす時もある。その虫が毒を持っている時もある。賢明どころか必需品だ。

「仕事中はするんだけど、家だとつい」

「どうして」

「んー……うまく言えないけど、素手で触りたい。手袋越しに手つないでも物足りなくない？そんな感じ。感触とか温度とか……ちゃんと確かめとかなきゃって、焦《あせ》るんだ」

「けがをしても？」

「頭わりーから、懲《こ》りないんだよね」

「質問の答えとして適切じゃないな」

「えっと――……」

他人に無関心なくせして、妙にまじめというか融通《ゆうずう》が利かない。ルーズや曖昧《あいまい》、社交辞令が嫌いらしいのは分かってきた。こういうタイプが一般企業で人間関係に揉まれて働く図というのがなかなか想像できないので、和章に特別な才能があってよかったと思う――大きなお世話かな。

「花はきれいだけど、咲くまでにきれいじゃないことがたくさんあるんだよ。根が腐ったり土が腐ったり、虫も殺すし、生長の邪魔になると思えばほかの草も間引いて殺す。そういうのって人間の都合で……でもちゃんと自分の手を汚したら、花はもっときれいに見える」

そうだ、俺だって「きれい」なんて知らなかったのかもしれない、と柊は思った。花なんてそこらへんで勝手に咲いているものだと思っていた。植物園で働くようになって、ここまでの手間暇《てまひま》が必要なのかと最初は驚いた。水の量、肥料の種類に頭をひねり、毎日の天気に大の大人が一喜一憂する。全部放っておいても大丈夫、という日は、本当に一日たりともない。

何でそんなに、という疑問の答えは、そうすぐには得られない。がむしゃらに身体を使い、汗を流す単調な時間を重ね、そしてある時柊はもう言葉じゃないかたちで「知って」いた。花の美しさも、開花や結実《けつじつ》の陰にある生存競争のシビアさも、自分の労働の意味も。

「生き死にのサイクルにちょっかい出してるんだから、できるだけその実感が欲しいっていうか……とげが刺さったら痛いって分かってるのと、実際に刺さって痛いって思うのは全然違うだろ？　うまく言えないけど……俺は素手が好きっていうことにしといて」

　だんだんと、自分が偉そうな口舌《くぜつ》をぶっているような気がしてきたので自分らしく大雑把に締めくくった。和章は「分かった」と答える。その間にも手は休みなく動き、とげを取り除いていた。慣れが生む適当さとはまるで無縁に、一定の慎重さで同じ作業を行う。繰り返されるちっぽけな痛み。こんなの、カッターでぴっと切ってさっと取っちゃえばすぐなのにな。単なる性分で、柊を痛がらせまいと気遣っているわけではなさそうなのがおもしろい。

「しゅう」

「えっ」

　そんなふうに考えているタイミングで不意に名前を呼ばれ、心の中を読まれたみたいでとっさに手を引っ込めてしまった。

「すまない、痛かったか」

「え、や、違う違う、こっちこそごめん」

「あと一本だから、我慢してくれ」

「うん」

　人差し指の、ちょうど第一関節のところに入り込んだとげに取りかかる。

「今、何言いかけてた？」

「君の名前。しゅうって、漢字は柊《ひいらぎ》？」

「そう」

「なるほど」

「何が?」

「ドイツ語だとシュテッヒパルメ。シュテッヒはとげ、パルメは手のひら。うまい符合だと思って」

「知らなかった」

和章はとげを抜き終えると、新しいティッシュに消毒液を噴きつけ、傷口ともいえないささいな薄皮のほころびに押し当てた。そのくらいは自分でもできるのにされるがままになっていたのは、和章の手がひんやりと乾いて、触れられると何となく気持ちいいからだと気づいた。

「この部屋寒い?」

「いや」

「手がつめたいから」

「これが平熱だから気にしなくていい」

「ふーん」

「というか俺は、君の手こそえらく体温が高いと思った」

「え、俺もいつもこんなもんだよ」

「そうか」

消毒液をしまいつつ、雑然とした救急箱をごく自然に整頓《せいとん》しながら和章は「子どもの頃」と言った。

「家族で海に行った。岩場の潮溜《しおだ》まりにちいさな魚を見つけた。波に運ばれて取り残されたんだと思う、狭くて浅い水の中をぐるぐる泳いでた」

「うん」

和章にもちゃんと家族が存在し、いかにもありふれた「夏休みの思い出」が語られたことに、柊は自分でも意外なほど安堵した。

「銀色で……そうだな、今の俺の、手のひらぐらいのサイズだった。まだ陽射しはじりじりきつくて、このままだとあぶられて干からびてしまうと思った。だから、さっと両手で掬《すく》って海に投げ込んでやるつもりだった。君がこの前、花を持ってきたように」

「うん」

「ものの数秒とかからないはずだった。でも、触れた瞬間魚はぐったりして動かなくなった。きっともう、だいぶ弱ってたんだろう。結果的に俺がとどめを刺したことになる」

「でもそれじゃ、遅かれ早かれってことだろ?」

「分かってる。初めて罪悪感ってものを理解したけど、気にはしてない。ただ、その時、父親に話したら、人間の体温は魚には高すぎると言われた。どんなにそっと触れても、火傷《やけど》をさせてしまうんだと。……君が手の話をしたから、思い出しただけだ」

「……藤澤さんって」

どういう反応をされるか予想がつかないのでためらったが、柊は言ってみた。

「実は結構優しいよね。実はっつったら失礼か……」

「何を根拠に？」

和章はけげんな顔をした。

「植物園が嫌い、動物園も水族館も嫌い、っていうのは、人間の勝手で飼われてる動物とかがかわいそうって思うからだろ」

「それは違う」

あっさり否定されてしまった。

「動物や魚やましてや植物に、自分の置かれている境遇をはっきり認識する知性があるとは思わない。同情なんてひとりよがりだ」

「だったら――」

どうして、という問いを飲み込んだ。一瞬、和章がひどく遠いところを見たから。迷ったりふらついたりすることのなさそうな視線の照準《しょうじゅん》が、不意に狂った。

「俺が、閉じ込める側の人間だからだよ」

「え？」

「自分だけの都合で、騙して閉じ込めても平気な人間だからこそ、檻《おり》にも水槽《すいそう》にも近づきたくない。単純な話だ」

言ってすぐ、後悔したのが分かった。余計な話をした、といういら立ちがかすかにゆがんだ口元に苦くにじみ、和章は「戻らないと」と背を向けた。

「あ——待って、藤澤さん！」

それ以上詮索したかったわけじゃない。ただ、あんな顔のまま、ひとりきりで地下に行かせるのは忍びなかった。それが柊の勝手な感情だとしても。

振り返らない背中に小走りで追いつくとシャツの裾《すそ》をつかんで、ああ何か気の利いた会話を、とノープランの頭から取り急ぎ絞り出した言葉は「ごはん！」だった。

「……は？」

和章が足を止めた、ので成功といえば成功かもしれない。

「えと、あの……昼、どうすんのかなって。もう、いい時間だから」

そういえばこの人、毎日どうしてるんだろう。祖父は残り物や常備菜《じょうびさい》で適当にすませているが、まさかご相伴《しょうばん》にあずかっているはずもない。

「食べない」

「毎日？」

「ああ」

「だめじゃん」

「朝晩はちゃんと摂《と》ってる。何の問題が?」

「腹減るだろ」

「二日も三日も飢《う》えてるわけじゃないし、作業をしてたら気にならない」

「だからそーゆーのがだめなんだって! 首から上だけで生きてんじゃないんだから、ちゃんと身体が出す声、聞かないと」

柊は台所に引き返し、食器棚の引き出しから生活費用の財布を取り出すと今度は和章の横を通り過ぎて玄関に向かった。

「ちょうどスーパー行こうと思ってたし、何か買ってきて作るよ」

「必要ない」

「いいから! 作るから! 食べなくても作るから!」

逃げんなよ、と我ながら謎の捨て台詞を残して原付の鍵を握りしめ、表に出た。どうしてこんなにむきになるのかよく分からない。でも、他人のとげをあんなに丁寧に取り除けるのなら、もっと自分に気を遣ったっていいじゃないかと、悲しいような腹立たしいような気分になったのだ。

グリップと密着する手のひらに、点の疼《うず》きが生じる。さっきとげを抜いたところで、ちくちくするのは、柊の脈が速いせいだった。血の流れる響き。身体のリズム。

茄子《なす》のへたについたとげが刺さったことがある。とても細くて、祖母がずいぶん苦労して抜いてくれたのを覚えている。

――抜けなかったらどうなるの？

痛みと不安でべそをかく柊に、祖父は澄ました顔で告げた。

――もっと深く潜って、血管を泳いで柊の心臓に刺さるだろうね。

人の悪い冗談に大泣きしてしまって、祖母が「ばかなことを言わないでください」と怒った。

――大丈夫ですよ柊、そんなわけがありません。

彼女は「くだけた日本語」を習得しなかったので、誰に対しても丁寧な話し口調だった。

――おばあちゃんも子どもの頃、ガラスのコップを割って、砂粒ぐらいのかけらが腕の中に入ってしまいました。

――どうなったの？

――大人になってから、手術をする機会があったのでお医者さんに頼んでついでに取り出してもらいましたよ。

――痛かった？

――いいえ、眠っている間に終わりました。ガラスがね、白い膜に包まれて丸くなっていてびっくりしました。

――何で丸くなったの？

――おばあちゃんの身体が、おばあちゃんを守ろうとして頑張ってくれたから。貝が真珠を造るのと同じですね。だから柊も心配いりません。もしもとげが抜けなくたって、時間が経《た》てば身体の中で大丈夫になります。

あの人の中には、と柊は思った。

とげが刺さってるんだ。抜けないのか抜かないのか知らないけど、丸くならず、尖《とが》ったままのかたちで。さっき不意に、そのありかに触れてしまったのだ。

それにしても「閉じ込める」とはどういう意味なのか。言葉どおりなら犯罪だけど、もっと抽象的な意味合いかもしれない。

取りとめなくそんなことを考えているうちに、ふもとのスーパーについた。ネットで注文すれば宅配もしてくれるが、柊はできるだけ足を運びたかった。肉でも魚でも野菜でも、現物を見て「これが食べたい」と感じるのが大事だと思う。

物言わぬ植物を相手に働くようになって、自分の身体感覚を尊重することを覚えた。ただ言いなりになるんじゃなくて、肉体が欲しているものをきちんと見極める。結果、東京で暮らしていた時みたいにだらだら眠ったりだらだら食べたりしなくなった。祖父は「だんだんと野生に返っていくねえ」と半《なか》ば本気で言う。そして「だからといって頭で考えることをおろそかにしてはいけない」と戒《いまし》めるのだった。

ひょっとすると、和章と足して等分すればほどよくなるのだろうか。とっさの発言とはいえ、食べ物の好き嫌いくらい訊いておけばよかった。

会計を終え、食料品と日用品が詰まったリュックを背負って店を出た時だった。

「お客さま、ちょっとよろしいですか」

柊の数歩前を歩いていた女が、後ろから手首を摑まれた。摑んだ側も普通の主婦にしか見えないいでたちだったが、平静を装《よそお》った声には、ぴんと張りきった糸のような緊張がある。

「何ですか」

「レジを通してない商品がありますよね」

「知りません」

「いいからこっちに来なさい。全部見てたんだから」

柊は駐輪場まで走った。背中でがさがさこすれるビニール袋の音がひどく耳障《みみざわ》りだ。ヘルメットをかぶり、急いでキーを挿《さ》した。手が小刻みにふるえているのに気づき、しっかりしろよと自分に言い聞かせながらぎゅっと握り込んでエンジンをかける。心臓の鼓動は、追い立ててくる足音に聞こえた。もちろん誰も追ってきやしない。柊は正規の手段で買い物をすませ、何ら後ろめたいまねはしなかったのだから。

だからいやなんだよ、と思う。

頭なんて。忘れ去りたいことをいつまでも残していて、ふとしたスイッチで記憶の暗がりを照らすのだ。そんなの、望んでいないのに。まばたいてもさっきの光景が消えない。エンジンをふかしても耳にまとわりつく声が消えない。

柊のとげも、鋭いまま柊の中にある。


逃げんなよ、と言って柊は鍵もかけずに飛び出して行った。原付の音が遠ざかると、二階から石蕗が顔を覗かせる。

「何やらにぎやかですね。どうかしましたか」

「いえ……僕にもよく分かりません」

そう、分からなかった。なぜ昼食ごときで食い下がってくるのか――いや、それよりも、なぜ軽々しく口を滑らせてしまったのか。誰とも関わらない生活が、知らずストレスになっていたのだろうか。

「ほう。柊が何か迷惑をかけてないといいのですが。粗忽《そこつ》なところのある子ですから」

「それは別に」

「そうですか」

「先生」

「何です?」

これも無駄口だな、と分かりながら、和章は言った。

「信じる気持ちで飛べる、なんて真剣に言えるのは、きっと彼みたいな人間なんでしょう。世界を咀嚼《そしゃく》するのに、理屈を必要としない」

「不肖《ふしょう》の孫を褒《ほ》めていただいたと喜んでおきましょう」

眼鏡の奥の目が、しわに紛《まぎ》れて見えなくなる。


地下にいると、どうしても時間の経過に疎くなる。作業の終わりと決めている午後六時にアラームを設定しているので、それで特に不便はなかった。

ノートにまとめていた蔵書録をパソコンに打ち込んでいる最中、ふと画面の片隅にちいさく表示された時刻が目に入る。午後四時半を過ぎたところだった。和章はキーボードを叩いていた手を止めた。

何か作る、と宣言して柊が出かけてから、五時間近く経過しているのに、未だ何の音沙汰もない。食べたいわけじゃないが、あんなに力強く宣言したのに「気が変わってやめた」というのは不自然に思える。でも声をかけられていないし――そもそも家に帰ってきているのか？山を下りればすぐに店はある。買い物に何時間もかけているとは考えにくいが……そこで交通事故、という可能性に行き当たった。作りたくても作れなくなった、としたら。

あんな原付、車とぶつかったらひとたまりもない。

和章は作業のバックアップも取らず立ち上がり、一階に向かった。まず玄関をチェックすると、やはり靴がない。階段を上がる。足音のリズムより動悸《どうき》のほうがずっと速かった。子どもじゃあるまいし、悪い想像を膨《ふく》らませなくても、帰ってこない理由なんてほかにもありえるだろう。和章は柊についてほとんど知らないのだから。でも知らないくせに、柊は自分の言葉をやすやすと反故《ほご》にするようなタイプじゃない、となぜか確信しているのだった。

石蕗の部屋をノックする寸前、記憶の断片が脳裏《のうり》に広がる。一面にひびが入った腕時計の風防の中、そのかけらのひとつひとつに違う絵がはまっていた。最後に見た、整の両親の笑顔。真っ白い布がかけられたストレッチャー、こんもりと盛り上がった人形《ひとがた》の生々しさ。整が泣いていた、整が放心していた、だから、俺は本当のことを言えずに——。

力加減を間違えた。扉を叩く音は、和章自身が驚くほど強かった。そのせいだろうか、石蕗は「どうぞ」と答えるのではなく、自《みずか》らドアを開けた。

「どうかしましたか」

彼が、と発した声は対照的にちいさい。

「買い物に出たきり、まだ帰っていないようなんですが」

「おや」

石蕗の上まぶたがぴくりと動いた。

「何かあったのではと思いまして」

「帰ってはきましたよ」

「え?」

「一度帰ってきて、買ったものを冷蔵庫に入れてたんでしょうね、下でごそごそしていたかと思うとまた出て行きました」

「そう、ですか」

ほっとするというより感情のはしごを外された気分で、置いてきぼりの杞憂《きゆう》をうまく処理できず、和章は歯切れの悪い相づちを打った。石蕗の興味深げな視線に気づくと、「食事を作ってくれるようなことを言い残して出かけていたので」と慌てて言葉を継ぐ。いったい何を取《と》り繕《つくろ》っているんだ、と思いながら。「作ってくれるようなこと」という、ふだん嫌っている曖昧な表現をなぜ選んだのか。

「昼食の当てが外れたから気にしているわけではないんです、ただ、いい加減な口約束をする性格には見えなかったので」

「ええ、ええ」

和章の動揺を宥《なだ》めるように石蕗は何度も頷いた。

「君がいつもここで食事をしないのは知っていますよ。ついでに、書庫は防音扉を取りつけてあるから柊が帰ってきたことも分からない。ご心配をおかけして恐縮です、そのうち戻ってくるでしょう、僕からちゃんと叱っておきますから」

別にそんな必要はない、と返そうとして、和章は気づいた。柊が食事を作らなかったのを、石蕗は特に不審がっていないようだ。思い当たる節でもあるのだろうか。

「行き先をご存知なんですか」

婉曲《えんきょく》に探ると「そのへんでしょう」とざっくり答える。

「出先でいやな出来事でもあって、逃亡したんだと思いますよ」

「逃亡、とはまた穏当《おんとう》じゃないおっしゃりようですね」

「そうですか」

「先生は言葉を使う職業ですから、若い人たちみたいに、意味もなくオーバーな表現はなさらない」

「君もじゅうぶん『若い人』でしょうに」

石蕗はにこにこしながら「逃亡はよくない言葉だと思いますか?」と尋ねる。

「……まず、ポジティブな意味では捉えられないでしょうね」

「そうですね。でも僕は昔から、どうして『戦う』の対義的な意味で用いられるのかふしぎなんですよ。逃げるという戦い方だってあるでしょうに」

「先生らしくもない詭弁《きべん》ですね」

またた、と和章は思った。らしくもない、と言えるほど、先生の何を知っているんだ。

「詭弁ですかねえ、どうして立ち向かうことばかりが賛美されるんでしょうか。逃げて逃げて、逃げた果てに初めて思い知るんですよ。自分が自分であることからは決して逃げられないと」

「……先生も、逃げたんですか」

「おやおや、藤澤くんらしくもないですね」

今度は石蕗が言った。

「とうに知っていることを、敢えて確かめようだなんて」


どうしてか、どうしても、書庫に戻って作業を続ける気にはなれなかった。どうせきょうは——柊と話してから——妙に集中を欠いて進みが悪かった。明らかな波が出るのはここに来てから初めてで、自覚していら立つとますますペースが乱れる、というよくないループにはまり込んでしまう。

閉じ込める側の人間だから、なんて口走ってしまった理由は分からない。一度出た言葉は引っ込められないのだし、と忘れて気持ちを切り替えるのもうまくいかなかった。

ひょっとすると俺は人恋しいのか、と思ってみたりする。久しぶりに他人と接触して、急に寂しくなったのか。誰かに打ち明けて分かってほしいなんて気持ちが、心のどこかに芽生えたのか。そうだと認めるにも、いや違うと突っ張るにも、結論を出すだけの材料がまだ足りない。

ひと気《け》のない台所は、書庫よりも肌寒く感じられた。血管が冷えていくのを実感し、そうだたった今まで動悸がしていたんだな、と改めて自覚した。柊がカッターと対峙《たいじ》しているのを見た瞬間もぎょっと驚いたし、きょうは心臓がイレギュラーに働いている。

整のために家じゅうの刃物を隠したり、整が高層ビルや電車のホームを見てふっと眼差しをうつろにさせる瞬間、息を詰めていたことを思い出した。

親に先立たれたからといって、それがどんなに突然で心を痛めつけるものだったからといって、成人した息子が後を追うなんてありえないと普通は思うだろう。でも「後を追いたい」という確かな願望がなくとも、視界の端できらめいた包丁の切っ先、猛スピードで迫《せま》ってくる電車のライト、陽射しをはね返す高所の窓ガラス、そんなものたちが、涙を絞《しぼ》り切った後の目にどこかいいもののように映り、正気を欠いた心を誘うことは、誰にだってある。

だから和章は柊の姿に動転し、勘違いだと分かると、その無頓着《むとんちゃく》さに軽く腹を立てた。植物よりも自分を心配するべきだろう。人間の指や手は、草木みたいにまた生えてこないのだから。かと思えば他人の昼食ごときでむきになったり、気遣いの配分を完全に間違えている。

再びきびすを返すと、今度は扉の傍《そば》にある電話台が目についた。電話台の下にはシュレッダーが置いてあり、シュレッダーの隣には不要書類入れとおぼしき段ボール箱がある。和章の注意を引いたのは、正確にはその段ボールの底だった。

「石蕗柊様」と、たぶん男の、達者とはいえない筆跡で宛名書きされた白い封筒がぽつんと忘れ去られたように残っていた。断裁しそびれていたのか、それとも、きょう届いたばかりのものなのか。拾い上げて確かめるわけにはいかないので中身の有無《うむ》は不明ながら、和章は何となく、柊が封を切らないままここに放り込んだように思えてならなかった。

そのへん、という石蕗の言葉を信じて外に出る。一言かけておくべきかと迷ったが結局何も言わなかった。視界に全景が収まる距離で一軒家を眺めると、非常に閉じた場所だと感じた。山中異界、と呼ぶには大げさすぎる。周辺にも民家はちゃんと建っているし、バスが通っていて、山を登れば植物園が、下ればスーパーマーケットやガソリンスタンドやホームセンターがある。何からも隔絶《かくぜつ》されていない。

でもこの家の、ふたり暮らしのひそやかさは何なのだろう。ひたすら部屋で書き物や読書をする石蕗、植物園と家の往復が主な日常らしい柊。柊の、土仕事で荒れた手。ちょっとやそっとの年月でああはならないだろう。学校は？　柊の両親は？　柊は一生ここに住む気なのか？

いや、俺こそいつまでここにいる気なんだろう、ふと考えた。二週間ほど経った。夏の名残《なごり》に秋の気配が濃く混じり始めている。作業はまだ二割にも到達していない、が、最初の頃より格段に効率が上がっているので、案外早く完了するのかもしれなかった。そうしたら次は、どこへ逃げればいいのか。いつまでこんなことを続けるのか、自分はどうなるのか。たとえば来年の雨の季節には——目先の逃避ばかりに傾いていた心が、もっと先の未来を見た、ことに自分で驚いた。だって希望は何ひとつない。やりたいこと、住みたい場所、会いたい人。空っぽだ。でも自問するということは、変わりたいのか。

いつまでも続けたくないんだったら、どうする？　石蕗の言うように、もっと逃げたら何がしかの答えが見つかるのだろうか。自分は自分でしかない、なんていやというほど知っているつもりだけど。

頭の動きのめまぐるしさを振り払うように足を動かした。家の裏手、どこまでが庭でどこからが山の領域なのか判然としないあたりに一本の高い木があり、その下に柊を見つけた。


幹にもたれて、眠っているらしい。樹高《じゅこう》は三メートル以上もあるだろうか。深緑色の葉はふちがぎざぎざとのこぎり状になっていた。それだけを見ると攻撃的なのだが、あちこちから白い花が覗き、ほのかに甘い香りが漂う。四枚の花弁《かべん》を持ったちいさな花は外向きに集まり、かんざしのように丸いかたちを作っていた。尖《とが》っているのに丸く、拒《こば》んでいるのにやわらかい。ふしぎな木だ、と思った。アンバランスで、柊に似ている。

風が吹くと白い球形《きゅうけい》が欠け、花がひらひら散る。それが柊の鼻先にひらめくときゅっと眉間にしわを寄せ唇をむにゃむにゃ動かし、何だか赤ん坊みたいな表情だった。ん、とくぐもった声でうなるとゆっくり目を開ける。

その、ほんの数秒間の、あまりに無防備な眼差しは初めてこの世というものを映したように見えて、和章は思わずたじろいだ。自分が視界に入っていてはいけない気がしたのだ。ただし数度まばたいた後はもうふだんと変わらない柊で「あれ」と和章を見上げ、きょろきょろと左右を見渡し「やっべ」とつぶやいた。

「……今、何時？」

「五時前、かな」

「うっそー……」

あおのいた頭のてっぺんを木の幹に軽くぶつける。

「ごめん、ちょっとひと休みするだけのつもりだったのに。昼めし作れなかった」

「いや、気にしていない」

取りなすと、却《かえ》って機嫌をそこねたようだった。石蕗が匂わせたように、出先で何かがあって気が塞《ふさ》ぎ、ここに逃げ込んだとは見えない。しかし自分の印象よりは身内の推測のほうが正しいに決まっている。

「気にしてよ」

「よくこんなところで熟睡できるな」

野外だし、地面は盛り上がった木の根なんかでやわらかくもないだろうし。

「俺、この木好きなんだよ」

「木なら何でも好きなんだろう」

「そーだけど……とりわけってこと！」

「何ていう木なんだ」

尋ねると、驚いた顔をする。だから和章は理由を説明しなければ、と思う。なぜ名前を訊こうと思ったのかを、柊に分かってもらうために。それでも、君に似ていると思った、とは言わなかった。

「変わった木だと思った。単なる個人的な印象だから、珍しいのかどうかは知らない。俺が知らなかっただけで、街中にあふれているようなものなのか」

「あふれてはないよ」

柊はちょっと笑って、葉の繁る頭上を指差す。

「ヒイラギモクセイ」

「君の名前の？」

「そう」

言われてみればその葉は、クリスマスシーズンに見かけるリースの材料によく似ていた。ただ、ヒイラギといえばどうしても赤い実を連想するから、この白い花とはイメージが結びつかない。

「キンモクセイ、分かる？　オレンジ色の花の……芳香剤《ほうこうざい》とかに使われてるやつ」

「匂いは知ってる」

「キンモクセイはギンモクセイの変種。キンモクセイのほうが有名だけどね。それで、ヒイラギモクセイは、ヒイラギとギンモクセイが交雑《こうざつ》した木だって言われてる」

「言われてる、というのは？」

「座れば？」

柊は手の向きを変え、自分の隣を指した。いつもならもちろん座らない。ただきょうは不測続きだったので、さしたる抵抗感もなく腰を下ろした。促《うなが》した柊のほうが「どうしたの」と目を丸くする。

「君が言ったんだ」

「そうだけど、まさか来ると思わなくって」

「どうして、拒否されると予想しながら提案をするんだ？」

「えー……そんないちいち深く考えてないし。藤澤さんて疲れない？」

「疲れてる」

と和章は答えた。

「毎日疲れて、疲れるのにも疲れてる」

ああまた余計なことを言った、みっともない愚痴《ぐち》だ。自己嫌悪にため息をつくと、傍《かたわ》らの柊が肩を揺らす。君のせいじゃない、と思う。でもここにいるのが柊でなければ洩らさなかっただろう、ならばやはり柊のせいになるのか？

その疑問は棚上げにして、和章は「さっきの話の続きを」と水を向けた。

「ヒイラギは、日本とか台湾とかが原産地。クリスマスに使うセイヨウヒイラギはモクセイ科じゃなくてモチノキ科だからまた別の種類ね。そんで、ギンモクセイは中国原産。どこで交わって雑種《ざっしゅ》ができたのか、未《いま》だに分かってない」

「中国から渡ってきたギンモクセイが日本で交雑したんじゃないのか」

「違う。ヒイラギモクセイ自体がいわば外来種で、日本には雄株《おかぶ》しか存在してない」

「だから、曖昧な推測の域を出ない？」

「そう、でもそういうとこが好きなんだ。人間の知らないところで、出会うはずのなかった木同士が混ざって、新しい一本になって殖《ふ》えたって思うと、わくわくする……日本にあるのは、ギンモクセイもキンモクセイも含めて雄株ばっかで、藤澤さんの嫌いな挿《さ》し木とか取り木で殖やしてきたけど」

下がったトーンを自ら取り繕うように、地面に落ちていた葉の一枚を拾い上げ「これ」と示した。

「てっぺんあたりだと、周りのとげが失くなってるって気づいた？」

「いや、全然分からなかった」

柊はたちまち得意げになる。

「背が高くなると、もう虫も寄ってこないから、上に行くにつれてとげのちっさい葉に生え変わってくんだよ」

「なるほど、合理的だな」

「うん。植物にはちゃんと理由がある。グロテスクなのも攻撃的なのも、毒を出すのも、守るためで、わざわざ傷つけるためじゃない」

そのとげの痛みを確かめるように指先をちくちく刺すと「俺の名前」と言った。

「じいちゃんとばあちゃんがつけてくれた。十二月生まれだったし、ヒイラギは魔除《まよ》けになるからって。でも、ヒイラギって『ひいらぐ』からきてて、痛いって意味なんだって。漢字も『疼く』が由来らしいから、縁起わりーなって思わないでもなかったけど、藤澤さんが教えてくれた、『とげの手のひら』は、何か嬉しかったな」

「意味するところは変わらないと思う」

「だから『何か』だよ」

まだとげの旺盛《おうせい》な葉を、親指と人差し指の間で表裏とくるくるさせる。何も刺さなくなるまで、ここから何年かかるのだろう。緑の目が、その時間を測ろうとするようにじっと見つめている。柊は和章を見ないまま、唐突に尋ねた。

「教室にいる時のじいちゃんってどんな感じだった?」

「どう、と言われても」

和章はその抽象的な問いに考え込んだ。

「教えぶりも物腰も、丁寧な方だったよ。分かりやすい授業だったと思う。ただ俺は、ごく初歩的なドイツ語の講義を受けていただけだから。本格的に論文の指導をしてもらったとか、そういう濃いつき合いがあったわけじゃない」

そう、むしろ今のほうがよほど、石蕗は「先生」だった。

「なのに、仕事頼まれたから引き受けるってふしぎだよね」

「特に断る理由がなかった」

「そっか……」

いったん口をつぐんだ柊は、祖父についてもっと突っ込んで訊きたかったのだと思う。祖父が、勤め先を追われるように辞めた件について。和章から提供できる大した情報もなかったが、次の質問は「大学って楽しい？」というこれまた大味《おおあじ》なものだった。

「行けば分かる」

「え、無理だよ」

「どうして」

「だって……俺、中卒なんだけど。そうでなくても、あんま頭よくないし」

何でその程度のこと、意を決したふうにおそるおそる言うんだろうか。

「勉強して高卒資格を取れば大学受験はできる、試験に通れば大学で学べる。ただそれだけの話だろう。年齢制限もない、レベルも高いところからそうでもないところまでいやというほど選択肢はある」

「それさー、藤澤さんが賢いからさらっと言えんだよ」

「制度上の話をしただけだから関係ない。ついでに言うと俺は、君の頭が悪いと思ったことはない。今だってこうして会話が成り立ってるし、君は、俺が知らない植物の知識をたくさん持ってる。きっと手がぼろぼろになるまで働く過程で習得してきたものなんだろう。それが学歴や学位より劣《おと》るという道理はない」

柊は和章をじっと見つめた。どこで交わって生まれたのか分からないという、ヒイラギモクセイの影が落ちて瞳の色が濃くなり、つややかな丸い種のように見えた。その丸さを和章はおそれた。すこしはとげでも出してくれないと、たちまち傷がついてしまいそうで――誰がつけるんだ。

柊が目を伏せると、ほっとした。

「藤澤さんは、やっぱり優しい」

「またその話か」

「だって今、本当にそう思って言ってくれた気がしたから」

「意味が分からない」

「勉強なんていつでもできるとか、学歴なんか関係ないって言ってくれる人はいる。でも、本心じゃないよなとか俺が自分の子どもだったらまた違う反応なんだろうなとか……分かって

るよ、そういうのもちゃんと優しさなんだ。中卒とかありえねーって言うわけにいかないしさ。だから、そっすねーって笑うんだけど、笑いながら、思ってないこと言わなくていいのにって思ってる」

「君も、笑いたくないのに笑ってる」

「そう、だから藤澤さんの言葉の、本当な感じがすげーなと思った」

そんなわけがない。自分がどれほど嘘つきか、和章は知っている。いちばん大切な人間を自分かわいさに何年も騙《だま》し続けてきたのだから。だから、「本当な感じ」も「すごい」も、和章じゃなくて柊の中にある。それは言わずに、和章は尋ねた。

「高校に、行きたかったけど行けなかったわけじゃないんだろう?」

「うん」

柊は明確に頷いた。

「自分で決めた。だからそれは、今でも後悔してない」

昼を作れなかったから、夜は食べて行ってよと誘った。和章はずいぶん渋っていたが、最終的には祖父の「お詫《わ》びをさせてやってください」という援護射撃《えんごしゃげき》に折れた。じいちゃんの言うことなら聞くんだ、と釈然としないでもなかったが、交流らしい交流があったわけでもないらしい和章が、祖父をちゃんと「先生」として立てているのを見るのは嬉しかった。

焼き魚ときのこのみそ汁と蒸し鶏のサラダ、温奴《おんやっこ》。特別なごちそうをこしらえる腕もないのでいつもどおりの献立《こんだて》を、和章は文句も褒《ほ》め言葉もなく食べた。テーブルマナーを云々《うんぬん》するような場じゃないが、箸《はし》の使い方がとてもきれいで（本人は意識していないのだろう）、食器の音をまったく立てない。和章の茶碗や皿だけがシリコンでできているようだった。感心するとともに、自分がとても無作法に思えて柊は何となく居住まいを正した。

「おや、きょうはやけにお行儀がいいね。お客さまのおかげかな」

祖父が目ざとく察してからかう。

「そんなんじゃねーし」

和章の前で指摘されるのは恥ずかしくて祖父に腹を立てた。和章がいるからふだんと違う、と知られるのが、その時、いたたまれないことのように感じた。

「言葉遣いは直らないねえ」

当のゲストはふたりの会話にさして思うところもなさそうで「この家にはテレビがないんですね」と全然関係ない話をした。

「ええ、必要を感じませんから。ニュースはラジオと新聞でじゅうぶんですし。藤澤くんは、テレビがないともの足りませんか？」

「いえ、僕も嫌いなので幸いですが」

そこで柊を見て「君は?」と訊く。

「え?」

「若いし、テレビがないとつまらないんじゃないか」

「や、そんな変わんねーんじゃ……」

「どうしても藤澤くんは、年寄りの側に立ちたいみたいだねえ」

祖父が愉《たの》しげに笑う。

「来たばっかの頃は、テレビ見たかったよ。ドラマの続きとか気になったし、ここ、静かだから落ち着かなくて。でも案外すぐ慣れた。あれ見なきゃこれ録《と》っとかなきゃって思わずにすむの、全然寂しくなくて、楽なんだってある日突然気づいた」

「そうなのか」

「うん。でもテレビが悪いんじゃなくて俺が悪い。離れて楽になったのは、俺が本当にはテレビを好きだったんじゃなくて、テレビに依存してただけなんだって、じいちゃんに言われた」

その上で「テレビを買うかい?」と問われ、柊は心から「いらない」と答えた。

和章は柊の言葉を噛みしめるようにすこし黙ってから、言った。

「そういうことを教えてくれる人が傍《そば》にいるのは、貴重だと思う」

「……だってさ、じいちゃん」

「柊から授業料を取ろうか」

「やだ」

それから、柊には分からない本の話を始めたので黙って聞いていた。小難しいやり取りの途切れ目で、祖父は「そうだ」と何かを思い出す。

「おととい懐かしい人からはがきが届いていました。昔、僕のゼミにいた平岩《ひらいわ》くんです。今度結婚されるそうで……藤澤くん、ご存知じゃないですか？」

「いえ」

「そうですか。平岩くんの口から、藤澤くんの名前を聞いた覚えがあったので。記憶違いかな」

「同姓の別人じゃありませんか」

「いえいえ、話から受ける印象が君以外にはありえなかった。あと……ちょっと変わった名前の……そうだ、ナカライくんですね、彼が一度、平岩くんと一緒にドイツ語サークルの旅行に参加したんです。僕はお目つけと、まあちょっとしたお財布の役割で、その時君の話を聞いたと思ったんですが」

「心当たりがないですね」

「そうですか」

それからまた本の話に戻った。食卓の空気が変わったわけでもなく、不自然な間があったわけでもなく、何でもない会話。

でも柊は、あれ、と思った。

藤澤さん、今嘘ついた。だって葉が地面に落ちる時みたいにかすかな、でも確かな音を、聞いた。

平岩、という名前が出た瞬間、和章の箸先が触れ合って、かち、と鳴った。知らないなんて嘘だ。ナカライっていうのは？　漢字を思い描けない男に対する反応は見えなかったが、感情を遮断《しゃだん》して身構えていただけかもしれない。祖父は気づいただろうか。この場で何かを探るサインを出すのはまずいと思い、柊は目の前の食事に集中した。

和章が帰る時、当然ながら外は真っ暗だった。

「ふもとまで送ってくよ。足下危ないし」

懐中電灯片手に申し出ると不可解だという顔をされた。

「俺を送り届けて、君はそこからどうやって帰るんだ」

「え、来た道に決まってる」

「それだって危ないだろう」

「平気平気」

街灯はぽつりぽつりと立っているが、闇がかぶさってくるような迫力の前では蛍《ほたる》の光より頼りない。和章に請け合ってはみたものの、山が持つ夜の貌《かお》は今でも怖かった。慣れると舐《な》めるは紙一重だから、それは必要な畏《おそ》れだと思っている。こんなに遅くまで滞在したことがない和章は「人間の時間」を過ぎた山を知らないだろう。怯《おび》えるところなんかは想像しにくいが、ひとりで行かせるのは気がかりだった。

「あ、じゃあ下まで原付押してついてく。帰る時はひとっ走りだし。それならいいだろ？」

「そんな手間は必要ない」

ときっぱり断られた。挙句、「携帯にライトの機能があるから」と懐中電灯すら持たず出て行ってしまった。昼間とは違って取りつく島もない雰囲気で、柊は「何だよ」と玄関先でふてくされる。

「意地っ張り……」

そして一部始終を黙って見ていた祖父を振り返り「何でこういう時に何も言ってくんねーの？」と八つ当たり気味の文句をつけた。

「何もって？」

「送ってもらいなさいってじいちゃんに言われたら、藤澤さん従ったかもしんないじゃん」

「そんな影響力があるかな」

「すっとぼけて……」

「聞き入れてもらえたかもしれないなら尚更言えない、藤澤くんを困らせるだけだからね」

「そんなに迷惑？」

ため息をつかれた。

「何だよ」

「分からないのか？　彼は最初から言ってるじゃないか。ふもとに下りてから、柊をひとりで帰らせるのが心配だと」

「いや言ってねーよ」

ついさっきの会話だからさすがに覚えている。心配、なんてキーワードは一度も出なかった。むしろ、俺が心配してんだけど。

「ちいさな子どもじゃあるまいし、一から十まで口にしないと駄目なのかい？　藤澤くんが柊を慮《おもんぱか》ってひとりで帰ったとどうして察しがつかない？」

「えー……考えすぎだよ」

祖父はさっきより大きなため息の後で「考えなしめ」と柊を叱る。

「昼間、柊が約束を破ってふらふらしていた時も、藤澤くんは心配していたよ」

「えっ？」

「柊がいないのに気づくと、足音を立てて階段を上がってきて、僕の部屋の扉をどんどん叩いた。平常心の彼が、そんな騒々《そうぞう》しい振る舞いをすると思うかい」

長すぎるうたた寝から覚めた時、すぐ目の前に和章がいた。夕暮れの気配に焦って気が回らなかったけど、そうだ、和章は柊を探しに来てくれたのだ。でなければわざわざ庭に立ち入ったりしない。

柊は手にしたままの懐中電灯をぎゅっと一度握り締めると「行ってくる」と靴をつっかけて外に出た。

「こら、柊――」

祖父の制止に一度だけ振り返って「薬飲めよ！」と言った。

「あと、きょう冷えるから、ちゃんとあったかくして」

追いかけてどうしたいのか分からなかった。心配してくれてたってじいちゃんから聞いて、なんてバカ正直に告げたところで、だったら大人しくしていろという話だ。でもじっとしていられなかった。地面を照らした懐中電灯の光の輪の中で、靴紐《くつひも》がだらしなくほどけているのに気づいたが、それを結び直す手間すら惜しかった。

何でかな、と思った。じいちゃんに「お行儀がいいね」ってからかわれた時、何であんなに恥ずかしかったんだろう。きっと祖父に訊いても、和章に訊いても答えは得られないのだろう。ならとりあえず今は、追いかけたいから追いかける。

帰路《きろ》の暗さ静けさは、和章に促しているように思えた。

この闇に乗じて逃げてしまえ、と。

うすい縁だったからと油断して、石蕗のもとに来たのは間違いだった。知己《ちき》につながる可能性を無視した自分の軽率さに腹が立つ。

石蕗は、和章がしらを切ったと気づいているだろうか。すこしでも不審に感じていれば、これから平岩と連絡を取って「藤澤」の存在を確かめるおそれはじゅうぶんにある。整と接点ができてしまうかもしれない糸はすべて絶《た》たなければならないのに。

会わなくても、言葉を交わさなくても、自分が今どこでどうしているのか、人づてにでも整の耳に入れるわけにはいかない。

石蕗に口止めするのは可能だろう。他言無用で、と頼めば、理由も問わず応じてくれるに違いない。でもそうまでしなければいけないのか、ともうひとりの自分が言う。

このまま帰り、身の回りのものだけ持って出て行けばすむ。仮住まいの契約を解除して乏《とぼ》しい家財は処分してもらう。それで和章の痕跡《こんせき》は消える。労働の取り決めをしていたわけでもないから、あとあと事務所に連絡されたりしても無視すればいい。

逃げるなんて、とても簡単だ。

背中から、明るい光が和章を捉えた。逃げる、という思いつきごと。エンジンの音がしないからバスじゃない。

振り返ると、懐中電灯を手にした柊がいる。

「どうして」

和章は言った。どうしてこんな時に、君は来るんだ。

懐中電灯に照らされて陰影を失った和章《かずあき》の顔がいつも以上に無機質に見え、柊《しゅう》は思わず足を止める。造作《ぞうさく》がいいだけに、つめたい凄《すご》みがあった。

「どうして、って……」

半《なか》ば衝動的に飛び出してきたのはやはりまずかったか。怒ってる？　言うことを聞かなかったから？　しかもただ腹を立てているというんじゃなく、もっと別の感情が和章の顔をこわばらせている気がした。それが何なのか、柊には分からない。とにかく和章の邪魔をしたのは確からしいから、ごめん、と口をついて出そうになった。そして回れ右して戻り、何も見なかったことにするのが賢明に違いない。帰宅して「やっぱ迷惑そうだった」と祖父に報告し、ほら見たことかと呆れられる。

短い沈黙の間にめまぐるしくシミュレートし、柊は言った。

「……ちょっと散歩に出てみただけだし」

「散歩？」

和章の眉間が一瞬にしてぎゅっと狭《せば》まったが、柊は「そう」と強弁《きょうべん》する。どんなに白々《しらじら》しくてもここで引き下がりたくないと思った。ひとりにしたほうがいいのかもしれないけど、ひとりにしたくない。こんな顔の和章を放っておきたくない。俺だって、探してもらったんだから。

和章を追い抜き、先に立って歩き出す。一本道でよかった。まさか柊を避けるため山に分け入るまではしないだろう。

「わざわざこんな時間に？」

足音がついてくるのにほっとしながら「そう」と繰り返した。

「こんなったって、まだそんな遅くないし——えっ？」

腕時計のバックライトを灯すと、午後三時を指したままだった。

「うっそまた止まってる……あ、大丈夫、大丈夫、ちゃんとやり方覚えてるから」

何も言われないうちから和章に弁解し「ちょっと持ってて」と懐中電灯を手渡した。一度にひとつのことしか考えられない性格だから、さっきまでの気まずさに頓着する余裕はない。

六時のところを親指で押さえて水平方向に振る……つぶやいて確認しつつ、和章から教わったとおりに手を動かした、はずが。

「あれ……動かない」

針はぴくりともしなかった。

「……ひょっとして俺、嫌われてんのかな？」

「そんなわけがないだろう」

和章がするりと時計を取り上げ、左右に振る。柊の動作と同じようで違う、もっとなめらか

ない。

でもっと静かな手つき。和章の挙措《きょそ》は、音を立てるんじゃなくて周りの音を吸い込むような静けさをはらんでいる。風に鳴る梢《こずえ》や、虫の鳴き声をその時柊は忘れた。

この人の仕草って、いちいちきれいだ。それが自分で分からないっていうんなら、もったいない。

「……ほら」

差し出された時計は、ちちち……と細かな羽音《はおと》に似た駆動を取り戻している。

「ありがとう」

時刻を合わせるのは後回しにして手首に巻き直していると、和章がふっと息をついた気配があった。さっきまでの、砂を練りこんだようにざらっと障《さわ》る雰囲気は失せている。

「君といると、毒気を抜かれるな」

ポジティブに受け取っていいのかどうか、分かりかねた。

「俺、何か邪魔した？」

「いや」

かぶりを振って「照らしてくれ」と道の先を促《うなが》した。

「散歩するんだろう」

「うん」

山の夜は、自分の声の聞こえ方が何だか違う。語尾がひゅるひゅるっと蔓《つる》のように細く伸び、木々の枝と絡《から》まり合っていつまでも消えない。すこし遅れて歩く和章の声もいつもより深く長く響いて、その余韻《よいん》は柊の耳をじんとくすぐったくさせた。

「毎日、どんなことをしてる?」

今までに経験のないふしぎな感覚に気を取られて、かんじんの和章の質問にうまく反応できなかった。

「えっ? ごめん、もっかい言って」

「植物園で何をしてるのかって訊いた」

「……俺が?」

「ほかに誰がいるんだ」

即答できずにいると、和章は「言いたくないのなら別に」と言った。

「や、違うよ!」

間を保たせるため、とかお愛想《あいそ》でそんな質問をする人間じゃない。和章は本当に知りたいのだ。柊がどんなふうに働いているのかを——柊のことを。

「いろいろ、あるけど——」

こんな答え、バカみたいだ。おまけに声が若干《じゃっかん》上ずってしまった。何焦《あせ》ってんだろう、と思う。制限時間を守らなければ、また和章が、出会った時の石みたいな無表情に戻って柊への興味を失うんじゃないかって、それが怖くて——何で?

嬉しいも楽しいもむかつくも悲しいも、柊にとって感情というのはつねに柊自身が分かるかたちで手の中にあった。占い師が水晶玉の色や翳《かげ》りを見て取るように把握できて当たり前ののはずなのに、和章といると自分に対する眼が曇《くも》る。喜怒哀楽のどのへんの座標にいるのか、どこに落ち着きたいのか、見当がつかない。心臓がそぞろに騒ぐのは、いったい何の作用なのか。

「朝は、まず園の中をくまなく見て回る。それで二時間近くかかる」

「毎日？」

「毎日。『見る』のがいちばん大事な仕事だって言われた。最初は意味分かんなかったし、一週間ぐらいしたら見飽きたと思ってた。でもそうじゃなくて、ちゃんと観察するんだ。つぼみがちょっと開いたとか、芽が出てきたとか、きょうは土がつめたい、きょうは葉が乾いてる、一日も同じ状態はなくておもしろい。最近は、ちょっと元気ないソメイヨシノが一本あって心配してる」

「ほかには？」

「栽培《さいばい》記録つける、温室の温度チェックする、散水車で水撒《ま》く、温室の苗にも水やる、あとシリンジってって、霧吹きで葉っぱの湿度保《たも》ったり……これから冬にかけては腐葉土《ふようど》もつくらなきゃ。落ち葉集めて、水とか油かす混ぜて発酵《はっこう》させるんだ」

「忙しそうだ」

「つってもただの手伝いだから」

柊は慌てて弁解する。

「俺の仕事って堂々と言えるものって実はまだないんだけど。人間の計画どおりに花咲かせるのはすげー難しいし、単なるバイトだからそんな責任重い担当はさせてもらえない」

「そうか」

反応はそっけないものの、柊の言葉にちゃんと耳を傾けているのが伝わってくる。でも、和章の人となりをすこしも知らなかったら「聞いてんのかこいつ」と思ったかもしれない。

この人、不器用なんだな、ものすごく。

「俺も訊いていい？」

「答えられる範囲のことなら」

こういう前置きだって、人によっては「木で鼻をくったような」と受け取られかねない。でも柊はあらかじめ線引きをしてしまう几帳面《きちょうめん》さがむしろ嬉しかった。許されたゾーンであれば、決して適当な返事はしないという意味だ。

「何でデザインの仕事しないの？」

範囲外かもしれない、と心の準備をしながら尋ねた。和章はあっさりと「何も浮かばないんだ」と回答する。

「全然？」

「そう。別に今までもご大層《たいそう》な持論や発想があったわけじゃなくて、自分が欲しいもの、使いたいものをその都度気ままにつくってきたに過ぎない。自分以外の一定数にたまたま需要があっただけで。それがふっつり途絶えると、理論に基づいてアイデアを絞《しぼ》り出すつくり方をしてこなかった人間は手も足も出ない」

「それって大変じゃん」

リモコンでも見つからない程度の口ぶりだけど。

「そんなに焦りはないいんだ。何となく予想はしていたし」

ふたりぶんの足音はほぼ同じリズムだった。和章が柊に合わせてくれている。ごく自然にそういう気遣いができる細やかさに本人が無自覚なのは、ちょっと残念だった。

「予想?」

「ひとつ何かをつくるたびに、これが最後なのかもしれないって思ってた。次から次へとプランが湧いてくるタイプじゃなかったし、頭の中は無限だなんて信じられない」

「ものつくる人って、みんな次はああしようこうしようってわくわく考えてるもんだと思ってた」

「そういう人間もいるんだろう、ただ俺は違う」

「何も思い浮かばなくても、それでも何かつくりたいとかって思わない?」

「どうしてそんなことを訊くんだ?」

歩行の振動が伝わり、地面を白く照らす灯《あか》りの円のふちが、ぶれる。木洩《こも》れ日《び》が風に揺れる真昼が今はとても遠い。

「デザインのことはよく分かんないけど、俺もじいちゃんも、藤澤さんのつくった食器とか好きだから」

好き、と口に出すのに緊張していたんだと、言ってから気づいた。

「そういえば、よその家で日常的に使ってくれているのを見るのは初めてだったから、新鮮だったな。どうもありがとう」

和章にありがとうと言われると、柊は、自分がとてもよい行いをした気持ちになった。そして、どんなにささやかでも、感謝や喜びといったプラスの感情を和章から掘り起こせたことにほっとするのだった。

「俺は、庭の花が咲いてたりしたら嬉しくてすぐじいちゃん呼んじゃう。うるさそうにされる時もあるけど……そういうの、藤澤さんにはない？　誰かに見せたくて、わくわくする感じ。こんなのできたよって」

その時、和章の歩調がわずかに乱れた。つられて柊も自分のペースを見失いかけ、あれ、とスキップができない子どもみたいにたどたどしく二、三歩進んで振り返った。答えられない領域に突っ込んでしまったのだろうか。

追いついた時の何かを思い詰めたような顔つきでも、いつものフラットな表情でもなく、喜怒哀楽がぽっかり抜け落ちた静けさをたたえていた。山にいて、不意に葉ずれも落ち葉の身じろぎも鳥のさえずりもぴたっと止《や》む静寂の訪《おとず》れに立ち会うのと似ている。自分から破るまでもなく、あ、と思うとその瞬間は終わっている。

「……雨だ」

和章がつぶやいた。柊の問いなどまるきり忘れてしまった口調で。

「え？」

「今、ぽつっときた」

「うそ――あ、ほんとだ」

地面に、黒くにじんだしずく。それはすぐ柊の髪や肩にも落ちて、光の中で白い糸になる。

「君の予報でも分からなかったか」

「そんなに百発百中じゃねーよ。夜は空の色とか雲が分かりにくいし……」

本気の発言じゃないのは分かっていたが、雨を予想できなかったのは自分の失態みたいな気がして柊は「傘取ってこようか」と申し出た。

「いいよ、もう結構歩いた。引き返すタイムロスより、濡れたまま進むほうを選ぼう」

「走ってくるしさ。それまでどっか木陰《こかげ》で雨宿りしててくれれば」

よしてくれ、と顔をしかめる。

「視界も足下も悪い中、坂道を走るなんて」

祖父の「心配」という指摘がよみがえった。勢いを増していく雨粒で冷える肌の下で、肉でも血でもないものがじわっと柊を温めたが、その正体は分からない。

「君が責任を感じる問題じゃない」

「そもそも俺が引き止めなきゃとっくに家に帰ってて雨に降られてないわけだし」

「引き止められようが、帰りたければ帰っていた」

「でも」

「何にせよ、ここで立ち話を続けるのがいちばん悪い選択だ」

もっともな指摘をし、「行こう」と柊の手を摑んで歩き出した。

「ちょっと」

「ほっとくとひとりで駆け出しそうだからな」

「しねーよ……」

こんなに気安く他人に触れてくると思わなかったので、不意打ちだった。もちろん、たやすく振りほどける程度の力だったが、柊はそうしなかった。ばたばた木々を打つしずくのせいで自分の心臓の音は聞こえない。内側から胸を叩く響きだけがつないだ指先にも伝わってくる。

そこから二十分ほど歩いて和章の家にたどり着いた頃には、全身くまなく濡れていた。

「上がって。そのままでいいから」

と言われても、この風体《ふうてい》でよそさまのお宅を闊歩《かっぽ》するわけにはいかず、玄関ホールで佇《たたず》んでいると、バスタオルを差し出された。

「こっち、風呂があるから。先に入って。服は全部洗濯機に放り込んでおいてくれればいい。乾燥をかける」

「え、後でいい、てかいいよ、もう帰るし」

傘だけ借りてすぐUターンするつもりだったからその指示には尻込みした。やめろと言われたのに無理やりくっついてきて、風呂まで借りるのは図々しすぎやしないか。

「いいから早く」

柊のちゅうちょに構わず、和章はタオルを押しつける。

「俺は風邪を引いたら先生に言って休ませてもらえるけど、君はそうもいかないだろう」

「いかないつーか、休みたくない」

「じゃあさっさと風呂に入るんだ。唇の色が悪い」

気後《きおく》れは解消されないものの、ただでさえ冷涼《れいりょう》な山の夜、突然の雨に体温を奪われて寒いのは事実だった。柊は「はい」と頷いてじゅくじゅくに水分を含んだスニーカーを脱ぎ、中へ入る。幸い、バスルームはすぐ横だった。

十畳近くはありそうな広い空間にバストイレと洗面脱衣所がゆったり配置された造りになっ

ていて、床も壁も、目の細かい真っ白なタイル張りだった。目地《めじ》のひとつひとつを歯ブラシで掃除する手間を想像するとくらくらしそうだ。でも一見したところ汚れもかびもなく、清潔感を通り越して無菌室めいた寒々しさにくしゃみを誘われた。駄目だ、早くあったまろう。

指示どおりに脱いだものをすべて洗濯乾燥機に入れてから、バスルームの一角を区切るシャワーカーテンを開け、バスタブの中で湯を浴びる。頭上から熱い雨に打たれ、浅く溜まったそれがじんわり足元を温めると、ほうと安堵の息が洩れた。しばらく経って、ドアが開く音がして和章が入ってくる。

「着替え、置いておくから」

「あ、うん」

そうか、この後何を着るのか全然考えていなかった。ありがとう、と礼を言ったがシャワーがうるさくて届かなかったかもしれないので、いったん湯を止めてから細くカーテンを開けて顔だけ出す。

「あの、」

服を脱いでいる最中の和章と目が合ってしまった。裸の上半身に焦点《しょうてん》が絞《しぼ》られ、瞳孔《どうこう》がきゅっと縮まったのが、和章にも分かったかもしれない。

「ごめん！」

「いや——」

慌てて引っ込み、ついでにしゃがみ込む。布きれ一枚の向こうでは、ピ、ピ、と電子音が何度かして、くぐもった水音が続く。

「ゆっくり入ってくれていいよ」

そう言い残して和章は出て行ったが、柊は自分の膝に浮いた水滴を凝視《ぎょうし》したまま返事ができなかった。何か言わなきゃいけないと思うのに、言葉が出てこない。勝手の分からない家で緊張しているからだろうか、こんなことで動揺してしまうのは。落ち着けよ男同士だろ、と言い聞かせても肌がざわざわして鎮《しず》まらない。

生身のリアリティがうすかった和章の素肌や、その下にある骨や筋肉の隆起《りゅうき》は柊の目にやたらとなまめかしく、見てはいけないもののように映った。向こうがまったく動じていなかったから助かったけど——当たり前か。男だもんな。うろたえちゃって、へんに思われてたらどうしよう。

柊の世間は固定されすぎている、という祖父の言葉を思い出した。大きなお世話だよと思った。ここで暮らしていいって言ったのはじいちゃんなのに、と。

でもやっぱりその意見には一理ある。中学校を卒業してから山にこもりっぱなしの柊には、友達がいなかった。園には年の近い職員も親しく話す職員もいるが、彼らはあくまで仕事仲間で、業務を教わる先輩だ。それでも、人間より植物を相手にしているほうが楽しいくらいだし、家に帰れば祖父がいる。寂しさも不足も感じていなかった。

けれど今、柊は分からない。和章の半裸を見たり、ふたりぶんの衣服が一緒くたに洗濯槽《せんたくそう》の中でぐるぐる回っているのを想像したりしてやたらと気恥ずかしくなる理由が。家に行き来する友達がたくさんいれば、こんなのは普通の交流で、いちいち気にしなくてすんだのだろうか。

……や、そもそもあの人、友達じゃないし。これから友達になる予感もしないし。

ひとりごちて浴槽の栓《せん》を閉め、湯を溜め始めた。このままじゃ湯冷めしそうだ。

男と一緒ってどんな感じだったっけ。体育の着替えや修学旅行であんなふうに動揺しなかったはずだ。する理由がない。水位は着実に上がっていくのに、頭の中はちっとも答えがまとまらなかった。どんな疑問でも祖父にぶつけてきたが、さすがにこれは訊けそうにない。

何で藤澤さん見てるとそわそわすんだろう、なんて。

脱衣所の棚には新しいバスタオルとバスローブがたたんであった。うわー、こんなん着るの初めてだよ。どっちも真っ白で、そう厚手じゃないのにやわらかく、よく水を吸って気持ちがよかった。ドアの前には麻のバブーシュがそろえてあり、これも柊のためらしいので履かせてもらった。すこし大きい。

「……ありがとうございました」

おそるおそるリビングに足を踏み入れると、和章は「座って」とキッチンカウンターに一脚きりのスツールを指した。来客をまったく想定していないにせよ、こういうものって何となくふたつ並べないだろうか。

深い藍色《あいいろ》のデミタスカップが目の前に置かれる。それも内側は目の覚めるような白だった。

「いただきます……うわ」

ひと口含んだ瞬間、舌から脳天まで痺《しび》れそうな苦味《にがみ》に柊は思いきり顔をしかめてしまった。エスプレッソ、というしろものは知っていたが実際飲むのは初めてで、コーヒーの仲間だろ、くらいの心構えだったのがいけなかった。こんなに苦いなんて。

和章は柊の表情を見ると素早くカップを下げてしまう。

「え、待って待って、ごめん、あの」

びっくりしたけど、まずいとは思わなかった。そういう飲み物だと踏まえてちびちび楽しめばたぶん好きになれる。慌てて手を伸ばすと和章はかすかな苦笑を浮かべる。

「無理しなくていい」

「無理っていうか、うち、じいちゃんがうすいコーヒー好きで、俺もおんなじのばっか飲んでたから」

ああ言い訳がましい、うえに責任転嫁していると思われかねない。柊の焦りをよそに和章はマグカップを取り出し、エスプレッソを移した。そして牛乳を注《つ》ぎ足して軽く混ぜると、電子レンジの中へ。

「うちには砂糖がないから、これで我慢してくれ」

一分後、柊の前ではカフェラテがほのぼのと湯気を立てていた。

「うまー……」

今度は頬をゆるめて心からそうつぶやいた。

「それはよかった」

和章の視線とまともにぶつかるとまた挙動不審に陥《おちい》ってしまいそうで、柊は膜《まく》を張りかけたラテの表面に目を落とす。両手で包むと気持ちいいカップ。

「これ、うちで俺が使ってるのと同じやつ」

「ああ、どうも」

和章はシンクの前に立ったままエスプレッソを飲んでいる。

「藤澤さんて、何気に面倒見いいよね」

「まさか」

「いいよ」

するとすこし考えて「君こそ」と言った。

「ほっとけないタイプだって言われないか。目が離せないとか」

「えー？　全然。じいちゃんだって基本放置だし、むしろどこに行っても生きていけそうって言われる。どこでも寝られるし、何でも食べるし」

「でもエスプレッソは駄目なんだな」

「だからびっくりしただけだって！」

むきになりようがおかしかったのか、和章は笑う。笑っても声は立てないから、その笑顔には外の雨音が重なり、柊は何となく寂しい気分になった。まだ雨はよく降っているらしい。これを飲んだらおいとましなければならないだろうが、服はいつ乾くのだろうか。それとも、別に何か、着るものを貸してくれるつもりかもしれない。和章が着ていたボタンダウンのシャツとかストレートなラインのパンツとか、似合う気がしないんだけど——そういう問題じゃないか。

「君が風呂に入っている間に、先生に電話した」

柊の頭の中を読んだように、和章から切り出す。

「最初はタクシーを呼ぶつもりだったが、この雨だし、どの車も近辺にいないみたいで渋られたから、今夜はうちに泊めます、と言っておいた」

「えっ」

「何か不都合でも？　先生には反対されなかったが」

「や……普通に帰るつもりだったから」

「雨はあすの朝にはやむそうだ。わざわざ今帰ることもないだろう」

「そりゃそうだけど」

和章は柊より早くカップを空にすると「俺も風呂に入ってくるから」と言った。

「飲み終わったらそのままにしておいてくれ。寝室は右手のドア、先に寝てくれて構わない」

「うん」

寝室は整然と簡素な眺めだった。ベッド、サイドテーブル、机、椅子。机の上にはノートパソコン、デスクライト、マガジンラックに数冊の雑誌。この家の眺めはどこもかしこも、雑誌のワンカットみたいだ。洗濯機や冷蔵庫といった実用的な家電を備えながら、生活の気配がほとんどしない。和章の愛着《あいちゃく》や思い出が何も浮かび上がってこないからだろう。不要なものを削《そ》ぎ落とそうとする意志だけが見える。

そして他人の家に上がるより、他人の服を着るより、他人の寝床にお邪魔するのは精神的なハードルが高い。ほかと同様、白で統一されたベッドリネンをにらんでしばらく立ち尽くしていたが、やがて覚悟を決めて――大げさな意味じゃなく――上掛けをめくり、身体を横たえる。さらさらとつめたいシーツに一瞬素足がすくんだが、すぐに慣れた。

家のベッドより広くて、羽毛布団はふわふわで、気持ちいい。大の字になったり、端から端へと寝返りを打ったりした後、目の下まで潜り込んで鼻から息を吸い込む。あ、ちゃんと藤澤さんのにおいする、と思った途端安心したが、同時に自分が恥ずかしくなった。変態かよ。きれいだけど無機質すぎる部屋で、和章が暮らしている実感にほっとしたのだ。

外で濡れている時はいまいましいばかりだった雨が、こうしてベッドで音を聞くぶんにはこのうえないＢＧＭだった。水のバリアに守られているみたいで落ち着く。うとうとはすぐにとろとろになり、本格的な眠りに落ちる寸前、基本的な疑問がよぎった。

——藤澤さんてどこで寝るんだっけ？

頬をひっぱたかれたみたいにばちっと目が覚めた。そうだ、椅子さえひとつしか置いていないこの家に、余分のベッドなり寝具なりがあるとは思えない。何で今まで気づかないかな、と自分ののんきさに腹を立てつつ寝室を出た。

「藤澤さん！」

「……うん？」

いつの間にか風呂をすませていたらしい和章は、スツールで本を読んでいるところだった。

「眠れないのか？」

「そうじゃなくて、藤澤さんの寝るとこは？」

「ないからここにいる」

あっさり言われてしまう。

「いらないと思って買わなかったが、ソファぐらい置けばよかったな。気にしなくていいよ、先生から借りた本を読んでしまいたいし」

「するだろ」

自分が転がり込んだせいで徹夜なんて。

「本ならベッドで読めばいいじゃん。そこ、代わるよ」

「そういうわけにはいかない」

「俺だって、家主《やぬし》追い出してぬくぬくしてらんないよ」

柊が譲《ゆず》らないでいると、和章は本を閉じて身体ごと向き合う。

「じゃあ君は、どうすればいいと思う？」

「え」

「ベッドはひとつ、ふたりとも相手が使えばいいと思っていて、折れる気がない。君が考える解決案は？」

「そりゃ——」

案はある、というかそれしかない。でも口に出すのははばかられてもごもごしていると、和章のほうから「俺はいいんだ、別に」と言う。

「ふたりで寝たって。少々きゅうくつだけど、大した問題じゃない。でも、君がいやがるんじゃないかと思った」

「い、いやじゃねーすよ。つーか俺のほうこそ……」

一緒に寝ようなんて持ちかけたら、気持ち悪がられるんじゃないかと怖くて口ごもっていた。

「何だ、それなら問題ないな」

言うが早いか立ち上がり、キッチンの明かりを落としてさっさと寝室に向かう。柊はその後を追う。壁のピクチャーレールに取り付けられたライトのほのかな光だけが残った。絵や写真のたぐいは下がっていない。

枕もひとつだけだが、これは争って譲《ゆず》り合うほどのものでもないだろうと遠慮せず使わせてもらった。和章は腕を頭の下に敷き、壁を向いて柊に背中を見せる。もう本を読む気はないらしく、照明も最小に絞《しぼ》ってしまった。

「二階は使ってないの？」

「荷物がすくないから」

これから使う予定もなさそうだった。

「ふーん……おやすみなさい」

「おやすみ」

見られていないせいか、あまり緊張せずにすんだ。眠っている間に蹴飛《けと》ばしたりしたらどうしよう、という不安はあるけれど。和章の後ろ頭を半眼《はんがん》にぼんやりとらえていると、ぽつりとつぶやいたのが聞こえる。

「考えてた」

「……何を？」

「自分の面倒見について。やっぱり俺は、人に構うのも構われるのも苦手で、でも前にも、ほっとけなくて、目が離せない相手がひとりだけいた」

「……そうなんだ」

その時、初めての感覚を覚えた。とげが刺さるんじゃなくて、自分の中から突き出してくるような痛み。抑《おさ》えつけるためにぎゅっと目を閉じる。

「でもそれは、責任とか、いろんな背景があって——もちろんいやだったんじゃない、俺が望んだ結果だけど、いつでもはらはらして、気を抜けなくて……君を見ていて思うのとは、だいぶ違う」

その相手が今どうしているのか、訊かなかった。ひとりぼっちの家がこれ以上ない答えだから。

「その人は、藤澤さんが目を離しちゃって大丈夫？」

「うん」

ちいさいけれど、確信に満ちた声で和章は答えた。

「そのほうがいいんだ」

「ずっと心配してくれてた人がいなくなったら寂しいじゃん」

「いや、楽になってるだろう。そうあってほしい。ただの依存に過ぎなかったと気づいてほしい」

「……人間は、テレビとは違うよ」

「知ってる」

短い答えの後、和章はもうしゃべらなかった。

雨音が耳につく。和章は壁紙の地模様を見つめたままじっと動かずにいた。枕代わりの腕はとうに痺《しび》れが切れている。

昼間聞いた、ヒイラギモクセイの話を思い出していた。どこでどう巡り会ったのかは分からない、でも二本の木は動けもしないのに人間のあずかり知らないところで確かに出会い、つがった。

本来なら交わるはずがなかった、それは整《せい》と、整が選んだあの男のようなものだろうか。いくつもの偶然でつながり、ほんのささやかな接点はいつしか大きな流れになって彼らをしっかりと結びつけた。和章が知った時にはもう遅かった。でも早く気づいたからといって、何か手を打てたとも思わない。

出会うはずのなかったものが出会ったのなら、それは出会うべくして出会った、というのと同義なのだろう。不幸な寄り道をしただけで――それさえも本当に必要な出会いのためのもので――整の相手は和章じゃなかった。きっとずっと前から決まっていた。時計を分解した和章に「一緒」と言ってくれた時より前から。雨に誘われ、まばたきすら忘れて過去へと没入《ぼつにゅう》していく。

不意に何かが背中にぶつかり、和章は現実に引き戻された。振り向かなくても分かる、柊の頭だ。寒いのか、たちまち全身でぴったりくっつかれてしまう。安らかな寝息のリズムが伝わってきた。身体の裏側だけが温かい。ベッドに入った時もそうだった。柊の体温が残っていて、人肌の名残《なごり》にほんのすこし戸惑った。そのぬくもりを心地よく感じた自分に。

柊に、嘘をついた。タクシー会社に渋られたと言ったが、本当は電話などしなかった。そう言われることを想定してかけなかったのだが、実際に問い合わせるのとでは話がまったく違う。意図したわけではなく、気づいたらその半端な嘘が口から出ていたのだ。今も、ひとごとみたいにどうしてだろうと思っている。

もちろん、石蕗《つわぶき》にはちゃんと連絡した。すいませんね、とひとしきり恐縮してみせた後、石蕗はこう言った。

――平岩くんのことなんですがね。

――……はい。

――結婚するので、披露宴に出席してほしいという旨《むね》のはがきだったんですが、まあ、僕なんかがのこのこ顔を出して万が一にも場を気まずくさせては申し訳ありませんからね、返事は出さずにおこうと思ってるんです。彼は察しのいい人でしたから、それで分かってくれるでしょう。

――なぜ、僕にそんな話を？

——世間話ですよ。

石蕗はひょうひょうと答えた。

——世間話は、誰とだってするものです。

平岩には何も言わない、だからこのままここにいろ、と言いたいのに違いなかった。やはりあの時の微妙な空気に気づいていたらしい。しかし、それに甘えていいものかどうか。和章は迷った。自分がどうしたいのかがよく分からないから答えは出ない。

答えの出ない物思いに耽《ふけ》るとどんどん目が冴えていくのが常だったが、背中に密着する柊の眠気が伝染したように、頭の後ろからどんどん思考がぼやけていく。

和章は、ひとりになってからおそらく初めて、眠ろうと努力せず眠りに落ちた。雨音も狭さも、腕の感覚がないことも妨《さまた》げにはならなかった。


目が覚めた時は仰向《あおむ》けの体勢だった。柊は横向きにくっついてまだよく眠っている。雨はやんだようだった。今、何時だろうか。六時に設定しているアラームは鳴らない。

そっと起き上がろうと身体を動かすと、柊がうっすら目を開けた。

「ん……」

「起こしたか、すまない」

「んーん……」

緩慢《かんまん》にかぶりを振ると「ばあちゃんの夢、見てた」と脈絡《みゃくらく》のないことを言う。まだ寝ぼけているのかもしれない。バスローブのベルトが寝ている間にすっかりほどけ、胸も腹もあらわになっているが本人は気づいていないようだった。和章はさりげなく布団をかけ直し「まだ寝ていい」と言った。

「大丈夫、目、覚めた」

「そうは見えないな」

「藤澤さん」

「うん?」

「『Einmal ist keinmal』」

たどたどしい発音だったが、ちゃんと聞き取れた。

「——って、どういう意味?」

書庫のノートを見たのだろうか。いちばん最後のページに、和章が書きつけた言葉。正しく綴《つづ》れるかどうか気まぐれに試したつもりだったのに、案外文字は乱れた。覗かれて困るようなものじゃないが、質問の意図が見えない。読めるのなら意味の見当もつくだろう。単に、夢に出てきたというドイツ人の祖母からの連想だろうか。

「先生に訊くといい。専門家なんだから」

「じいちゃんからは教わったよ。『一度はものの数じゃない』」

柊の声は、だんだんと明瞭になってくる。

「だから俺は、一度駄目でも諦めるなって意味だと思った。じいちゃんは笑ってたけど、藤澤さんなら何て言うのかなと思って」

即答を避けて和章は「前向きだな」と言った。

「一度駄目ならそこでおしまいってことのほうが、世の中には多いと思うが」

「そんなの知ってるよ。……じいちゃんも、俺も」

柊は上半身を起こした。そして、腹をくくったような顔で和章を見下ろし「じいちゃんが何で大学辞めたのか知ってんだよね」と尋ねる。

「概要《がいよう》ぐらいは」

和章は答えた。

「相手の女性をすこしだけ知っていたし。もっとも、知り合いの知り合いの知り合い、程度の顔見知りだ。構内ですれ違ったらあいさつはする、ぐらいの。大学の人間関係なんて大方はそんなものだよ」

整が両親を亡くした後で、和章の身辺もめまぐるしい頃だった。石蕗のゼミの女子学生が「指導教官から執拗《しつよう》なセクハラを受けた」と大学側に訴え出た、といううわさが立った。そんなまねをする先生じゃない、という声が学内では圧倒的だったが、彼女の父親がそれなりに権威のある職についていたのと、ちいさくではあるが週刊誌の記事になったことが祟《たた》ったか、石蕗は早々に大学を去った。女子学生もその後退学したと人づてに聞いたが、詳細は分からない。

「藤澤さんは、どう思ってる?」

「先生が、シロかクロか?」

「そう」

「俺に分かるはずがない」

和章は正直に答えた。

「真実を知るのは当事者だけだ。推測に足る材料も持ってない。先生が潔白なら、知人が悪意を持って先生を陥《おとしい》れたことになる。安易にどっちが正しいかなんて決めつけられない」

柊の満足いく回答じゃなかったのは、表情で分かった。

「じいちゃんは、そんなことしない、絶対に」

一語一語、和章に刻もうとするみたいに力強く言う。

「絶対かどうか、俺には分からない。先生がそれを主張するんならともかく、身内の君だって第三者には違いない」

そうだな、先生は無実だ、と同意してやればすむ話なのかもしれない。でも心からはそう思っていないし、口先だけで受け容《い》れても柊は見抜いてしまうだろう。

「じゃあ藤澤さんは、セクハラしたかもしれない最低な人間のところに何で通ってくんの。俺ならそんなやつ、顔も見たくないけど」

「俺に実害のある話じゃないから」

偽《いつわ》りのない本音は、我ながら酷薄《こくはく》なものだった。どうして俺は、こんなに優しくないんだろう。そのつめたさで、鈍感に整を傷つけてしまったことだってたくさんあったはずだ――いや。今、考えたってどうしようもないじゃないか。

柊は整じゃない、整に似てもいない。なのになぜ、重ねようとする。和章も起き上がった。

「藤澤さんは、どっちか分からないっていうより、どっちでもいいって思ってんだろ」

「そうだな」

仮に、石蕗がセクハラをしていたとする。それでも、石蕗の講義が分かりやすかったことに変わりはないし、ここに来てから教えてもらったことの値打ちも下がらない。石蕗が盗みを働こうが人殺しを働こうが同じだ。その考え方は君を失望させるようなものなのか、と軽くいら立ってくるのは、緑色の瞳に真っ向からにらまれて罪悪感を覚えそうになるからだ。

「俺も訊きたい」

和章は切り返す。

「身に覚えのない濡《ぬ》れ衣《ぎぬ》なら、どうして先生は晴らそうとしなかった？　学生の間では辞職に反対する署名の動きだってあったと聞いてる。俺の印象では、先生は……逃げるように大学を去った」

それが石蕗の戦い方だったと言われても、理解を得るのは難しいだろう。

「みんなそうやって勝手言うよな」

柊の目は怒りに燃えていた。本物の火事のように赤く染まり、最後には真っ黒な残骸《ざんがい》だけが残るかもしれない。

「ろくに反論しなかった、逃げた、だから後ろめたいことがあるんだろうって——いきなり疑われて、やってません、って、自分にとっては当たり前の否定をしなきゃいけない屈辱って分かる？　濡れ衣を晴らそうと思えば『やってない、自分じゃない』って何度も何度も繰り返して、それでも『疑われた』って過去は消えないんだ。他人じゃない、親せきでさえ興味本位で言うんだよ。奥さんに先立たれてから結構経ってるからとか、若い女と密室でふたりきりじゃくらっときてもしょうがないとか……じいちゃんは何もしなかったんじゃない、黙って耐えてた。どうしてって言うけど、どうしてみんなおんなじこと訊くんだよ？　何で戦わないのかって」

感情の昂《たかぶ》りを宥《なだ》めるためか、柊はそこで言葉を切って背を向ける。床に足を下ろし、大きく肩を上下させて息を吸ったり吐いたりした。泣きそうだったのかもしれない。

「証拠とか証人出して？　弁護士つけて？　バカじゃねえの……じいちゃんがそんなことするわけない、ただそれだけの話じゃんか」

「それは、」

「俺が孫だからって言うんだろ、分かってるよ」

投げつけるように和章の言葉を制し、ぐっとうなだれた。

「……中三の時、友達が——友達だと思ってたやつらが本屋で万引きして、捕まって、そんで何でかしんないけど、俺の名前出したんだよ。石蕗くんがやれって言いましたって」

マットレスの上で拳《こぶし》を作る柊の指は、見えない何かをぎゅうぎゅう絞《しぼ》っているようにせわしく動く。

「学校に呼び出されて、こっちはわけ分かんないのに、向こうは三人だったから俺が嘘ついてるみたいな空気になって、髪の色も本当は染めてるんじゃないのかとか関係ないことまで言われて、ああそっか、俺ってそういう目で見られてたんだって——」

柊の手の下で、シーツが放射状のしわを作った。よせ、と言いたくなる。そんなものを握りしめるための手じゃないだろう。君の手は、傷だらけになりながら、植物を生かすための。

「親が……『本当に言ってないんだな』って訊いてきた時、ほんとに情けなくて」

「親御さんは、本気で君を疑ったわけじゃないだろう」

「知ってるよ。盲目的にうちの子が正しいって言い張るイタい親じゃなかった、そういうことだろ。でも俺は、突き落とされた気分になった。判断をしてほしかったんじゃない、信頼してほしかったんだ。一〇〇%で。念のためとか確認しとくけどとか、そんなのがくっついてきたらもう一〇〇%じゃない」

わがままだ、と思った。世間知らずな、青すぎる潔癖《けっぺき》さだ。でも疎《うと》ましくは思えなかった。むしろうらやましかった。柊の激しさが、そんな激しさを突きつけるように求められることが。

「じいちゃんだけが、柊がそんなことするわけないって言ってくれた。それだけで、ほかには何も言わなかった。だから俺はここに来たんだ」

ぱっとシーツのしわがほどける。柊は立ち上がると和章を見ずに言った。

「……いきなりへんな話してごめん。お邪魔しました」

振り返らないまま部屋を出て行き、しばらく経って、玄関のドアが開閉される音が聞こえた。乾燥まで終えた服は脱衣所にたたんでおいたからすぐ分かっただろう。

和章は、めったにないことだが、再びベッドに寝転がった。机の上で携帯のアラームが鳴り始めたが止めに行く気になれない。疲労というか脱力というか、打ち明ける相手を大幅に間違えているだろう、というやり切れなさで身体が重い。自分の受け答えが適切じゃなかったのは認めるが、やっぱり違うコメントはできなかったと思う。なのにどうして、柊を裏切った気がしているのか。君が欲しい言葉をかけてやれないのが申し訳ないと。

誰かから望まれる、それに応えたいと思う。どっちもごめんだ、煩《わずら》わしい。でも今だって、自分の中にいる自分が問うのだ。なぜ追いかけない？　そしてまた自分が問い返す。なぜ追いかけなきゃならない？　追いかけてどうする？　無言のせめぎ合いを囃《はや》し立てるように携帯は鳴り続けている。

頭だけ動かすと、枕の上で金色の糸が光っていた。柊の髪の毛だ。

まいったな、と和章は思った。それ以上の感想がない。

不要な紙類をシュレッダーにかけるのは、柊《しゅう》が好きな雑事のひとつだった。椅子を置いて、古い明細やＤＭ、祖父の書き損じた原稿なんかを次々に細断《さいだん》していく。投入口の隙間に紙を差し込むと家庭用のコンパクトな機械はぶぶ……とちいさく身ぶるいしながらゆっくりと吸い込み、二・五ミリ×四ミリの極小の短冊《たんざく》を雪のように降らせる。下のダストボックスに溜まってくると、柊は手を突っ込んで紙くずをしゃらしゃらいわせて楽しんだりもする。これを庭いっぱいに盛り上げて屋根の上からダイブしたら気持ちよさそうだ。

ついこの間処分したところだったので、シュレッダー行き段ボール箱の中身はすぐ底をついてしまう。いつもならもっと溜まるまで待つのだが、きょうはむしょうに細断の音が聞きたかった。最後に残っていた自分宛の封筒を取り上げ、目の前でひらひらかざしてみる。未開封のまま放り込んでいた、元友達（のひとり）からの手紙。万引きの一件以来、連絡を取っていない。最後に顔を合わせたのは、教師とそれぞれの保護者に囲まれた事情聴取《ちょうしゅ》の場で、向こうはうつむいて柊を見ようともしないまま、けれど確かに言ったのだった。

——石蕗《つわぶき》くんがやれって言いました。

怒りも悲しみも湧《わ》かず、ただただぽかんとしてしまった。どうして突然、こんな根も葉もない嘘をつくのだろう。今まで一緒に授業を受け、昼休みに談笑し、マラソン大会にぼやき、土日には自転車で遠出だってしてた。親友なんてくすぐったい響きの間柄ではなかったが、仲のいい友達だと思っていた。きのうまでの世界が実はがらりと変貌《へんぼう》していて、自分ひとり取り残されたか、目の前にいるのは、友人たちの皮を被《かぶ》った、宇宙人か何かに乗っ取られた生き物——非現実的な可能性がぽこぽこ浮かんでくるほどショックだった。単純に裏切られたとか陥《おとし》いれられたとか、そんな言葉では片づけられなかった。

三対一とはいえ子どもの浅知恵、濡《ぬ》れ衣《ぎぬ》はすぐに晴れた。でもその時柊は、すでに祖父のもとへと家出していた。そして中高一貫私学の中等部を式にも出ないまま卒業し、高等部へは進まなかった。

両親はちょくちょくやって来て、誠心誠意謝ってくれたと思う。でも柊は戻りたくなかった。親に対して怒っているのでも意固地になっているのでもない。ただあの時、「言ってないんだな」と訊かれた時の、足下《あしもと》の地面がぼこっと抜けていく感覚、夢の中で高いところから落ちていくようにどこでもないところへ吸い込まれていく感覚、内臓が抜け落ちるような失望をなかったことにはどうしてもできなかった。

母親は、一年遅れでも、どこでもいいから高校には行ってくれ、と懇願《こんがん》した。柊が頷けずにいると「お母さんたちはそんなにもひどい仕打ちをしたの？」と泣いた。

――そうじゃない。

言葉の出ない柊に代わって、祖父が取りなしてくれた。

――この子は、あなたがたが悪いだなんて思っていないよ。ただ、とても傷ついて、今はここで立ち止まっていたいんでしょう。それに対して「大げさな」と思うのだけはいけないよ。友達が友達じゃなくなるというのはつらいものだ。一年遅れでもいい、という言葉が嘘じゃないのなら、それが二年や三年になろうと、見守ってやってあげなさい。

そして「ここで暮らすのは構わないが、遊んでいてもらっては困る」と柊を植物園に連れて行った。何でもいいから手伝いをさせてやってくれ、と宗像《むなかた》に頭を下げ、柊は雑用から始めることになった。

――いやならコンビニのレジでも新聞配達でもいいが、とにかく、学校に代わる社会は必要だからね。

植物に興味なんてなかった。土にまみれるのも、気持ち悪い虫に出くわすのもいやだった。マラソンなんかとは比べものにならない筋肉痛にうめき、生まれて初めて赤の他人の大人に遠慮なく叱られて身を縮《ちぢ》め、毎朝目覚めるたびに「行きたくねーな」と思いながら、それでも柊は山を下りなかった。くすのきやけやきの並木を見上げ、蓮《はす》の群生《ぐんせい》する池のほとりに佇《たたず》み、バラ園の色彩に圧倒されるうち、「行きたくない」という気持ちは消えていた。

ひたすら身体を使って物言わぬ草木の世話をしていると余計な考えは湧かず、ただきょうのような日を繰り返して生きていきたい、と思うようになった。狩猟採集《しゅりょうさいしゅう》に明け暮れて一日も一生も終わる太古の人類みたいにシンプルになりたい。

今となっては親も「元気で暮らしているならそれでいい」と半《なか》ば諦めている。祖父は不本意に大学を辞めさせられてしまったけれど、柊は、かつて自分がしてもらったように一〇〇%祖父を信じた。それだけが自分にできることだった。

いつの間にか八年も経《た》ち、それでもこうして半年に一度くらい手紙が届く。勝手に住所を教えてしまったのは母親で、責める気はないけれど柊からのリアクションを期待しないでほしい。「もう怒っていない」のと「水に流して許す」のは違う。漫画を万引きしたのは、外部受験のストレスのため。罪をかぶせようとしたのは、エスカレーター組でのほほんとしている柊が妬《ねた》ましくなったから……両親を通じて聞いた彼らの事情にまったく共感できなかった。

手紙を送らないでほしい、という返事を送るのすら億劫《おっくう》で、開封せずシュレッダーにかけ続けている。今となっては、たぶん自分のほうが悪者なんだろう、と自覚していた。向こうは罪の意識に苛《さいな》まれているのに無視したままはひどい——中身には「前からお前が嫌いだった」なんて綿々《めんめん》と綴《つづ》られている可能性もあるが。

何て書いてあんだろうな実際、と見えもしないのに封筒を光に透かしてみる。謝り文句も尽きていそうなものだ。でもそのささやかな好奇心は習慣を覆《くつがえ》すほどでもなく、柊はいつもどおり手紙を刃に差し込んだ。

以前、俺ってつめたいかな？　と祖父に尋ねると、つめたくて何が悪いんだい、という質問が返ってきた。

——優しくしたいと思う相手にしか優しくできないのは当たり前だ。

大した厚みもない封書はひとたまりもなく切り刻まれていく。藤澤《ふじさわ》さんなら何て言うかな、降り積もった紙くずを眺めて考えた。受け取り拒否すればいい、とかそういう現実的なアドバイスかもしれない。らせん状の刃を逆回転させると絡《から》まった紙片がむりむり盛り上がってきた。ひとつずつ取り除くと、紙の端がやわらかく指を刺す。とげ、と思う。

柊の中のとげ、祖父の中にあるだろうとげ、それを他人に話したのは初めてだった。あの時、和章《かずあき》の反応は至って和章らしく冷静で納得いくものだったのに、腹を立ててしまって後悔している。

第一、寝起きにあんな話されても驚く、つーか引くだろ。思い返すと頭を抱えたくなった。一方的にとげを押しつけ、刺さった痛みを分かれと迫《せま》ってしまった。

手のひらに溜めた書類のかすをダストボックスに落とし、まとめてごみ袋に移していると、玄関のドアが開いた。和章が来た。柊は急いで袋の口を結び、一直線に向かっていく。

「……おはようございます」

「おはよう」

おそるおそる声をかける。和章は扉に向いて、屈《かが》み込んで靴をそろえているところだった。

遅番のシフトがここしばらくなかったので、雨の夜以来、顔を合わせるのは約二週間ぶりだ。気まずいからと、泊めてもらったお礼さえちゃんと言っていなかった。そうして避けているとますます近づきにくくなる。

「あの……こないだは、すみませんでした、何か……」

祖父がいたら、何が悪かったのかはっきり言いなさい、と叱られるだろう濁《にご》し方で言うと、丸まっていた背中がすっと伸び、和章が振り返る。

「いや」

いつもと同じ口調、同じ声。でも和章の目はそらされたまま弱った虫が描く軌道《きどう》みたいに宙を泳ぎ、決して柊へ焦点《しょうてん》を結ぼうとしなかった。感情を表に出さない男だから、わずかな変調でも分かる。

「あ……えーと……行ってきます」

「ああ、気をつけて」

靴を履《は》き、ヘルメットを小脇に抱え外に出て、原付《げんつき》にキーを挿《さ》そうとしたところで手が止まる。思いがけず深く長いため息がもれた。

やべ、距離置かれちゃってるよ。呆れられたのかもしれない。そうでなくても有言不実行《ゆうげんふじっこう》とか、何かと失点もあったし。増長したつもりはなかったけれど、結果的に「先生」の孫だから無下《むげ》にはできない、という和章の立場につけこんで甘えていたことは否めない。

ぐずぐずしていると遅刻してしまうので、もう一度、今度は頭を切り替えるために息を吐いて原付のエンジンをかける。家の敷地を出て、スピードを上げるともう向かい風がつめたい。軽く肩を縮め、和章の背中を思い出した。

あの晩、柊は何度か目を覚ました。そしてまどろみの中で和章の体温を感じてはまた目を閉じた。こんなにくっつかれたら向こうは暑いだろうな、寝返りを打てなくて苦しいだろうな、と一応は考えたが気持ちよさに勝てなかった。誰かと一緒に寝るのなんていつ以来か分からない経験で、人の体温や鼓動とはこんなにも安らぐものかと、半生《はんなま》の頭で感動していた。和章は柊を起こすまいと、じっと耐えてくれていたと思う。

そんな夜の夢に出てきた祖母は、手のひらに金平糖《こんぺいとう》をいくつもいくつも載せてくれた。

——これも、とげがいっぱい。でも甘くてやわらかくて、優しいとげですね。だから柊にたくさんあげます……。

朝、幸せな気持ちだった。温かな夢を見たのは、温かな背中のおかげだと思った。だから柊はあの時、誰にも見せなかったとげを和章に示して、答えが欲しくなったのだ。受け容《い》れられるんじゃないかと期待して——勝手な話だ。今となっては「ほっとけない」という言葉すら思慮のなさに対する皮肉だったのかも、と疑ってしまう。

——前にも、ほっとけなくて、目が離せない相手がひとりだけいた。

それはどんな関係で、どうして今和章の傍《そば》にいないのだろうか。

責任、と和章は口にした。

だったら、身内とか——奥さんとか？

そうだ、結婚してたっておかしくないんだよな、と遅まきながら気づく。誰かと暮らす、というイメージを描けないのは柊の勝手だし。指輪をしない男は珍しくないし……死別？　いや違うな、「気づいてほしい」って言ってた。じゃあ離婚？　あるいは別居？　どんなに想像を巡らせても答えが得られるわけじゃない。確かに分かるのは、和章について何も知らない、ということ。

エンジンをふかす。山の木々はもう若葉の輝きをひそめ、夏に蓄《たくわ》えた滋養《じよう》を深い緑色の中にじっと隠している。


事務所に入ると、どことなく空気がおかしかった。不穏なもやがかかっているというか、朝、リビングのドアを開けると、夜中に両親が夫婦げんかをしていたのが何となく分かる感じに似ている。

「……おはようございます」

「柊」

宗像は笑顔だったが、そこには悲しみとやるせなさがにじんでいた。

「ソメイヨシノ、伐《き》らなきゃならん」

「え?」

「お前が、最近元気ないって気にしてたやつな、葉のしおれ方がやっぱりおかしいと思って土掘ってみたら、根っこにコブがぼこぼこできてた。ガン腫病《しゅびょう》だわ」

「そんな」

周りの職員に目をやると、皆一様に沈痛な表情をしていて、病巣《びょうそう》を切除《せつじょ》するだけの処置ではもう手遅れなのだと察した。

「鎌倉のほうには……」

「さっき電話した」

宗像が答える。鎌倉の高名《こうめい》な桜守《さくらもり》に頼んで譲《ゆず》ってもらったうちの一本だった。柊が働き始めた年のことで、宗像について行ったからよく覚えている。桜守のご老人はやけに柊を気に入って「持って行く子を選びなさい」と言ってくれた。だからあのソメイヨシノは、柊が連れてきた。

「病害は仕方がない、気を落とさないでって逆に慰められたよ」

肩を叩かれ、柊は「すみませんでした」とちいさな声で言う。

「もっと早く気づいてたら……」

「そんなの全員が思ってるよ。元から細くて繊細《せんさい》なやつだったし、季節の変わり目にちょっとしんなりしてるのはいつものことだったから油断してたな。……あと十五分後には作業を始めるから、最後にお別れをしてきなさい」

正門から見ていちばん奥まった、敷地の対角に桜並木のエリアがある。花のシーズン以外はほとんど顧《かえり》みられず、足を止める来園者はまれだ。咲くだけが桜の美しさじゃないのに、と柊はいつも悔しい。

根元を一部掘り返された問題の木にたどり着き、しゃがみ込む。腕時計を外し、軍手をしないままの手でそっと根を探ると、ぼこりといびつに膨《ふく》らんだ異状がすぐ分かる。コブはソフトボールほどの大きさになっていた。

ガン腫病は、土中の細菌が根の傷口から侵入して発病する。ひょっとすると、夏の間に水をやりすぎて根が蒸れ、わずかに腐敗《ふはい》して感染を引き起こしたのかもしれない。可能性を言い出せばきりがないが、悔やまずにいられなかった。もっと日頃から丁寧に世話をしていれば、そもそも鎌倉の桜林にいれば、こんな目には遭わなかったんじゃないのか……。

まだ樹齢十年ほどの若い木だった。幹や枝の頼りなさが自分自身と重なり「この木がいいです」と頼んだ。かわいがってやってくださいよ、と我が子を手放す名残惜《なごりお》しさをにじませた桜守に、柊は「頑張ります」と答えた。まだ右も左も分からなかったけれど、とても大切なものを託してもらったのだ、という重みはちゃんと感じた。

でも今、ほんとに頑張ってたか、ちゃんとしてたか、と自問しても、情けないことに自信がない。


書庫の扉が開く。

「藤澤くん、まだ帰ってなかったんですか」

「ええ――つい」

和章は足下に積んだ本をよけながら階段下へ向かい、答えた。

「きりのいいところまでやってしまおうと思っていたら遅くなりました。すみません」

「いいえ、僕こそ本に夢中になっていて気づかず、申し訳なかった」

「すぐにおいとまします」

「宿泊は大歓迎ですが、うちには客用の布団がないんですよ。柊と一緒に寝てもらうのは申し訳ありませんからね。あの子の寝相じゃ何度蹴《け》っ飛ばされるか分かったものじゃない」

明らかに冗談めかした口調なのに、つい「そうでもなかったですよ」と言いかけて自制した。

パソコンの電源を落とし、階段を上る。

また嘘をついた。「つい」なんかじゃなく、午後六時に設定しているアラームを自分で切った。居残っているうちに、柊が帰ってくるんじゃないかと思ったから。

朝は失敗した。あからさまに避けてしまって柊を動揺させた。怒っていないし、自分の中で何がわだかまっていたわけでもない。ぎこちない声で話しかけられた時点では、柊が気にしないと決めたのならそれでいい、と冷静なつもりでいた。

なのに、振り向いた瞬間、歯車ががちっとまずい嚙み方をした。まずい、という表現が正しいのかは分からないが、唐突で予想外だったのは間違いない。

柊の顔を見た途端、家に泊まらせた翌朝の姿が脳裏《のうり》によみがえったのだった。バスローブの前がすっかりはだけ、半裸を無防備にさらしていた柊。

あの時は何とも思わなかったはずだ。当たり前だ。なのに、腕や首筋よりずっと白い肌、その蠟《ろう》を引いたようになめらかなつやが鮮《あざ》やかに、というか生々しくよみがえり、目の前の柊を正視できなかった。脇腹のあたりにうっすら青く透けていた血管の道すじさえ描けそうな自分に、これは記憶なのか妄想なのかと混乱した。

どういうたぐいの感覚なのか、もちろん認識している。欲情したのだ。密着して眠った晩は興奮どころか安らぎをもらっただけなのに、どうして時間差でこんな情動が、しかも柊に対して起こってしまったのか。

爪の先がぱちっと焦《こ》げて、胃の中で得体の知れない燃料が燃えて、心臓がのぼせる。久しぶりの欲求だった。もう一生、誰にも覚えることはないだろうと思っていたのに。いいとか悪いとか考える余裕はなく和章は混乱し、そっけない態度を取った。

整の話などしたからだろうか？　それもどうして他言したくなったのか分からない。

——人間は、テレビとは違うよ。

ひとつだけ確かに分かるとすれば、俺なんかよりずっと、君のほうが優しい人間だ。

気づけば扉の前で立ち止まったまま考え込んでいて、和章は軽く頭を振ると部屋の外に出る。気の迷い、夕立《ゆうだち》みたいな肉欲のざわめき、あるいは自覚していない人恋しさ。いずれにせよ、今後は一切動揺を表すまいと決めていた。ほんのすこし親しくなった他人、それでいい。仕事が完了すればここから引き上げるし、柊はこれからも植物園で働くのだろう。その後は、石蕗と同じように、たまのはがきでも交わすか、没交渉になるか。柊次第だ。それでいい。

靴を履いていると、目の前で玄関錠《じょう》がくるりと四分の一回転した。柊が帰ってきた。和章は「おかえり」というあいさつを頭の中に用意する。何事もなかったように接すれば、向こうも突っ込んではこないだろう。柊にはそういう慎重さがちゃんとある。大丈夫だ、と自分に言い聞かせる。

けれど、扉が開かれた時、和章の口から出たのはまったく意図しなかった言葉だった。

「……どうした」

目元や鼻の頭を真っ赤にした柊がそこにいた。まだ乾ききっていない涙の跡が頬に見て取れる。両手で持っているのは、どうやら植物の一部らしかった。最初は枝かと思ったが、土まみれだから根の部分なのだろう。ひどく目を引いたのは黒ずんだ球状のコブで、素人目《しろうとめ》にも正常な状態じゃないのは明らかだった。

柊は和章の呼びかけに答えず、ただちいさくしゃくりあげる。推測は難しくない。職場で何かしら悲しいできごとがあった——それはきっと、この根の持ち主に関係しているのだろう。病気か害虫か知らないが、どうしても伐らなければならなくなり、形見分けみたいにこうして根だけを持ち帰ってきた。

育てていた植物を伐るのがつらい、という心情に、和章は残念ながら共感できない。でも柊の涙を見て胸が痛んだ。これは矛盾だろうか。悲しまないでほしい。泣かないでほしい。自分に何かできるのなら、何でもしてやりたい。

和章は一歩近づき、手を伸ばしかける。

「柊」

後ろから声がした。

「どうしたんだい、ひどい顔だね」

祖父の姿を見た途端、柊の目からはぼろぼろと新しい涙がこぼれた。そして和章の脇をすり抜け、もどかしげに靴を脱いで石蕗のもとへと駆け寄った。

「みっともないところをお見せしてすいませんね」

柊の背中をぽんぽんと叩きながら――きっと幾度もそうして励《はげ》まし、慰めてきたのだろう手つきで――石蕗が詫《わ》びた。

「大丈夫ですから、気にせず帰ってください」

「はい。……失礼します」

柊が振り返ることはなかった。預かっている合鍵で施錠《せじょう》して、和章は暗い夜道へと歩き出す。お互いの痛みを知り尽くし、支え合っている肉親が傍にいるのだ、自分がしゃしゃり出る余地などない。そう理解しながら、胸で絡まる黒い糸がほどけない。

嫉妬だ、と認めるのに時間はかからなかった。こっちが勝手に「ほっとけない」なんて思ったところで、柊のとげを抜くのは石蕗であって和章じゃない。当たり前じゃないか。当たり前なのに、思い知らされて呼吸が苦しい。バス停の貧しい明かりを目指しながら、和章はもう駄目だ、と思った。

やはり、ここにいてはいけない。今ならまだ間に合う。


翌日、昼過ぎまでかかってこれまでの作業を整理した。どういう手順で行い、進行度はどれほどで、どこから手をつければ効率的か……自分なりに分かりやすくマニュアル化し、パソコン内のファイルも一目瞭然になるよう細かく分類しておいた。石蕗がほかの人間を雇《やと》うのなら、これでじゅうぶん引き継ぎ可能なはずだ。

ノートの、最後のページをちぎり取って折りたたみ、すこし迷ってからズボンのポケットにしまった。帰ってから捨てよう。

石蕗の部屋の前に立った時、柄にもなく緊張していた。理由を質《ただ》されも、引き止められもしないだろう。ただ、自分のやましさを見透かされるんじゃないかと思ってしまって怖い。ちっとも威圧的じゃないのにそういう恐れを起こさせる石蕗は、本当に「先生」に向いていたと思う。すうっと息を吸い込み、ノックとともに呼びかけた。

「先生、すこしよろしいですか。お話があります」

頭の中で十数えても返事はなく、また本に没頭《ぼっとう》しているか音楽でも聴いているかだろう、と予想して和章はドアを開ける。

「失礼します」

室内は静かだった。その静けさを乱すように、床に数冊の本が散乱しているのが見えた。置いてあるとか積んであるというわけじゃなく、べちゃっとだらしなく開いたままで、和章は急いで駆け寄る。

「先生」

机の上には嘔吐物《おうとぶつ》が広がっていた。そこに顔を埋《うず》めて石蕗が突っ伏し、こめかみからおびただしい汗を流している。左胸をかきむしるように、シャツを握りしめたままの左手。

「先生！」

何度か呼びかけたがうめき声を洩らすだけだった。迷っていられない。携帯を取り出して一一九番をコールする。住所と症状、心臓に持病があるらしいことを手短に伝えると、救急車が到着するまでの対応を指示された。

『今、どんな体勢ですか？　背中を丸めているのは良くないので楽な姿勢を取らせて衣服をゆるめてください。気道《きどう》を確保して、声をかけてあげて。揺すっちゃ駄目ですよ。ＡＥＤはありますか？　分からない、ではもし呼吸が停まったら人工呼吸と心臓マッサージを……』

石蕗の身体をゆっくり椅子から抱え下ろし、呼吸を確認してシャツのボタンを外した。嘔吐した口元をハンカチで拭《ぬぐ》ってやる。つめたい床に横たえるのは心配だったが、敷物を取りに行くような余裕はない。

「先生、僕です、藤澤です。分かりますか？　しっかりしてください、すぐに救急車が来ますから」

ネットで植物園の電話番号を検索しつつ話しかけ続けた。石蕗は苦しげにうなるばかりだ。代表電話にかけて「そちらの石蕗柊さんに、おじいさんが倒れたとお伝えください」と頼むと電話の相手は「すぐ帰らせます」と言ってくれた。ひとまず、打つべき手は打ったはずだ。

「先生、聞こえますか、今植物園にも連絡しました、彼もすぐ帰ってきます」

すると、力なく床に伸びていた右手が持ち上がり、覗き込む和章の二の腕を掴んだ。

「先生?」

柊が帰ってくる、という言葉に反応したのかと思った。けれど眼鏡の奥の目つきは安堵とは程遠く、今まで見たことがないほどぎらぎらと見開かれている。

「先生」

「……ない……」

喉の奥で一度、くしゃっと丸めてから伸ばしたようなしゃがれた声で洩らした。

「何ですか?」

「やってない、んだ、僕は――」

これが老人の力だろうか、と恐ろしくなるほどぎりぎりと、手加減なく指が腕に食い込む。

「妻に恥じるようなことなんて、ひとつも……」

何を訴えたいのかやっと分かった。もはや和章という対象を認識しているのかどうかさえ怪しいというのに。

分かってほしい、信じてほしい、自分はそんな人間じゃない。石蕗の感じていた怒り、飄々《ひょうひょう》と隠居しながらも決して消えることのなかった無念を初めて知った。

――じいちゃんは、黙って耐えてた。

その日々が戦いじゃなかったなんて、誰に言える。

和章は腕をちぎり取らんばかりにしがみつかれる痛みをこらえ、石蕗の手に自分の手を重ねた。

「知ってます、先生。ちゃんと分かってます。……すくなくとも彼と、僕だけは。先生は絶対にそんな人間じゃなかった」

声が届いたのかは分からないが、ふっと指が剝《は》がれた。単に力《りき》むだけの体力もなくなっただけかもしれない。目はまったく焦点を結ばない。でも和章は信じた。聞こえた。柊の言う「一〇〇％」で。信じる気持ちで飛ぶ虫のように信じた。

石蕗が担架《たんか》で階下に運ばれている最中、柊が飛び込んできた。

「じいちゃん！」

浅く断続的な呼吸はかろうじて保たれていたが、その声にも反応はしなかった。けれど柊は取り乱さず、「同居の孫です」と救急隊員に常用薬やかかりつけ医の情報をすらすら伝えた。その間にも担架はストレッチャーに固定され、車寄せで赤いランプを回転させる車両の中に運び込まれていく。

ゆうべと違い、柊は和章を見た。「俺も一緒に行くよ」と喉まで出かかった。でも結局「行け」というふうに黙って頷くしかできなかったのは、赤の他人だというちゅうちょと、病院にまつわる悪い記憶と——俺がいたら死ぬんじゃないのか？　と思ってしまった。たとえば、自分が応援に行ったせいでひいきのサッカーチームが試合に負けるのでは、と危惧《きぐ》するように。

和章の目の前で後部のドアが閉じられ、こんな田舎の道なのにサイレンを鳴らしながら（きっと規則なのだろう）救急車は走り去った。待っている間は、なすすべのない一秒一秒が耐えがたい損失に思えて苦しかったのに、今はとても呆気ないひと幕を終えた気分だ。

玄関ポーチの脇に雑に停められた原付を押してガレージに戻し、挿《さ》しっぱなしのキーを抜いた。靴も履かずに出てきてしまったとその時気づいた。ここで備えるという役割がちゃんとある、と自分のために思うようにして汚れた机を拭《ふ》き、本を片づける。長期の入院になる可能性を考えて、頭の中で必需品リストをつくる。手持ち無沙汰《ぶさた》になると、書庫に戻ってもうやめるはずだった作業を続けた。固定電話が鳴る可能性を考慮し、扉だけ開け放しておく。柊は病院で何をしているだろう。自分じゃなくていい、誰でもいいから柊の傍にいてほしい。優しい誰かが柊を支えてほしい。


午後八時頃に携帯がふるえた。登録されていない番号だったが迷わず出た。

「もしもし」

『あ——俺です、こんばんは』

「……うん」

『えっと、番号、知らなかったから、園に電話して着歴見てもらってかけた』

「そうか」

柊の声は特に暗くもなく、そんな瑣末《さまつ》な説明から入るくらいだし、さほど重篤《じゅうとく》でもないのかと胸を撫で下ろしかけた時だった。

『じいちゃん、死にました』

「え?」

『一時間ぐらい前。前から狭心症《きょうしんしょう》で、最近発作も増えてたみたいだから』

「……お悔やみ申し上げます」

情けない話だ。こんな時に、日頃嫌っていた紋切《もんき》り型《がた》の言葉しかかけられないなんて。柊は淡々とした声で「はい」と言った。

『通夜《つや》はあさって、葬儀と告別式はその翌日になると思う。山下りて、国道沿いを北に進んだとこにセレモニーホールあるから』

「通夜のほうに参列させてもらうよ。手伝えることがあったら言ってくれ」

『うん。あ、香典《こうでん》は誰からも受け取りませんって。じいちゃん前から言ってたし、話し合って決めた』

「分かった」

そうだ、死の後には悲しみより先にたくさんの手続きが待っている。整の時もそうだった。

『……藤澤さん、ありがとう』

「何もしてない」

何もしてやれなかった。

『何で？　藤澤さんが気づいて救急車呼んでくれたから見送れた。意識は戻らなかったけど、父さんも母さんも間に合った。藤澤さんがいてくれなかったら、俺が帰ってきて、もうつめたくなったじいちゃんを見つけてたんだと思う』

それは想像するだに痛ましく、ああすこしは役に立てたのかと思った。柊を、祖父のなきがらといきなり直面させずにすんだ——そんなことだけか？　俺が君にできるのは、たったそれだけなのか。悔しい。

『じゃあ』

すこし遠くから「柊」という声が聞こえた。身内の誰かだろう。

「ああ」

電話を切ると、家の明かりを残らず落として施錠《せじょう》した。一度だけ門のところで振り返ると、真っ暗な一軒家が闇と溶けながら建っている。誰もいないところを初めて見た。無人の家になど慣れきっているはずなのに、どうしようもないほど寒々しい喪失感《そうしつかん》に襲われた。

正式な喪服を持っていなくても、手持ちの服で一応の格好がつくから男は楽だ。いつ以来か分からないネクタイを締めながらそう思った。数珠《じゅず》がないのは勘弁してもらおう。玄関の鏡でひととおり服装をチェックすると、待たせていたタクシーに乗り込む。定刻の三十分前に到着したが、セレモニーホールの駐車場は乗用車やマイクロバスで賑《にぎ》わっていて、ロビーにも人が多かった。入口の案内によると、今夜は五組の通夜が執り行われる予定らしい。「石蕗家」の会場は三階だったので階段で上がった。

二階と三階の間にある踊り場に差しかかった時、頭上から声が降ってきた。

「藤澤さん」

誰であるかは明白なのに、見上げた和章は声を失った。黒いネクタイ、黒い上下。その色を移されたように柊の髪が真っ黒になっていたからだ。

「来てくれてありがとう」

「……いや」

ようやくそれだけを口にして階段を上りきる。近くで見ると、染めただけでなく切ったのも分かった。けれどどちらも明らかに素人《しろうと》仕事で、毛先はふぞろいだし、色は不自然にのっぺりした黒だった。

「その、髪の毛は？」

「や、悪目立ちしたくないなって。誰かにそうしろって言われたわけじゃないよ」

柊はばつが悪そうに短くなったえりあしを探る。

「知らない人も、長いこと会ってない親せきも来るしさ。ゆうべ、慌てて自分でやったからへんだよね」

「ああ」

と和章は頷いた。

「おかしい」

不快、というか、明確に腹が立っていた。どうしてわざわざそんなことをしなければいけないのかと。安っぽい染料で柊が不当に汚されたような気がした。

「相変わらずはっきり言うなー」

柊はさして気にするふうもなくぼやくと「こっち来て」と受付を指差した。

「親が、あいさつしたいって」

煩《わずら》わしいので断りたかったが、そうすると柊を困らせるに違いないからおとなしく従う。

「父さん、母さん、藤澤さんだよ」

ホールのスタッフらしき人間と何やら打ち合わせていた男女がそろってこっちを向き「初めまして」と頭を下げた。

「その節は父のために救急車を呼んだり、いろいろ手厚くしてくださったそうでありがとうございます。故人に代わりお礼を申し上げます」

「いえ。間に合わず、残念です」

「とんでもない、父は藤澤さんに感謝していると思います。蔵書の整理もしてくださっていたとかで、今後はつき合いのあった先生方や古本屋に形見分けで引き取っていただくつもりですが、もし何か欲しい本があればご自由にお持ちください」

「いえ、お気持ちだけでじゅうぶんです」

「失礼ですが、報酬に関しては父とどういった取り決めになっていたんでしょう？　未払いがあればもちろんこちらで――」

「あなた」

隣から妻がそっとたしなめる。

「こんなところでお金の話はやめてちょうだい、せっかちなんだから。藤澤さんに失礼よ」

「ああ、そうか。すみませんでした」

「お気遣いなく」

むしろその律儀《りちぎ》さを、和章は嫌いじゃなかった。柊の母は夫をわずかに押しやると「息子もいろいろお世話になったそうで、重ね重ねありがとうございます」と言う。

「お世話、というほどのことは」

「おじいちゃん子で甘やかされてきたものですから、ご迷惑をおかけしたでしょう」

「とんでもない」

その語気のするどさに、柊が身を硬くしたのが分かった。

「彼は先生を心から尊敬して慕《した》っていましたし、先生も彼をむやみに甘やかしたりはしませんでした。深い関わりがあったわけではありませんが、僕の目から見て、ふたりはとてもいい関係でした。どうしてそんなふうにおっしゃるんでしょうか」

初対面の他人に真っ向から言い返されるとは思っていなかったのだろう、夫婦は呆気《あっけ》にとられた表情だった。和章は「すみません」とすぐにつけ足す。

「親御さんとしての謙遜《けんそん》に過ぎなかったのなら失礼しました。ですが、先生を亡くして誰よりも悲しんでいるのはきっと彼だと思います。先生が悪影響を与えたかのようなお言葉は、たとえ本心じゃなくとも、この場では慎《つつし》んでいただけませんか」

腰の後ろをぐいと引っ張られる感触があった。柊の手が、スーツのすそをぎゅっと握りしめたのだ。黙って、唇を真一文字に引き結んで。

「恐れ入ります、喪主《もしゅ》さま、すこしよろしいでしょうか」

「はい――すみません、それじゃ、また後ほど」

スタッフに呼ばれたのを幸い、ふたりがそそくさと離れていくと柊の手もほどけた。和章は「すまなかった」と言う。

「何で謝んの」

「余計な口出しをしたから君が怒ったのかと思って」

柊は、眉間にきゅっとしわを寄せて和章をにらんだ。そして「バカ」と一言だけ置いて親族控え室に入って行った。やっぱり怒ってるんじゃないか。


会場にはずらりとパイプ椅子が並べられ、和章は最後列の隅っこに座って式次第を見守っていた。正確には、前列の親族席にいる柊の、不自然に黒い後ろ頭を見ていた。読経《どきょう》の中、焼香《しょうこう》の列がゆっくりと進む。その間にも弔問客《ちょうもんきゃく》は増え続けていたので、椅子が足りなくなったら自分が立つつもりでさりげなく出入口に目をやった。そのまま視線が固まる。

見覚えのある顔、間違いない。勢いよく立ち上がってしまい、椅子ががちゃんと音を立てたが、構わず「彼女」の元に向かい、小声で話しかけた。

「清水有佳《しみずゆか》さんですよね。お久しぶりです、僕を覚えていますか」

見開かれた目の中で猛然と検索されているのが分かる。そして数秒で結果が出たらしい。

「藤澤くん？　人間工学にいた……」

「はい。すみませんが、一緒に外に出てください」

さっきの踊り場まで有佳を連れ出すと「お引き取り願えませんか」と告げた。

「あなたを参列させるわけにはいかない。理由は自分で分かっているでしょう」

有佳はたちまち青ざめ、ふるえる声で「聞いてたの？」と言う。

「先生から……」

「具体的な話は何も。先生が清水さんの名前を口にしたことはありません。どうして知ってるのかは問題じゃない」

「ごめんなさい」

「何に対する謝罪なのか分からない。……清水さんこそ、どこで訃報を？」

「先生の研究仲間とか、大学の関係者とかのツイッターとFacebookで。新聞にも、ちいさくだけど載ってたし」

「なるほど。じゃあ、どうして今さら？」

「ごめんなさい」

と繰り返し、深々と腰を折る。

「許されない行為をしたのは分かってます、でもお願い、お焼香だけさせてください」

「……なぜ、先生を陥《おとしい》れるようなまねを？」

膝の前でそろえられた手の中で、真っ白いハンカチが身悶《みもだ》えるように握りしめられた。

「先生に……ずっと憧れてた。優しくて、穏やかで、頭がよくて……何とか近づきたくて一生懸命勉強したし、倍率の高いゼミに入れた時は本当に嬉しかった」

半階上からちらちらと窺ってくる視線を感じていた。こんな場でいったい何の修羅場だ、と眉をひそめられているのかもしれない。それでも和章は追及をやめる気はなかった。

「すこし距離が縮まると、逆によく見えてくるの。どう頑張ったって自分はたくさんいる学生のひとりに過ぎないって。特別に扱ってもらったように感じて喜んだら、別に自分だけじゃないって分かってしまったり……もどかしかった。私はこんなに努力してるのに、レポートだって飲み会の幹事だって先生のために必死でやってるのに、どうして知らんふりするのっていら立つようになった。先生にもそれは伝わったんだと思う。焦《あせ》って近づこうとすると、さりげなく遠ざけられるようになって。あの頃私、半分おかしくなってた。どうしてなの、どうしてなのってそればっかり考えていらいらして、血がにじむまで爪を噛みまくってた。だから、あの日——」

うなだれた首の両横から垂《た》れた髪が、風もないのに揺れた。つややかな黒髪が自慢だったのだろう、大学時代も茶色く染めたりはしなかった。豊かな髪に見合うだけの華やかな目鼻立ちも持ち合わせ、男からは学部を超えて人気があった。だからこそ、石蕗の対応にいたくプライドを傷つけられたのだろうし、セクハラの疑惑が持ち上がった時、周囲は納得したに違いない。

あんな美人とふたりきりじゃ、魔が差すのも無理はない、と。

「強引に教授室に押しかけてふたりになって、冗談めかして言ったの。『私が服でも破いて泣きながらここから飛び出したら、先生困りますか？』って。本気じゃなかった、ただ気を引きたかったの。怒るか、笑うか、呆れるか……どれでもよかった。でも、先生は、すうっと能面みたいな顔になって……『残念だよ』って。それだけ。その時、先生の机に置いてある奥さまの写真が見えた。笑ってて、見慣れた写真なのに、私のことを笑ってるんだと突然思った。みっともない女ねって、先生と一緒に私を見下してるんだって」

「そんなわけがない」

「分かってる。でも当時はそうとしか思えなくて、悔しくて、憎くて、とうとう友達に嘘をついた。『先生に迫られそうになって逃げちゃった』……その場にはふたりいて、ほかに聞いてる人がいたかは覚えてない、でも話があっという間に広がって、尾ひれがついて、大学の人に呼ばれて、親にまで連絡がいって……まさか、あんな騒ぎになるなんて思ってなかった」

石蕗は温厚だが、人をあっさり突き放す一面も持っていた。無用に内面に踏み込んでこない、ある種の冷淡さを和章は好ましく思っていたが、彼女にとってはこれ以上ない拒絶だったのだろう。親子より年の離れた学生ひとり、うまく対処できなかったのは石蕗の落ち度だったかもしれない。反論せず職を辞したのは、それに対する後悔があったからかもしれない。しかし何もかもがもう取り戻せない過去だ。

「怖かった。嘘でしたなんて言ったらどうなるんだろう、先生に軽べつされた上に、家族や友達まで失ってしまうかもしれない——先生が黙って大学を辞めた時はほっとした。結局、自分も後ろめたさに耐えられなくなって退学届を出したけど……私は、最低な人間です」

「それが本心なら、ここに来るべきじゃなかった。あなたの虚言で、今も傷ついている身内だっている」

「お願いします」

有佳はとうとう、床に手をついた。

「先生のご家族にはこれから話すつもりです。どんな罰でも受けます。だから、最後に先生の前で手を合わせることだけ許してください」

「俺に土下座したって仕方がない。もう手遅れだ」

憤《いきどお》る自分を、もうひとりの自分が嗤《わら》っている。お前が言えた義理か、と。この人と俺はそっくりじゃないか。勝手に焦《こ》がれ、エゴを制御しきれず保身のための嘘で大切な人を傷つけて、巻き戻せない時間の中でもがいた挙句《あげく》何も残らない。

「……藤澤さん?」

ふたりの間に、ふっと影が差した。階段の上にいるのは柊だった。


「出てったきり、なかなか戻ってこないから……どうしたの?」

困惑を浮かべたまま踊り場まで下りてくると、ひれ伏したままの有佳に「あの」と話しかける。

「じいちゃ——祖父のお知り合いですか?」

祖父、という言葉に、有佳は泣き濡れた顔を上げる。

「私……私……」

柊はちらりと和章を見て、それで察したらしかった。

「立ってください、膝とか汚れるし……あの、来てくださってありがとうございます。焼香がまだだったら、中へ」

「柊」

思わず、きつい口調で咎《とが》めた。でも柊は静かに和章を見つめて「いいんだ」と言う。

「じいちゃんはもう死んだから怒らないし喜ばない、だから、じいちゃんのいちばん近くにいた俺が決める。許すとか許さないじゃなくて、じいちゃんに別れを言いに来てくれた人を追い返したりはできない。……葬式って、そういうもんだろ?」

石蕗の最期《さいご》の言葉を、よほど伝えようかと思った。でも無念を知っても柊の決断は翻《ひるがえ》らないだろう。石蕗はもう悔しがりもしないのだ。喪失と解放が表裏だと、柊はちゃんと分かっている。だから故人が喜ぶとかいやがるとか、決して口にしない。もう死んだ、と現実を現実のまま言いきってみせた。

君は、強い。

「どうぞ」

柊に促《うなが》された有佳はよろけながら立ち上がり、連れ立って会場に戻って行った。和章はそのまま一階に下り、受付でタクシーを頼む。

葬儀、火葬、遺骨法要に精進落《しょうじんお》としまでひととおり終わると、両親の車で家に送ってもらった。

「じゃあ、とりあえずきょうはゆっくり休んで。おじいちゃんの遺品とかはおいおい整理しましょう」

「うん」

シートベルトを外す。父親が「柊」と呼んだ。

「お前、どうするんだ、これから」

「どうって……」

「この家はお前に遺《のこ》してくれていると思う。遺言書を見ないと断言はできないが、そういうようなことを前に言ってたからな」

「そうなんだ」

「ひとりで、これまでどおりの暮らしを続けていくのはできる。柊はそうしたいのか?」

もちろん、と言いたかった。植物園を辞めるなんて考えられないし、祖父が愛した家だから守り続けたい。誰にも迷惑はかからないだろうし、改めて訊かれる意味が分からない――なのにどうしてか答えられず黙り込んでいると、母が「やめて」と口を挟んだ。

「何も今結論を出させなくてもいいじゃないの。ほんとにせっかちなんだから……柊、今はあまり思い詰めないで。お母さんたちあさってまでホテルにいるから、何かあったらすぐ連絡ちょうだい」

「うん。ありがとう」

「……二年や三年かかっても見守ってあげなさいってお母さんたちを叱ってくれたのは、おじいちゃんだからね」

ふしぎだ。祖父はもう焼かれて壺の中に納まったのに、祖父が何年も前に発した言葉は今も生きて、柊を守ってくれている。

風呂に入るのは面倒だったが、べったり染料の張りついた髪だけは洗い流したかった。ネクタイを取り、シャツのボタンをふたつ外して洗面所で湯をじゃあじゃあ出し、「すぐに落とせる」という売り文句の毛染めと一緒に買ったきついシャンプーで三回髪を洗う。最初、墨《すみ》のような湯がごぼごぼ排水溝へ吸い込まれ、だんだんとうすくなっていく。

指がつりそうになるまで地肌をこすり、何度も何度も手ぐしを通して湯に色がつかなくなったのを確認してタオルで拭《ぬぐ》った。おそるおそる鏡を覗き込むと、まだいくぶんくすんではいたがちゃんと元に戻っている（そしてタオルは案の定すこし汚れた）。洗いすぎてぱさついた髪を乾かしてからキッチンでコーヒーを淹《い》れた。

マグカップから立ち昇る湯気を見ると心がゆるみ、通夜の時のことがよみがえってくる。背後で物音がしたのでつい振り返ると、和章が知らない女に声をかけ、連れ出すところだった。しばらく様子を窺っていたが姿を見せないのでしびれを切らして探しに行き、有佳と出会った。通夜が終わってから話を聞くと、今さら、という怒りと、悔《く》い詫《わ》びる気持ちはちゃんと持っていてくれた、という安堵がごっちゃになり、複雑な心境だった。

ただ、こんな顔でこんな名前の人だったんだ、と分かると、憑《つ》きものの落ちた身軽さは確かにある。「一方的に祖父を陥れた得体の知れない女」ではなくなったからだろう。慌ただしい時だから、今両親に告白するのはやめてほしい、と釘を刺すと有佳は素直に頷いた。

――あの、藤澤くんと先生は親しかったんですか？　まさか来てるなんて思わなかった。

――ちょっと、じいちゃんの手伝いに通ってもらってて。清水さんは、藤澤さんと仲よかったんですか。

――いいえ、ただの顔見知り。

和章からすでに聞いていた情報をわざわざ確かめた自分を、いやだなと思った。まるで疑って裏づけを取ろうとしているみたいじゃないか。でも知りたいという気持ちを止められなかった。わずかでもいい、昔の和章とつながっていた人間に、和章のことを訊きたい。

――藤澤さんて、どんな人でしたか。

有佳は困惑を浮かべて「彼はひとつ下だし、本当によく知らないんだけど……」と言った。

――さっき、帰ってくださいって怒られて、びっくりしました。もの静かで、超然とした感じの人だったから。藤澤くんでも怒るのかって。

怒った。それは祖父のためだろうか。前は中立の立場だったのに。白黒がはっきりしたから？

――ほかには特に……ああ、ひとつだけ。三年生の時、藤澤くんの友達がご両親を亡くして、藤澤くんもいろいろ大変だったらしい、って人づてに聞いたことがあります。

――大変？

――本人はすごいショックを受けて大学にも来られなくなったから、その世話を藤澤くんが全部してたって。その時も意外でした。悪く言えば、淡々としてつめたい人っていう印象だったので。

――その、友達って人、今はどうしてるんですか？

――さあ……卒業はしたと思うけど、ちょっと分からないです。確か……ナカライくんって名前。それこそ、藤澤くんがよく知ってるんじゃ？

――そうですよね。へんなこと訊いてすみませんでした。

ナカライ。祖父が口にしたのと同じ名前。和章の「ほっとけない相手」は、その男だろうか。事情を考えれば目が離せないのも当たり前だ。今、和章と一緒にいないということは、精神的に立ち直って助けを必要としていないのか。でもそれなら普通の友達として続くよな、と思った。和章の口ぶりだと、もう二度と会えないみたいだった。

——そのほうがいいんだ。

——楽になってるだろう。

以前から友達で、苦境を支えるほどの仲だったのに、やがて苦い決別をする。そんなことがありえるだろうか。柊は机の上で腕組みして顎を載せ、徐々に弱々しくなっていく湯気を見つめる。そのうちに、ここしばらくの心身の疲労がたたってか、眠り込んでいた。

目が覚めた時、窓の外はすっかり夜だった。肌寒さに身ぶるいして手近にあった喪服の上着を羽織り、結局手つかずだったマグカップを流しに運ぶ。コーヒーメーカーのサーバーにはまだコーヒーが残っていて、いつものくせで二杯ぶん用意していた自分に気づき苦笑した。

家の中は静かだった。ふたりでいた時だって特ににぎやかではなかったが、ここだけ夜の帳《とばり》が厚く濃く取り巻いているような心細い静寂だった。テレビつけたい、と唐突に思った。誰でもいいから、何でもいいから、柊と関係ない世界で笑ったり歌ったり怒ったりしているのが見たい。

リビングの向こうはもう真っ暗で、不意にいてもたってもいられなくなり、廊下の電気を点っけた。風呂も脱衣所もトイレも玄関も応接間も、片っ端から点灯させせた。「じいちゃん」と呼びかけながら。

「じいちゃん、ただいま」

分かっている。返事がないのはちゃんと分かっている。けれど分かっていながらすることで、自分に現実をしみ込ませなければならない時もある。じいちゃんはもうどこにもいないんだ。

祖父の書斎と寝室、自分の部屋、納戸《なんど》、と次々スイッチを入れて、最後に書庫へと下りた。ここもそのうち、空っぽになる。

和章のノートをめくると、最後のページがなかった。和章が破ったのに違いない。

その瞬間、猛然と、呑み込まれるような孤独を感じて階段を駆け上がった。そのまま原付の鍵を握りしめて家を飛び出す。もどかしくエンジンをかけ、山道を下る。誰かに追われているようにスピードを上げた。

いやだ。いやだ。ひとりはいやだ。じいちゃんのいない家はいやだ。

マフラーが吐き出す排気の音より大きく、和章が初めて名前を呼んだ声が耳の中で響いていた。「君」じゃなくて「柊」。

藤澤さんに会いたい。

着替えもしないまま突然押しかけた柊を見て和章はひどく驚いたようだったが、黙って中に入れてくれた。

キッチンのスツールに座るよう促すと、取っ手の細い銀色のミルクパンで牛乳を温め、マグカップに注いで目の前に置いた。

「レンジ壊れてんの？」

「いや。……何となく、火を入れたものを飲ませるほうがいいような気がした」

ふ、と柊は笑った。

「よく分かんねー、へんなの……」

本当は分かっていた。味に違いはなくても「何となく」そうしたほうがいい、という気持ち。否定されるかもしれないが、それはまぎれもなく和章の優しさだと思う。憎まれ口を叩いたのは、ありがとうと素直に答えたら泣いてしまいそうだったからだ。

「通夜の時は、すまなかった」

「え？」

「彼女の——清水さんのこと。俺の独断で追い返そうとしてしまった。余計だった」

「ううん……」

熱い牛乳がゆっくり身体の中の道を下り、じわりと柊を温める。精進落としの冷めた膳《ぜん》なんかよりずっと、浄《きよ》められていく気がした。

牛乳といえば。柊はひとりで思い出し笑いをする。和章が「どうした」とやや心配そうに尋ねた。

「きょう、出棺《しゅっかん》の時、大伯母《おおおば》さんが『あんたこれが好きだったもんね』って、棺《ひつぎ》にミルクキャラメルがさがさ入れてたんだよ。俺はじいちゃんがキャラメル食べてたとこなんか見たことなかったし、そんなの全然知らなくて、へーって思ってたんだけど、火葬場で父さんたちがひそひそ言っててさ。お前キャラメル好きなんて訊いたことあるか、いやないです、誰かと間違えてるんじゃないか、認知症の兆《きざ》しじゃないのかって、すげえまじめな顔で」

聞きつけた大伯母が怒って「子どもの頃はそればっかり食べてたんだ」と主張し、昔の話を持ち出されては誰も分からないので結局真偽は不明のままだが、これから法事のたびにミルクキャラメルの件は誰かが話題にするに違いなかった。

——そういえば親父も、母さんが死んだ時は飴入れてたなあ。

——駄菓子を入れる家系なのかしら。

母が真剣にそう言い、甘いものが嫌いな父は柊に「父さんの時はするめにしてくれ」と頼んだ。

——骨に匂いが移りそうでやだな。

柊の言葉にみんな笑った。ちっとも不謹慎じゃなかった。身内を送る時の、しんみりと和《なご》やかな空気。かつて心ない冗談を口にした親せきにも怒りは湧かなかった。たくさんの人が祖父を好きだった。それが嬉しかった。

「ばあちゃんが死んだ時は、じいちゃんが棺に金平糖《こんぺいとう》入れてたの、すげえよく覚えてる。だから俺のイメージだと、葬式ってモノクロじゃないんだ。色とりどりで、暗い感じがしない」

だったら、と和章が言った。

「君もわざわざ髪を染める必要はなかったんじゃないか」

あ、もう名前呼ばないんだ。がっかりした。

「それとこれとは」

「そうかな」

白い膜が残ったミルクパンにじゃあっと水を張る。あの晩の雨音にすこし似ていたかもしれない。

「きれいなのに」

和章は確かに「きれい」と言った。

「……何それ」

「人目なんか気にしなくていい。無理に染めたりしなくていい。君の髪は、きれいだ。生まれて初めて、そういうことを思った」

噛んで含めるようにゆっくりと。花を美しいと思わないはずの和章が。

じいちゃん。

——字を覚えるように、彼が何かを心に得て「きれい」を知る時がくるかもしれない。

——それは、僕や柊の知る「きれい」よりずっと鮮烈な感覚かもしれない。

きれいだってさ。藤澤さんが。何を得たのかは分かんないけど。

じいちゃん、何でいないの。

「何それ」

柊は繰り返した。涙が出てきた。

「何でそんなの、今言うんだよ……」

無理してこらえていたわけじゃないが、通夜でも葬儀でも出てこなかった涙が今になって、次から次へと。

「すまない」

和章が、カウンターを回り込んでやってくる。柊はスツールを蹴《け》るように立ち上がる。

「そんなの信じない」

「柊」

和章が名前を呼んだ。瞬間、見えないとげに刺された痛みで柊は身をふるわせる。そうだいつも痛かった。和章の眼差しも言葉も。なのにどうして、ここに来たのか。

「信じねーよ。だって藤澤さんいなかったもん。じいちゃんが死んだ時、俺の傍にいてくれなかったもん」

頬が熱く、涙の細いラインだけがつめたい。

「目が離せないって嘘じゃん。何で離したの。ほんとは俺、すげえ怖くて、ついてきてほしかったのに」

すこしずつ命を蒸発させていく祖父の手を握りながら、ほかの誰でもない和章に、一緒にいてほしかったのに。

「嘘つき」

「ごめん」

和章の胸を、拳《こぶし》で強く叩くと抱きすくめられた。

「ごめん。柊。ごめん」

なおももがき続けると巻きつく腕の力は強くなる。和章のにおいがした。和章のベッドからするのと同じ、和章のにおいだ。病院の消毒のにおいでも、祖父が放つ死のにおいでも、髪染めの鼻につくにおいでも、喪服についた樟脳《しょうのう》のにおいでも、線香や供花《きょうか》のにおいでもなく。いっぱいに吸い込むと身体の強張《こわば》りが解けた。けれど和章は抱擁《ほうよう》をゆるめず、首の角度だけ変えて柊にくちづけた。

柊は、もちろんびっくりした。でもぴっちりと唇をふさがれながらそれ以上に腑《ふ》に落ちたというか、すっきりもしていた。ここ最近、和章に感じていたもやもや得体の知れない感情はひょっとしたらこういうかたちで答えが出るものだったのか？　答えが出た後は見えないけど、すくなくとも今、嫌悪はしていない。

それに、こうして腕の中に閉じ込められているうちは和章のことしか考えられず、和章と一緒にすることがすべてだった。電気を点けっぱなしにしたがらんどうの家や自分の今後や祖父の死について考え込まずにすむ。

何か強い力、現実からひと時逃れさせてくれる手が欲しかった。誰でもいいのかなんていう疑問は湧かなかった。今、傍には和章だけがいるのだから。

柊は和章の背中に腕を回した。触れ合った唇から一瞬戸惑いが伝わってきたがほどかれはせず、抱擁はまたきつくなった。

和章の舌が入ってきた時、はっきりと嬉しかった。触れるだけのキスでは終わらない、この先、ふたりでたどる先がある、もっと和章でいっぱいになって何もかも忘れられる。初めてで何ひとつ具体的に思い描けなかったが、漠然とした期待だけで柊は身体を熱くした。

作法も技巧もなく、ただちゃんと自分も合意している、という意思を伝えるためだけに舌を差し出した。わずかでも抵抗を見せれば和章は離れてしまいそうだった。おかしなことに、抱きしめられながら、逃げられたくない、と思っているのだった。

藤澤さんはいつでも逃げようとしてた、逃げられるようにしてた。それが何でかは分かんないけど、やっと、やっと今、ここにいてくれてる。じいちゃんが死んだから？　俺が心配だから？　喜んでる場合じゃないのかな？　葬式が終わったばっかで、まだ喪服のまんまで、俺はこんなことしてて――。

頭の中からちくちく生えてくるとげは、舌を強く吸われるとぽろぽろ抜けてそのまま和章の口の中に移っていった。だから柊も絡まる舌を吸い、口唇《こうしん》を吸った。和章のとげを呑み込んでしまいたかった。舌先がほんのすこし痺《しび》れたけれど、すぐにものを考えられなくなって口腔《こうこう》でするたわむれに夢中になる。

「ん……」

口蓋《こうがい》をくすぐられて鼻の奥から甘ったるい音程の息がこぼれた。呼吸もできないほど抱きすくめられていると思ったのにそうでもなくて、和章の腕が骨や内臓をじかに締めつけてはくれないことを寂しく思った。もっと、もっと傍に来て。

繰り返し舌と唇を食《は》まれ、神経まで舐め溶かされたように身体の重心が危うくなる。足が床を踏んでいる感覚がなくなり、膝が折れた。

和章が腰を支え、唇が離れて今度は視線が合った。迷いがよぎるのが分かった。今ならまだ引き返せる、和章は確かにそう思っていた。柊はその目に向かって言う。

「忘れたい。今だけでいいから、全部。だから藤澤さんも忘れて」

そんなのは無理だ、と言われるかもしれないと思った。でも和章はもう一度噛みつくようなキスをしてから「ベッドに」と間近でささやいて柊の濡れた唇をふるわせた。

服越しにもシーツがつめたくて一瞬鳥肌が立つ。でも本当は肌寒さのせいじゃなかったのかもしれない。和章の指はこんな時でもなめらかにシャツの裾《すそ》を引き出し、ボタンは触れられただけでひとりでに外れたように見えた。

鎖骨《さこつ》から腹まですっかりあらわにすると和章はすっと目を細める。今までの柊が知っている、何かに疑問や異議を唱《とな》える時の眼差しじゃなくて、もっと熱っぽくてもっと後ろめたい、柊のボキャブラリーになかったたぐいのもの。

素肌に触れた手のひらはびっくりするほど熱かった。背中がひんやりしていたせいだろうか。魚の話を思い出す。柊なら、今なら、か弱いうろこが焼けただれたとしても求める。痛みを与えられるということは、自分がひとりじゃないということだから。

温度差にサンドされたうすい身体の中で、未知の感覚が生成されていく。

「ん——」

特別な意図でもって裸に触れられるのは、もちろん初めてだった。自分でする時にだって、必要な部位以外は気にも留めない。でもこんなふうに組み敷かれ、視線をそそがれながら他人の体温に撫でられる気持ちよさを、柊の身体はとても素直に受け止めた。

「あ……あっ」

勝手に声って出るんだな、と実感する自分がいる。正気の時に聞いたら叫び出したくなるぐらい恥ずかしいに違いないのに、この場では許されている。女みたいにされていいのか、という抵抗も感じなかった。今はこれしかない、という本能の訴えのほうが乏《とぼ》しい知識や固定観念よりずっと強かった。この行いが、今の自分には絶対なのだ。

「……ん！」

指の腹で乳首をこすられた。どこか淡くふわふわした交歓にその瞬間強烈な発情の色がつく。そっと圧《お》されて硬くなり、指先に挟まれて尖《とが》る。

「あ、あっ……」

和章の手が、愛撫をしている。本とか時計とかマグカップ、生ぐささのない無機物を扱うのに適して見えた、あのまっすぐに整った手。柊を高め、声を出させるため入念に身体をまさぐっている。きのうまでなら、想像しろと言われても無理だった現実が、こんなに確かに、ここにある。

「……っ、んん」

欲情に色づいた自分の声と、ベルトの金具が外れる硬い音が空気の中で混ざる。下着を下ろされる時、反《そ》り返った性器が引っかかるのが分かって自分の興奮具合を思い知ったが、ふしぎと恥ずかしくはなかった。もっと、もっと、と和章を急かしてしまいそうだ。

もっと先、もっと近く。早くしないとこの夜が終わってしまう。

「ああ……っ！」

剝《む》き出しになった昂ぶりに指が絡むとあられもなく腰を持ち上げてしまう。和章は伸び上がり、下腹の中心に施《ほどこ》しながら短いくちづけを繰り返した。そのインターバルがもどかしくて思わず舌を伸ばすと唇で扱《しご》くようにこすられ、それは性器にされている動きと身体の中で一緒くたになり、性感はねじれて縒《よ》られ、強固になる。互いの唾液《だえき》と、柊がこぼした腺液《せんえき》が湿った音を立てた。

「あっ、あっ、あっ……」

やわらかに締めつける手のひらに発情を押しつけ、和章を使って自慰をしている格好で性感を貪《むさぼ》る。そうしてあっけなく達した。

「は……あ、んっ！」

放出に身ぶるいした先端の微細なけいれんが収まると、和章はいったん芯を失った性器を支えるように握り込み、さっきよりずっと強く上下させた。

「い……っ、あ、あぁ」

一度出したらもう弄りたくない時と、その一度がもの足りなくて続けざまに興奮できる時がある。今は後者だった。知らなかったやり方で性急に高まり、とりあえず上澄みだけでも出してしまいたくて達した。沸騰《ふっとう》を待つ水は、まだ柊の中にたっぷりある。和章にはそれが分かっているみたいだった。

柊の好きにさせていた一度目と違い、和章が主導権を握って性器を追い上げていく。他人の手、他人のリズムで翻弄《ほんろう》される感覚を教え込もうとするように。

「んっ、あ、あっ、あ……っ！」

閉じたばかりのちいさな亀裂《きれつ》がほころび、また透明な液をこぼし始める。最初に感じたつめたさはどこへやら、汗ばみ始めた背中にシャツが張りつく。全身に火がついている。和章は再び硬直しきった性器全体を手のひらで撫で回すと弓なりにさらした裏側の継ぎ目を辿《たど》り、朱《あか》く充血した頭部とつながるささやかなポイントを爪の先で引っかいた。

「ああっ」

何ということのない動作だったけれど、むずがゆさと痛みを含んだ快感は強烈で、性器の中で脈打つ血管がいっそう膨《ふく》らんだのが分かった。

「あ、あぁ……俺、また……」

「うん」

きれぎれに訴えると鈴口の近くを小刻みに摩擦《まさつ》され、その速いリズムに誘導されて鼓動と快感が駆け上がっていく。

「あ！　あ、んん……！」

一度目よりずっと濃密な絶頂に全身を波打たせた。指先まで気《け》だるくて放心したまま動けずにいると、和章の手が乱れた前髪をかき上げる。

「すこしだけ待ってて」

ベッドを離れ、机の引き出しから何か取り出して戻ってきた。手のひらに収まるほどの、銀色の丸く平べったい缶。ラベルも何もついていないそれを、和章は無造作にシーツの上に放るとシャツを脱いだ。

「え……」

視線が、缶より二の腕の青黒いあざに吸い寄せられる。すこし黄色っぽくなっている部分もある。皮膚の中に何色かのインクをこぼしたような変色はよくよく見るといくつかに枝分かれしていて、人間の指のかたちだと気づいた時、祖父の顔が思い浮かんだ。

「……じいちゃん?」

和章ははっとして、でもすぐに隠せないと諦めたのかちいさく頷いた。そっと手を伸ばし、痛くないように触れる。祖父が、大声を出すところすら見た覚えがない。でも和章の腕にくっきり残る指の痕は暴力といって差し支《つか》えない濃さ生々しさで、病院に着いた時すでに意識不明だった祖父が最後に刻んだ生の証《あかし》みたいな気がした。

ごめんな、と柊はつぶやいた。

「知らなかった。痛かっただろ、こんなに……」

「いや」

和章が柊の指を握った。

「痛かったのも、苦しかったのも、先生のほうだ」

「でもう痛くない」

と言った。

「じいちゃんはもう、痛くも苦しくもないから」

そして食べも眠りも、しゃべりも笑いもしない。

目を閉じると、またすこしだけ涙が出た。まぶたの境目に温かな唇が押しつけられる。まつげが当たる微妙なくすぐったさに笑った。それに安心したのか和章は身体を起こし、柊の脚を大きく開かせる。身体のいちばんひそやかなところにぬるりとしたものが触れた。

「ん、ん……っ」

そこを使うのは何となく予想していて、でも驚いたのは和章のスムーズなやりようで、この人初めてじゃないんだ、と思った。男とセックスしたことがある。

「……怖いか」

柊の視線に気づいて和章が顔を上げる。怖い、そうだ。知らないのが怖い。でも知りたいのも、知ってしまうのも怖い。

「や、あの……その、ぬるっとしたの、何かなって」

「革製品の手入れに使うデリケートクリーム。成分はワセリンと動物の脂《あぶら》だけだから、身体に害はないよ」

「へー、そっかー……」

最初から、有害なものを使われる心配はしていない。本当に訊きたいことをごまかした問いの答えに口先だけで納得してみせると和章が「ごめん」と言った。

「え?」

「こっちからちゃんと説明しておくべきだったな」

「や、別に」

「焦ってた」

「え?」

「焦ってる、今も」

それは、早くしたい、という意味だろうか。藤澤さんが、俺と? 肉体の切迫なんてまったく窺えないけれど――。

「あの、」

「……しばらくじっとしていて」

言葉の真意を確かめようとする柊を遮《さえぎ》って、クリームを塗り込める。何度もふちを掠《かす》め、往復した指がなかにまで潜《もぐ》り込んでくると柊はぐっと唇を嚙んだ。

「我慢できなかったら、すぐ言ってくれ」

内臓に鈍《にぶ》く響く疼きがぐにぐにとうごめき、身体の内側から粘土《ねんど》のように自分を作り変えようとしている、そんな感じだった。

「あ――あ……っ、う……」

抜き差しより、なかを拡《ひろ》げられるのがつらい。激痛というわけじゃなくて、単純な痛覚のレベルで比べるなら歯医者のほうが断然きつい。ただひたすらに落ち着かないというか、居心地の悪い違和感なのだった。

でも、と柊は思う。

ここがいちばん近くだ、これ以上は誰も入れない。抱きしめられるだけではもどかしかった、ないものねだりだと思っていた「もっと」がある。ならばそれが痛くても気持ち悪くても構わない。

自分で望んだんだ、という気持ちが柊から緊張を取り去ったのか、それとも単なる慣れなのか、すこし下腹部が楽になった。二本目の指が差し込まれても、最初ほど得体が知れない感じはない。摩擦と体温でクリームが溶けてゆるむのが分かる。身体のなかからぬちゃぬちゃくぐもった音がする。その異様さは同時にぞくぞくする背徳《はいとく》をもたらした。これが柊にとって、生まれて初めてのセックス。

学校に行っていた頃は、お互い素っ裸とかやべーなできる気しねーな、なんて友達とげらげら笑っていた。一緒にいた連中はもう当たり前に誰かと裸で抱き合っているだろうか？　山に来て以降はそんな幼い下ネタを話す相手もいなくなり、周りの話題は結婚だの子づくりだの、セックスそのものから二歩も三歩も先んじていた。

柊はじきに「いつかするかもしれないセックス」について考えなくなった。女の子と知り合う機会を積極的に求める気もなかったし、植物の開花や落葉を見守りながら、こんなふうにくるべき時がくれば自分の身の上に起こることもあるんだろうな、とぼんやり思う程度だった。一生こなかったら――いいや、それはそれで。

別に困らない。祖父が柊より先に逝《い》くのは当たり前で、その後もずっと山にいて、植物の世話をして、ひっそりと、特別な出会いもなく、誰の体温も知らず。

ひとりで生きていけると思っていた。自分は何てごう慢だったんだろう。

「……っあ、あ！」

やわらかになめされた内壁のどこかが指でぐっと押されると、ばねを弾かれたように唐突な性感の訪れがあった。身体の奥から、今まで知らなかったルートをまたたく間に駆け抜け性器へと届く。指をくわえた口や内腿《うちもも》がびくんと引きつる。

「あ――あ、ああっ……」

全身をよじって悶えたいほどの刺激だった。繰り返し探られるそこはオンオフのスイッチのみで強弱の調整は利かないらしい。生皮を剝がれた皮膚に触れられるようにびりびりと怖いのに、昂ぶりは脈を速くし、後ろは潤《うる》んで喘《あえ》ぐ。

「藤澤さん」

かかとでせわしなくシーツを掻《か》きながら柊は訴えた。

「も、我慢できない……」

「……分かった」

「違う、そうじゃなくて」

思わず祖父がつけたあざの上をぎゅっと摑んでしまい、和章がわずかに顔をしかめる。

「我慢できないから、してよ。やめるんじゃなくって」

「柊」

「だって我慢できないんだよ、寂しいんだよ、寂しいって頭で考えることかと思ってたけど、違う。身体が寂しい、たまんない。藤澤さん、お願いだからこっち来てよ――」

手首を、頭の横に縫《ぬ》い止められた。指をしっかりと絡めて和章が挿ってくる。柊が願ったとおりに。

「ああ……っ！　あ、あっ」

和章は硬くて、熱くて、ちゃんと焦っていた。嬉しかった。和章にも生身の衝動と愚《おろ》かさがあること、それを自分の生身で引き寄せたこと。何よりも「生きている」ものが柊のなかにある。違う呼吸、違う心臓、違うとげ、決してひとつにはなりきれないけど、体温を移し合い、鼓動を重ねて、ぎりぎりの近さで。

やっとここまできてくれた。

「あ――」

深く交合するため、膝の裏を抱える指。そこにもあざができますように。絶対消えないくらい青く。

揺すり上げられると胃や肺にまで性器が食い込んでくるみたいで、肉体は苦しさを訴える。そのきつさも、きつさに混じる興奮も、残らず声にした。

「ん、あぁ！　っんん……」

自分の声量も分からない、でも気にならない。どうせここには誰もいない。悲しみや孤独と一緒に人間であることすら忘れても、きっと和章は抱いてくれる。

「ふじさわさん」

名前を呼んだ。そういう鳴き声の動物であるかのように、何度も呼んだ。

「藤澤さん、藤澤さん、藤澤さん――」

「聞こえてる」

また、手をつながれた。

「聞こえてる、ちゃんと。柊」

「うん……っ」

柊のなかで、和章はかたちを変える。怖がっていいはずなのに、つながったところは硬直を誘って締めつける。きつく竦《すく》んだところへ突き入れられると、さらに奥へとしぶくような快感に喘いだ。下腹部がぴくぴくけいれんして、その真下でうねる興奮の激しさを伝える。

「あ、ああっ……！」

大きく腰を打ちつけられ、深く響いた疼きにまた射精した。その動きと連動して収縮した内部から、和章が強引に引き抜き、柊の上で達する。下腹部を熱くよごされた瞬間の悦《よろこ》びは何とも比べようがなかった。

和章がゆっくりと上体を起こす。力の入らない腕で踏ん張り、その後を追って起き上がったのはひたすら離れがたかったからだ。こんな情交を知ってしまって、抱き合っていない間はどう過ごせばいいんだろう？

かくりと肘《ひじ》から砕けそうな身体は和章に支えられ、顔が近づいた拍子にまたキスをする。腰をぐっと引き寄せられ、背後から指が、尾てい骨のさらに奥へと忍んだ。

「ん、んん……っ」

すっかりとろけたクリームと、完全に鎮静していない欲情を一緒にかき混ぜられてたちまち背骨を伝った肉のざわめきが、和章の口内にある舌をふるわせた。膝立ちになるよう手の動きで促され、和章の下半身をまたぐ。

「あ——あっ、あぁ……」

こんなにたやすくつながってしまうのは、痛みより怖い。なのに、自分から下半身を落として和章を受け容《い》れてしまう。中心を貫く性器がなお硬いことに歓喜しながら。ぴったり座り込んでもうこれ以上深くつながれない体勢になると、すぐ目の前にある和章の首すじに額をくっつけて笑った。

「藤澤さん」

「うん？」

ただ呼びたくて呼んでいる時と、話しかける時の違いが和章にはちゃんと分かっている。

「俺、こういうの、全然詳しくないんだけど――今って二回目なの？　それとも長い一回目に含まれんの？」

「どうしてそんなことを訊くんだ」

「『一度はものの数じゃない』」

顔を上げてつぶやくと、和章の瞳が揺れた。

「――って、何か、思い出しちゃって」

「……忘れるんだろう」

「うん」

まだまとわりついていたシャツと上着を剝《は》がされる。

「君の目」

と和章が洩らした。

「夜に見ると、緑色が深くて……吸い込まれそうだ」

怖いよ、と聞こえた。でも空耳だったかもしれない。自信がない。だって、和章が「怖い」

だなんて。柊は目を閉じて全身を委《ゆだ》ねる。

遮るもののない、まっさらの身体同士で抱きしめ合うと、挿入や射精で得られるのとはまったく違う、穏やかな快楽に満たされた。波間でうっとりたゆたうような行為でゆるやかにいかされた。


寝起きはあんまりよろしくなかった。ちくちくと喉がいがらっぽく、乾燥に空咳《からぜき》を繰り返した拍子に目覚めた。仰《あお》向《む》けで咳《せ》き込《こ》むと苦しい。

「大丈夫か」

「ん……」

頬に押し当てられたのはひんやりとした手の甲だったが肌の張りからして祖父ではありえず、柊はあれ、とぼんやり視線をさまよわせる。和章の顔が像を結ぶにつれ、眠りに落ちる前のあれこれも一緒によみがえってきた。どうして喉が痛いのかも。

ゆうべ酷使《こくし》したからだ。

「あ——」

「水を持ってくる」

柊の反応を待たずに和章は背中を向けた。のろのろ起き上がると枕元に喪服がきちんとたたまれている。柊はそれを両手に抱えてベッドから飛び出した。

「――あの！」

冷蔵庫を開ける和章に声をかける。

「み、水より、風呂、借りても、いい？」

「……ああ、そうだな。どうぞ。タオルは前と同じところに置いてあるから」

ミネラルウォーターを取り出しかけていた和章の顔は、柊からはよく見えなかった。短い廊下をばたばた駆け、バスルームの扉を閉めるとほうっと息が洩れた。

……こういう翌朝っていうのは、どんな顔をしたらいいわけ？

手のひらにシャワーを受け、適温になったところで湯の勢いを全開にして頭のてっぺんから浴びる。湯気が立ち込め、ただでさえ判断力のにぶい頭はもうっとけむった。

これからどうすればいいんだろう。祖父はいない。和章がここでする仕事も、ここにいる理由もなくなった。

ゆうべには「今」しかなかった。和章のことしか見たくなくて、和章のことしか考えたくなかった。でも生きている柊には「今」の先の「今」がこうして存在し、それは和章も同じだ。後悔はしていない、でも和章に申し訳ない。めちゃくちゃな言い分で求めて、応《こた》えさせてしまった。たぶん和章も、柊に悪いと思っているだろう。それは絶対に違うのだけれど、ちゃんと言葉で説明できる自信がない。

和章はきっと、一睡もしていない。ベッドの上には柊の服があったし、夢うつつに人肌を感じることもなかった。

和章は、柊と一緒に眠るのを選ばなかった。それが答えだという気がした。

マットレスからシーツを剝がし、新しいものに取り替えていると、表からエンジンの音がした。一瞬ふかして、すぐに遠ざかる。柊が帰ったのだろう。玄関のドアが開いたのには気づかなかった。慎重に鍵を回し、足を忍ばせて出て行く姿が目に浮かぶ。

額をおさえてついたため息は、安堵なのか落胆なのか。まだメイク途中のベッドに寝転がり、目を閉じる。まなうらは朝の光で白い。

何をやってるんだろう、と思った。こんなところまで来て。こんなところまで逃げて来たのに。

石蕗《つわぶき》の声がした。

――自分が自分であることからは決して逃げられない。

弱さからも、ずるさからも。

家に帰って普段着に着替え、庭の掃除や木々の水やり、要はいつものルーティンワークをこなすとようやく冷静になってきた。

サーバーに残ったままの冷えきったコーヒーをすすり、苦味で自分を鼓舞《こぶ》して電話をかけた。

『はい』

「あ——お疲れさまです」

心構えをしていたはずなのに、いざ声を聞くと用意していた言葉は吹っ飛んで、いつも仕事で使うあいさつが口をついて出た。

「あの……すいませんでした、黙って帰っちゃって……家の電気、点《つ》けっぱで出てきたの思い出したから」

『そうか』

電気の件は本当にせよ、ひと声もかけなかった言い訳にはならない。和章が柊の言い分をそのまま納得しているのか、口実だと理解してそっとしておいてくれているのか定かでなかった。セックスまでしちゃったのにこんなことも分からないんだ、と思った。

和章の、どこか浮世離れした摑みどころのなさをおもしろく感じていたはずなのに、今は寂しくさせられてしまう。交わっていた間だけ手に入れたと満足したところで、離れてしまえばそんなものは儚《はかな》い錯覚に過ぎなかったと突きつけられるばかりで、どうしてどいつもこいつもセックスなんてするんだろう。抱いたぶんだけ抱かれたぶんだけ寂しくなるばかりじゃないか。

「……ごめんね」

『いや……正直言うと、俺もほっとした』

ああ、やっぱり。気まずさはお互いさまなのに柊の胸は痛んだ。

「……何で」

『まだ落ち着いて話せる自信がない』

「何話したらいい？」

『実はよく分かってない。でも、きのうはお互いに冷静じゃなかった、それは確かだろう』

別人みたいだ。もともと柊が出会ったのはこういう低温で平坦な和章だけど、ゆうべの熱っぽい、激しい一面を身体で知ってしまうとひどくそっけなく、薄情にさえ感じられた。急に肌寒さが迫ってきて携帯片手に肩を縮める。遠からず、朝晩は暖房が必要になるだろう。そろそろフィルター掃除しなきゃ、とこんな時にも日常が頭をよぎり、結局自分はここで暮らすんだなと思った――和章がどこかへ行ってしまったとしても。

『君は傷ついて混乱してた。俺はそれにつけ込んでしまった』

「違う」

『違わないよ。先生があいうことにならなければ、俺と寝るなんて想像もしなかっただろう』

「そうかもしんないけど――そうだったとして、何が駄目なんだよ。普通の、正気の時に決めたことだけが正しくて、冷静じゃなかったらそれは間違い？」

『ああそうだ』

はっきりと肯定されて、言葉を失う。

『すくなくとも自分に関してはそうだと思ってる。……俺はもう、二度と間違えたくなかったんだ。衝動とか欲求に駆られて誰かを傷つけることはしたくなかった。なのに繰り返してしまった。後悔してる』

「誰かって誰だよ！」

柊は思わず怒鳴った。

「俺は傷ついたりしてないじゃん。だって俺から言ったんだよ？　俺が誘ったし、俺は嬉しかったし――」

『柊』

和章の声は張り詰めていた。柊が強く主張すればするほど、和章はつらいのだと思った。柊も、和章のとげになってしまう。

「二度とって、じゃあ、一度目は誰なんだよ」

和章は答えなかった。

「ちゃんと、俺を見てよ……」

沈黙に向かって求め、電話を切った。窓がかたかた鳴っている。木枯らしにはまだ早いというのに、外は風が強かった。

それから自分のベッドでこんこんと眠り、翌日の昼、園からの着信で起こされた。

『柊、どうだ、ちょっとは落ち着いたか？』

寝てました、と正直に言うと宗像《むなかた》は「眠れてるんならいいことだ」と笑う。

「葬儀、来てくれてありがとうございました。みんなも、忙しいのに」

『そんなのは当たり前だろ。困ったことがあったら言えよ、何でも手伝うから』

「ありがとうございます。……じゃあ、暇だから仕事しに行こうかな」

祖父母の忌引《きび》きは本来三日間のところを、「ずっと長い休みを取らせてないから」と一週間にしてもらっていた。

『それは駄目だ、休む時にはちゃんと休まなきゃ。こっちは人が足りてるし』

「やることなんかいくらでもあるじゃないですか」

『そりゃそうだけどな。なあ、こう……ひとりの家がつらいとか、手持ち無沙汰《ぶさた》で何かせずにはいられないとか、そういう理由なら駄目だよ』

「え」

思いがけず厳しい言葉に、ベッドの上で居住まいを正した。

『だってここはお前の職場だろ、逃げ場じゃないよな。昔はそうだったかもしれないけど、今は違う。頼りにして、給料を払ってる。柊はもう子どもじゃない。先生が亡くなったのは俺も悲しい、柊はもっとだろう。だから一週間休めって言った。それは、悲しみに何とか折り合いをつけてまた働くための準備期間なんだよ。ずるずるしちゃいけない。「じゃあ」で来るところじゃないんだ』

「……はい、すみません」

『と言ってもあと三日なんてすぐだけどな。旅行でも行ってきたらどうだ？　原付で、近場の温泉にでもふらっと』

「ああ、いいすね」

行かないけど、ぴしっと叱られて気持ちがしゃんとした。顔を洗ってトーストと牛乳を腹に入れると家じゅうに掃除機をかけて回る。その音のせいで、家の前に車が停まったのに気づかないでいた。

インターホンが鳴り、柊は慌てて掃除機のスイッチを切ると玄関に向かう。宗像か、あるいは園の誰かが様子見に顔を出してくれたのだと思いそのままドアを開けたが、立っているのは面識のないスーツ姿のふたり組だった。

「えっと……」

こんな山の中にまで、何かのセールスだろうか。葬式を出したのを聞きつけて墓石とか？

想定外の来客に柊が一瞬固まると、ひとりが口を開いた。

「こちら、石蕗次郎《つわぶきじろう》先生のお宅でしょうか」

「はい」

「突然お伺いしてすみません、平岩《ひらいわ》と言います。先生には大学時代お世話になりました」

「ああ……」

前言ってた、はがきの、今度結婚する人、と記憶をたぐる。目元や口調の温和な、角の丸い印象の男だった。

「訃報《ふほう》を聞いて……知るのが遅くて、告別式には間に合わなかったんですが、もしご迷惑でなければお線香をあげてもよろしいでしょうか」

「あー……すいません、うち、仏壇とか置いてないんですけど……あ、でも、どうぞ、上がってください。わざわざありがとうございます」

どう接待したらいいのか分からないが、このまま帰ってもらったら駄目なんだよな、と新品のスリッパを並べ、掃除機を納戸に片づけた。きれいにしたばかりでちょうどよかった。

ダイニングの椅子に不意の客人が座ると、柊は「あの」と遠慮がちに切り出した。

「大丈夫ですか、そっちの人」

平岩の連れは、ひどく顔色が悪かった。端正な造作《ぞうさく》に血の気《け》の失せた青さは似合っていなくもなかったが、色白ではすまされないあやうさが心配になる。

「お構いなく」

平岩が代わりに答える。

「こいつ、車苦手なもんで。これでも、SAで休憩取りながら来たんですけどね」

「そうなんですか。すいません、何か、こんなとこに家あって」

「いやいや」

男はしゃべらなかったが、柊のもの言いがおかしかったのか、かすかに笑った。柊は「ちょっと失礼します」と庭に出て、プランターで育てているミントの葉をたっぷりちぎる。そして流水で洗ってから炭酸水を注《そそ》いだグラスに浮かべ、男の前に置いた。緑茶かコーヒーを出すつもりだったけれど、たぶんこっちのほうがいい。

「つめたいもの飲んだら、すこしはすっきりするかも」

「……ありがとう」

初めて口を開くとふたくちみくち水を飲み、「ほかのご家族は？」と尋ねた。

「両親は、違うとこ住んでます。ここは、俺と祖父だけで暮らしてて……」

「へえ……」

グラスの氷がからりと鳴る。何となく透明なものを持つのが似合う、男にしてはこしらえの細い指をしていた。

「そりゃ大変だ」

抑揚《よくよう》のない口調で、聞きようによっては適当きわまりない言い草とも受け取れた。実際平岩はぎょっとしたように隣を見ていたが、柊はちっとも不快にならなかった。どうしてだろう、そっけない言葉にはとても親身な実感がこもっているような気がした。寂しいでも悲しいでもなく「大変」という表現を、選んで使ったんだと思った。

「このたびは、お悔やみ申し上げます」

平岩がスーツのポケットから香典《こうでん》袋を取り出すと、男もそれにならう。柊は戸惑う。どなたさまも香典不要、で統一していた。しかし、せっかくここまで来てくれたのに、固辞するのも却《かえ》って悪い。でももらったら香典返しとかちゃんとしなきゃいけないんだろうし——いいや、後で母さんに訊こう。

ぺこりと頭を下げてそれを受け取ることにした。裏返し、名前を確かめる。平岩拓《たく》、と。半井整。

「えっと……はん……？」

読めずにいる柊に、男は「なからい」と言った。

「なからいせい」

ざ、と自分の血の気が引くのが分かった。この字で、ナカライ。祖父が口にした名前、有佳が口にした名前、和章が「ほっとけなかった」相手。こうして連れ立って来るからには、平岩とは今も仲がいいのに違いない。どうしてそこに和章は加わらないのだろう。

「……何か？」

半井はけげんそうに眉をひそめた。笑顔よりも、そういう物憂《ものう》い、不機嫌そうな表情をさせるとさまになるタイプだった。

「あ……いえ、珍しい名字だなって思って、それだけです」

香典袋をテーブルに置き、柊はぎゅっと両手の指を握り込んだ。不意に恥ずかしくなったのだ。土仕事で荒れた手を見られること、名前が読めなかったこと。どうしてだか分からないが、自分がとてもみじめで、もの知らずな人間に思えてたまらなかった。半井が和章と同じ大学を出て、おそらくはちゃんとした勤めに就《つ》き、スーツを着て、非の打ちどころのなさそうな大人として目の前にいることに強烈な劣等感を覚えた。逃げ出したい。でも、どこへ？

ぐるぐる不毛な考えばかり巡らせていると、ことん、という音がした。半井が炭酸水をごくごく飲み干して、空になったグラスを置いたのだった。柊の混乱にストップをかけるようなタイミングで。

「お前そんな、ビールみたいに飲むなよ……」

呆れる平岩に構わず、柊を見て言った。

「おいしかった。ごちそうさま」

さっきよりは生気の戻った顔で、さっぱりと。何か思うところありそうで、その実単にマイペースなだけかもしれず、柊はこの人も結構変わってんな、と思った。でもたぶん、嫌いじゃない。

手を合わせてもらうところもないので、せめて書斎と書庫に通した。それでも滞在は三十分にも満たない。半井は書庫の、すでに片づいた部分を見て「きれいにしてる」と感心していた。そして助手席に乗り込む前、柊に「元気で」と声をかけた。そこにも無理だろうけど、分かってるけど、という労《いた》わりを感じた。近しい人間を喪《うしな》う痛みを、すでにいやというほど味わったからだろう。

「はい。……半井さんも、お大事に……ってへんかな」

「俺は元気。もう、元気になった」

平岩の車を見送って軽く手を振った時、また腕時計が止まっているのに気づいた。じいちゃんこれ、不良品なんじゃねーの。

手首から外し、振る。和章から教えてもらったとおりに。

すると柊の手の中でちゃんと秒針が刻まれ始める。

できるじゃん、と思った。自分でできる。止まった時間は動かせる。柊は香典袋を握りしめて原付にまたがった。灰色の雲の層がいくつも重なり合い、うねりながら空を長く横断して端っこが見えないぐらいだった。風の流れ方がいつもと違う。天気が崩れるのかもしれない。

インターホンを鳴らし、和章が扉を開けるところまではおとといと同じだった。

「さっき、この人が来た」

香典袋の裏書きが見えるよう差し出すと、和章は隠しもしない動揺をぶつけるように柊の両肩をきつく摑み「話したか」と詰問《きつもん》した。

「俺のことを、何か話したか？」

ここまでのあからさまな反応は予想していなかったので、気圧《けお》されてただ首を横に振った。

「……そうか」

あっさりと手を離し、柊の目を避けてか背中を向けた。

「ならいいんだ。驚かせて悪かった」

「……何で？」

柊はとうとう、正面切って——和章はこっちを見ていないけど——尋ねた。

「藤澤さんの名前出すだけでも困んの？　存在すら隠さなきゃいけないっておかしくない？……仲よかったんだろ？　清水さんから聞いた」

はっきりとした考えがあって来たわけじゃなかった。ただ、半井が訪れたと、どうしても和章に伝えなければいけない気がした。またやみくもに動いて間違えたのだろうか。

「顔色はよくなかったけど、元気だって言ってた。俺は元気、って。……会わなくていいの？

ＳＡで休憩取りながら来たって言ってたから、帰りもきっとそうする。追いかけたら間に合うよ。車の色もナンバーも覚えてる。東京方面だろ？」

「会わない」

和章は振り向かないまま答えた。

「決めたんだ、一生会わない。向こうもそのつもりでいる」

「会いたくないの？」

「ああ」

「嘘つき」

名前を見ただけで取り乱すほど、今も心を占めているんじゃないのか。不意打ちだったにせよ、祖父にしらを切った時と同じく「覚えてない」ですませることもできたはずなのに。

「会いたいくせに」

会ってほしくないくせに、と自分が自分に言う。ぶっきらぼうなのにふしぎな引力がある、あのきれいな指の男を、追いかけてなどほしくない。でも会わなくてもきっと和章の中にとげとして刺さり続けるから。白く丸く包まれる時は訪れず、和章の胸は痛み続けるから。

和章が、拳《こぶし》を真横に振りかぶって壁に叩きつけた。音というより鈍《にぶ》い振動が、空気を伝って柊のまつげを揺らした。

「……君には関係ない話だ」

雨風が強かった。窓ガラスを叩く雨音は風向きにつれて大きくなったりちいさくなったりし、時おりきつい風に煽《あお》られ、ふわりと宙を泳いだ雨粒がばらっと一斉に地面に叩きつけられる乱暴な音もした。ベッドには入ったものの、まんじりともできず三日めの徹夜をしてしまったのは、その不規則なリズムのせいだと思うようにした。地面に密着した家というのは、こんなにもうるさいものか。整《せい》と一緒に暮らしていた高層マンションでは気にしたこともなかった。空に近いほうが、天気に鈍感になるというのはおかしな話だ。

暗いねずみ色の夜明けを迎え、昼もその色のまま推移し、灰色が黒くなっただけの日暮れを過ぎた。柊《しゅう》が帰ってから、まる一日以上経《た》っている。

関係ない、と投げつけた言葉に反論はなかった。

背中を向けたまま、ドアが閉まる音を聞いていた。柊がどんな顔をしていたのか見ていない。整が出て行った時もそうで、最後の日、整は会社に行った。自分はそれから都内のホテルを取った。一週間後に帰ると整の私物はなくなっていた。といっても、服やちょっとした日用品やパソコンくらいで、家具はすべてそのままだった。

その空白のすくなさに、ここはずっと、整の家なんかじゃなかったんだな、と思った。もっとぽっかり、いろんなものが抜けていてほしかったのに、胸に開いた穴の大きさと見合わないちっぽけな喪失だった。

がたがた、とアルミサッシが揺れる。山の中はもっと荒れているだろうか、柊はひとりでどうしているだろうか。突き放しておいて、そんなことを考える。

整が来るだなんて思いもよらなかったし、柊から聞くのはさらに不意打ちだった。ごまかす余裕もなく、ただ拒絶してしまった。対応のまずさを悔やんでいるものの、ほかにどうすればよかったのかは見えてこない。口先でごまかしても無駄だろうし、すべてを打ち明けるのはおそろしかった。つめたい極地の湖みたいに、厚い蓋《ふた》をしたはずだった。蓋を壊して過去をさらせば、君は俺を軽べつするかもしれない。君や先生を傷つけた人間と同じく、自分を守ることだけ考えてうすっぺらい嘘をつき続けてきたんだから。

どうしておそろしいのか、と考える。軽べつして、顔も見たくないと言ってくれれば、後腐《あとくさ》れも心残りもなくここを出ていける、むしろそれを喜ぶべきじゃないのか。他人からどう思われようが関係ない、強がりじゃなく自分はそういう性格だったはずだ。

おそろしいのは、柊の心が離れていくこと。柊にとってよくない人間でありたくない、という欲を自覚する。何かしてやりたい、という焦燥《しょうそう》もそのせいだった。そして自分の恥は隠しておきたい。

身の程知らずな。誰かの傍《そば》にいたいなんて、誰かの特別になりたいなんて。整はとっくに和《かず》章《あき》を許して、和章から解き放たれて、違う世界で生きているのに、自分で自分に刺したとげが足の甲を貫《つらぬ》いて身動きが取れない。

いやになる。ひとりでいるほうが、自分を見ずにすむのだ。誰かと向き合えば相手は鏡になり、欠点も偽《いつわ》りもまともに映し出されてしまう。それを分かりながら、なお柊の顔ばかり思い浮かべている自分自身の馬鹿さ加減がいやだった。

サイドテーブルの上に置きっ放しのデリケートクリームが目に入る。本来の用途と違う目的で使った。抱いた身体がしなやかだったこと、触れた肌がなめらかだったこと、柊が何度も「藤澤《ふじさわ》さん」と呼んでくれたこと。思わず缶を握りしめ、金属のひんやりした感触で我に返る。セックスしなくたって、ひと晩じゅうただ抱きしめ、背中を撫で、涙を拭《ぬぐ》って慰めてやれたはずなのに。結局俺は自分しかかわいくないんだな、と痛感した。和章にとって人を好きになるというのは、肥大するエゴの手綱《たづな》を放すのと同じだった。肉欲、嫉妬、独占欲。それで、整が望んだように自分を幸せにできたとして、相手はどうなんだろうか。すくなくとも俺は、俺みたいな人間に愛されたくない。

クリームを引き出しにしまうと、新しいつめたさを求めるように、ひび割れた腕時計に手を伸ばした。手のひらに沈む重み、風防《ふうぼう》一面の亀裂《きれつ》。和章にはいやというほどなじんだ存在のはずなのに、新鮮、というかよそよそしい感じがした。すこし距離を離して眺め、理由に思い当たる。

柊がしていた時計の印象のほうが、いつの間にか強くなっていたのだ。頭の中で連想する腕時計と、実際目の前にあるものに誤差が生じてすっきりしなかった。そんなに意識していた覚えもないのにな、とベルトを指の腹に提げてもてあそんでみる。針が止まっていたのを二回直しただけにすぎない。

動いた、と屈託《くったく》ない柊の声がよみがえってくる。そう長い時間が経ったわけでもないのに、あの時と今と、途中でページが破り取られてしまったような隔《へだ》たりを感じるのは、石蕗《つわぶき》がもういないからだ。先生からもらった時計は、また機嫌を損《そこ》ねて君を困らせていないだろうか。ひとりで時計の針を直そうとする柊を想像した。あるいは、ひとりで植物のとげを抜く柊。外で悲しいことがあって、家に帰ってひとりで泣く柊。自分の「ひとり」ならむしろ望ましいのに、柊だと思うと胸がきりきりした。

でも、君をひとりにしたくないのと、俺が傍にいたいのは、別問題だろう。

がんっ、と何かが強く窓にぶつかった。驚いて、時計を床に落とす。かろうじてかたちを保っていた風防のガラスがぐしゃっとつぶれ、ビーズのような細かいかけらを散乱させた。特殊な材質なので、指を刺すようなするどい破片にはならない。だからそっちはひとまず放っておき、窓辺に立って音の正体を確かめた。空《から》のペットボトルが風に押されて地面を転がっている。おそらくあれのせいだろう。

それにしてもひどい風だ。山の方角は見えないが、道路沿いの街路樹は枝をびゅんびゅんしならせている。濡れた葉が雨粒を弾《はじ》いて、ざわざわという葉ずれのたび、街灯の輪の中に光がしぶく。ごうごうと吠える大気。山の、密集した木々はどんなふうに悶《もだ》え、どんな音を立てているのだろうか。

和章はカーテンをぴっちり閉める。粉々になった風防は、外の雨を固めたみたいでどうしても片づける気になれなかった。熱い風呂にゆっくりと浸《つ》かり、表の騒がしさに対抗したくなって洗濯機を回すことにした。洗濯かごの衣類を検《あらた》めてから洗濯槽に放り込んでいく。

ズボンのポケットを探ると、指先がかさっと何かに触れた。レシートでも忘れていたかと取り出すと、それはノートをちぎった紙だった。そうだ、捨てようと思ってそのまま忘れていた。

「Einmal ist keinmal」、今でもどう解釈したらいいのか分からない。

自分の筆跡を見つめていると、リビングからぶうんぶうんと小刻みなうなりが聞こえた。カウンターに置いた携帯が振動している。出るか出ないかを決めかねて、急ぎもせず向かう間も着信はやまなかった。柊の携帯ではないが、見覚えのある番号が表示されている。

「――はい」

『あ、こんばんは。私、宗像《むなかた》ですが』

「ああ、植物園の……」

一度、こっちからかけた。それで何となく記憶に残っていたのだろう。

『突然すみません、柊がそちらにお邪魔したりしていませんかね?』

「は? ……いいえ」

『いやね、今台風が来てるでしょう』

「台風？」

そうか、道理で風雨が激しいわけだ。

『知らなかったんですか？　ニュースも台風情報ばっかりですよ』

軽く呆れられてしまった。

「テレビもラジオもないもので……あの、彼が何か？」

『きょう、うちは臨時閉園してるんです。午後からはバスも運休になりそうだったからスタッフをみんな帰して、私だけ残ってるんですが……ひょっとしたら柊がこっちに来てしまうんじゃないかと心配になって』

「どういうことですか？」

『この雨と風ですから、植物も無傷ってわけにはいかないと思います。動かせるものは避難させて、あとはロープで固定したり、できるだけのことはしましたが。ここ数時間の勢いが私もそうそう経験したことがないレベルなもんで、はっきり言って外で作業しているとこっちが危ない』

「宗像さんの帰りの足は？」

『もう泊まり込みますよ。車はあっても、土砂災害が怖い。カップ麺《めん》ぐらいはありますから、最悪数日孤立したところで困りはしません』

「彼がそちらに行くかも、というのはどの程度の可能性なんですか」

『それが分からんのですよ。ただ、さっきから携帯も固定電話もつながらないのでいやな予感がしてね……最近も、かわいがってた桜の木をどうしても伐《き》らなくちゃならなくてショックを受けてたばかりなもんで、万が一、と思って。……今は、あの子を止めてやる人間もいませんし』

「……そうですね」

声が重くなった。宗像は取《と》り繕《つくろ》うように「でも杞憂《きゆう》ってこともありますから」と言う。

『旅行に行けって勧めたばかりなんですよ。だからどこかに出かけているのかもしれませんし、家で眠り込んでいるだけかもしれない。ただちょっと、あいつがこっちへ向かってたら危ないな、というのがよぎっただけで――すみません、ほかに心当たりがなくて。あの、もし本人と連絡が取れたらとにかく一報入れるよう伝えてもらえますか？　私から言って聞かせますんで』

「分かりました、必ず。そちらも、どうかお気をつけて」

通話を切る。いつの間にか、片手に持った紙切れを握りしめていた。くしゃくしゃになった言葉。

――一度駄目でも諦めるな。

柊はそう言った。和章は台所の棚からビニール袋を取り出し、携帯を入れてぐるぐる巻きにした。防水仕様じゃないから、大雨に濡れると壊れるかもしれない。自宅と、石蕗家の鍵を両方摑んでポケットに突っ込む。合鍵を返さないままでよかった。傘は——無駄だし却《かえ》って危ない。

ちょうど向かい風で、扉を肩で押さないと開けられないほどだった。外に出ると、ばあん、とものすごい音を立てて閉まる。施錠《せじょう》をし、和章は山へと歩き出した。たちまち顔や手足を斜めに叩く雨。木立《こだち》は人間を拒《こば》むように激しく揺れ、雨音に負けじと枝葉をばたつかせる。

宗像の危惧《きぐ》は当たっている。柊は、植物園に行こうとしている。危なかろうが、なす術《すべ》がなかろうが、大切なものが危険にさらされているのなら、行かずにいられないはずだ。

視界はワイパーのないフロントガラス越しみたいだった。両手で顔をかばいながら進んでも、目に水が入ってくる。小枝や葉や小石が遠慮なく全身にぶつかってきて、時には柄《え》の折れたビニール傘が猛然と頭上を掠め、ひやりとさせられた。服は上も下もたちまちずぶ濡れだ。風に逆らって進むと、見えない手にぐわっと押されて息ができない。強風の合間を縫《ぬ》って駆け、横なぎに倒されそうになるとぐっと重心を下げてじりじりと歩いた。毎朝通っていたあの道と、本当に同じ景色なのだろうか。

でもそれらの外的な要因を、ひとつもつらいとは思わなかった。濡れるのも寒いのも痛いのも、風に揉《も》まれるのも。駆けつけられないのがもどかしいだけだ。ただ、柊に会いたいと思った。魂の存在など信じていないはずなのに、もう亡い人へ、祈った。

先生、柊を守ってください。すぐ行くから、届くはずだから、それまで、どうか。

ふだんと比べて、どれくらい時間がかかったのかは分からないが、何とか柊の家の前にたどり着いた。雨戸がぴっちり閉めきられている。

和章は迷わず合鍵で入り「柊！」と大声で叫んだ。どこもかしこも真っ暗な、空っぽの家の中に自分の声だけが響く。靴のまま上がり込むと、念のためありとあらゆる扉を開けて回ったが、誰もいなかった。やっぱり。携帯に宗像からの着信もなかった。柊がもう園に着いてしまったか、連絡が取れたのなら教えてくれるはずだ。ということは状況は変わっていない。濡れそぼった顔をぐいと乱暴に拭《ぬぐ》って再び玄関に戻った時、原付《げんつき》の鍵が残っているのに気づいた。事故を警戒し、徒歩で出かけたのだろう。ふもとからここまでくるより、ここから植物園に行くほうが勾配《こうばい》もきついし、この天気だと時間がかかるだろう。まだ、追いつけるかもしれない。

和章は外に出ると、キーリングに一緒にぶら下がっていた鍵でガレージのシャッターを開けた。柊の原付と一緒に、いくつかのプランターや鉢植えがひっそり並んでいる。植物を庭から避難させて、きっちり戸締まりをして出て行った柊の後ろ姿が浮かび、唇を噛んだ。あんなふうに追い返さなければ、和章のところにとどめておけば、こんな嵐の夜に、ひとりで行かせやしなかった。一緒に台風への備えをし、柊が出かけたがったとしても、絶対に止めただろう。

傍《そば》にいさえすれば。

でもまだ間に合う。振り返ったら後悔ばかりでも、前を向いたらまた新しい景色があるはずだ。何度後悔に塗りつぶされても、進まない理由にはならない。原付を押し、シャッターを下ろしてからキーを挿《さ》してエンジンをかけた。もっぱら身分証明のツールとしてしか使っていなかった普通免許が初めて役に立つ。グリップを握りしめ、慎重にバランスを取りながらスピードを上げた。対向車とどうにかならない限り、スリップや転倒で人に迷惑をかけるようなことはないだろう。

一度はものの数じゃない。「一度」なら「なかった」と同じ。一とゼロはイコール。

そんなことない、と和章は強く思った。

だって俺は覚えてる。たった一度のことを、今でもよく覚えてる。忘れたくて忘れたくてたまらなかったけど、今は違う。

嘘だった、失敗だった、間違いだった。後悔はきりがないけれど、その、確かにあった「一度」を積み重ねて、ここで君に出会えたんだ。たくさんの「一度」で俺という人間ができてる。今、柊を助けたって整への償《つぐな》いにはならない。分かってる。だけど行くんだ。だから行くんだ。

整。元気なのか、よかった。ここへは平岩《ひらいわ》と来たのか、それとも恋人がつき添ってくれたのか。どちらにしてもよかった。車に乗れるようになったんだな、よかった。甲高《かんだか》いブレーキの音を聞くだけで動けなくなるほどだったのに。これからも、どうか元気でいてくれ。

幸せになってほしい、と、望んでくれてありがとう。幸せがどういうものか、今でもよく分からない。でも、柊と一緒にいたい。柊の笑った顔を見ていたい。柊と、明日のことや来週のことを考えてみたい。そして、柊にも同じ気持ちでいてほしい。

整が言ったからじゃなくて、俺のために、そう思う。

やがてヘッドライトの先に、こんもり黒い塊《かたまり》が浮かび上がった。その前に座り込んでいる人間の、雨合羽《あまがっぱ》のフードからはみ出た金茶の頭も。


背中から照らされ、柊ははっとして振り返った。二輪のライト。逆光で、よく見えない。こっから先行けないですよ、と教えようとして、駆け寄ってくるのが誰なのか気づいた。

「藤澤《ふじさわ》さん……」

和章は柊の腕を摑み「大丈夫か」と怒鳴った。張り上げないと、声が届かないのだ。

「けがは⁉」

柊は首を横に振る。目の前には山から土がなだれて、斜めに行く手を塞《ふさ》いでいる。ず、と斜面に生《は》えた木の根がずれて露出したかと思えば、土砂が道を埋めたのは一瞬のできごとだった。こんなにたやすいものか、とその呆気なさに慄然《りつぜん》とした。前方数メートルでの光景だったからさすがに腰が抜けて、小石のぱらぱら落ちる余韻《よいん》がやんでも長い間動けなかった。足を踏みしめただけでも次の崩落《ほうらく》を誘発するんじゃないかと恐ろしかった。

今はようやく落ち着き、この小山を踏み越えていくべきかどうかと迷っているところだった。だってもう、園は目と鼻の先だ。

鉢植えをガレージに移し窓辺でじっとしていた。その時点では無謀な外出なんて考えていなかった。でも、表からめきめきっという音が聞こえた。それから、ばさっと何かが倒れる音。急いで確かめに出ると、ヒイラギモクセイが、高さ二メートルほどのところでぼきりと折れてしまっていた。せっかくとげを出さなくなった葉が地面に落ち、風と雨に流されてどこかへ行ってしまう。

和章と並んで話した思い出までもがへし折られたみたいで、柊は、ああ俺園に行かなきゃ、という焦燥をどうしても止められなかった。こうしている間にも大事なもの、大事な場所がどんどん削《けず》り取られているなんて耐えられない。

「帰ろう」

腕を引っ張られ、どうして和章がここに、それも柊の原付に乗って来たのかという驚きや疑問より意地が勝った。

「帰らない」

振り払って立ち上がり、エンジンがかかったままの愛車に向かう。

「待て！」

その腕をもう一度摑まれる。

「どこへ行く気だ」

「いっぺん下りて、別のルートから登り直す」

「馬鹿言うな」

「藤澤さんには関係ないじゃん！」

言われた言葉をそのまま返しても、和章の力はゆるまなかった。

「宗像さんも心配してた」

「都合よく他人の名前出すな」

「本当だ。それで俺に電話をくれた。落ち着け、君が行ったからって何ができるわけじゃないだろう」

「そんなこと分かってるよ！」

やみくもに腕を振り回す。とうとう和章は、後ろから柊の身体にがっちり腕を回した。

「何もできないって！　ひとりで空回ってるだけだって！」

でもいやなのだ。ひとりきりで家に閉じこもり、ただ案じているだけなんて我慢できなかった。身動きの取れない植物たちが嵐にさらされて花や葉を落とし、雨に土をさらわれ、風に枝を折られるところを想像するとおかしくなると思った。

「放せよ、もうほっとけよ、関係ないんだから」

「駄目だ」

ばたばたと合羽が風にはためいてうるさい。なのにどうして、和章の声はこんなにもはっきり聞こえるのか。

「絶対に離さない」

「何でだよ！」

柊は力いっぱい叫んだ。

「たかが植物って思ってんだろ？　藤澤さんには分かんないよ、別にそれでいいよ。俺にだって藤澤さんのことは分かんない。でも、じいちゃんいなくなっちゃったんだよ！　あそこまで壊れたら、もう俺、何もなくなっちゃうじゃん！　何も残らないじゃん！　だったらせめて一緒にいさせてよ！」

怒り、いら立ち、寂しさ。こみ上げてくるものをそれ以上言葉にできなくなって、柊は抱きすくめる和章の腕に思いきり嚙みついた。本当に、すこしも手加減をしなかった。犬歯《けんし》がシャツの生地《きじ》を突き破り、和章の皮膚にまで食い込んだのが分かった。じわりと金《かな》くさいしょっぱさが、雨の味、土の味と混ざって口内に忍んでくる。

和章は、それでも柊を離さなかった。痛みにうめくこともなく、「俺がいる」と言った。

「俺は、いるよ」

「嘘だ……」

血のにじむ布地を見てつぶやく。

「嘘じゃない。俺だってそうだ。君がいないと、何も残らない。そんなのはもういやだ……」

視界の赤色がさらににじんだ。はらはらと涙をこぼすんじゃなく、柊は声を上げて泣いた。雨と風の中で、誰にはばかることなく嗚咽《おえつ》した。泣きながら、自分だけの涙じゃないような気がしていた。和章のぶんも泣いている。柊を抱きしめたままの和章もきっとそれを分かっている。


原付を押して家まで帰ってくると、さすがにへとへとだった。しかし疲労に座り込むより前に、廊下を行ったり来たりしている泥のついた足跡を見て柊はぎょっとした。

「泥棒⁉」

「いや、俺だ」

玄関マットの上に——そこだって汚れているのだけれど——仰向《あおむ》けに転がって和章が言った。

「何だ……」

そんなに必死に探してくれてたのか、とようやく申し訳なさが湧いてきた。心配をかけた。前にも祖父に叱られたというのに。もう叱ってくれる人はいないから、自分でちゃんと考えなくちゃいけない、と戒《いまし》める。

「悪い、あした掃除するから」

「いや、そんなのいいんだけど」

この人、床に寝転がったりするんだな。いつになく無防備な姿をもの珍しく眺めていると、和章はすうと目を閉じた。

「……え、ちょっと、もしかして寝ようとしてる？」

「数日寝不足だったから、もう限界なんだ」

「や、駄目だよ、気持ち分かるけど、風邪引くし、傷の消毒しないと、山でのけがは危ないから」

柊が慌てて揺さぶると、億劫《おっくう》そうにうす目を開けて「風邪にしろ破傷風《はしょうふう》にしろ、なってから考える」と答えた。

「そ、そんな自堕落《じだらく》なこと言うんだ……」

「俺はもともとだらしがないよ」

というか、自分に対して無関心すぎる。絶対藤澤さんのほうがほっとけないよ、と思いながら脱力した腕を持ち上げて「駄目だってば」と説得した。最終的には「藤澤さんが風呂に入らないんなら俺もこのまま寝る」と言うと眉間にしわを寄せつつ起き上がった。

浴室に入っていくのを確かめて、宗像に電話をする。一部始終を――個人的なやり取りは省《はぶ》いて――話すと宗像はぎっちり怒り、そして最後にこう言った。

『藤澤さんだっけ？　あの人がいてくれてよかったなあ……こういう言い方はあれだけど、柊のために、先生が連れてきてくれたみたいじゃないか』

「……うん」

そんなわけがない、和章だってそう言う。でもそうだったらいいなと思って柊は頷いた。だって祖父も和章も、両方好きだから。

「藤澤さん」

脱衣所から声をかける。

「服、洗っちゃってもいい？　うち乾燥機ないから、部屋干ししても絶対朝までに乾かないけど……」

折り戸が中から開かれ、和章が「おいで」と手招きした。

「――あ、うん……」

今さら、って言っていいのかどうか分かんないけど、恥ずかしいな。もたもたしているともっと入りにくくなりそうだから、ぱっぱと服を脱いで中に入る。和章の右腕、ちょうど手首と肘《ひじ》の中間あたりには真っ赤な輪が血をにじませていた。二の腕にはまだ青あざも残っているし、なかなかにグロテスクなカラフルさだ。

「う、わー……」

しでかした張本人もちょっと引くほどの噛み痕だった。

「朝になったら病院行かないと……」

和章は柊の足元からシャワーの湯をかけつつ「大した傷じゃないよ」と言う。眠気はもう覚めたのか、明瞭な声だ。

「今は血行がよくなってるからひどく見えるだけで。後で救急箱を貸してくれ」

「でも」

「俺はあまり人目を気にしないほうだけど、それでもこれを平然と医者に見せる自信がない」

「あ、そうですよね……」

明らかに子どもでも動物でもない、歯型。

「でも、もし三日くらい経ってものを食べにくいとか口が開かないとか、症状が出たらすぐ教えて。破傷風ってまじで怖いんだから」

「分かった」

心配性だな、と言いたげに和章が苦笑して、それは今まで見せてくれなかった気安い表情で、柊はほっとした。

「……ごめんね」

傷口から離れたところに指で触れる。

「ものつくる人の手に傷つけちゃって」

「現状、何もつくってない」

「でもこれからつくるよ」

「どうして？」

柊の肩に、湯を流しながら和章が問う。

「そんな気がするから。だって、今までと同じ藤澤さんじゃないから、俺を迎えに来てくれたんだろ。『もういやだ』って、そういうことでもあると思う」

和章は、シャワーを止めてヘッドをフックに戻した。

「……君にはかなわない」

抱きしめられた。温かなしずくをまとった和章の肌は、それでもまだつめたかった。芯まで雨に濡れながら、柊を追いかけてきてくれた。

「ありがとう」

柊は言った。

「心配かけてごめん」

「いや、俺が悪い。ひどいことを言ったから……本当にごめん」

「……大丈夫」

分かってる。傍にきてくれたから。離さないでいてくれたから。

「柊。俺は」

「いい」

和章の言葉を遮《さえぎ》り、肩甲骨《けんこうこつ》から肩へぐるりと手を回した。きっと、柊が聞きたかったことを教えてくれるつもりなのだと思うけれど。

「いいんだ、今は。ここにいてくれるだけでいい——ほかの人の話、しないで」

「……分かった」

唇からはまだかすかに雨のにおいがする。濾過《ろか》された清潔な水ですぐにそれが洗い流されてしまうのを、柊は惜しんだ。

抱き合って長いキスをした。外はまだ、激しい嵐だ。


シャワーの湯音と外の雨音、どっちがうるさいだろう。

柊の服も祖父の服もサイズは合いそうになく、どうにか着替えになりそうなものを、と探した結果、祖父が夏場に着ていた浴衣《ゆかた》を発見した。それでも丈は合わないが、洋服よりは融通《ゆうずう》が利く。帯と一緒に差し出すと和章は持に抵抗も苦もなくしゅるっと袖《そで》を通し、帯を締めた。

「浴衣なんか借りると、人の家に上がり込んでいるのにすごくえらそうな感じがする」

和章の口からそういう感覚的な言葉を聞くとおもしろかった。

「何で。俺にバスローブ貸してくれたのと変わんないじゃん」

服の形状も、用途も。

「そういえばそうだ」

和章は頷いて、それからほんのりと頬や唇をゆるめた。どういう笑顔？　なんて不躾《ぶしつけ》に訊けるわけがないけれど、柊の率直な印象だと「照れ笑い」というもので、和章がそんなふうにはにかむように笑うなんて、思いもよらなかった。でも、当たり前に、柊と同じ喜怒哀楽が備わっているに違いない。ふだんは強い意志で押さえつけて殺しているだけだ。和章にそうさせたものを、というか、そうしてしまう和章を哀しく思った。

和章はそんな柊の気持ちは知らず袖を持ち上げてまだ濡れた髪に手をやり、困ったような風《ふ》情《ぜい》で「緊張してるみたいだ」とつぶやいた。瞬間、哀しさとごちゃ混ぜのいとおしさがどんな豪雨より激しい勢いで柊の心臓に叩きつけてくる。自分より年上で、自立した大人の男だという事実はいっさい関係なく、どうしてこの世にはこの人を悲しませたり苦しませたりする材料が存在するんだろう、とたまらなくなった。ふかふかの、いつも潤《うるお》った土の上でいくらでも水や日射しをそそいであらゆる憂《うれ》いをあらかじめ取り去ってあげたい。いやな記憶は全部リセットしてあげたい。裸の魂をずっと両手に包んで守ってあげたい。

衝動に従って何か言ったりしたりするより早く、和章が軽く顔をしかめる。けがしている手を持ち上げたせいだ。

「あ、手当てしないと」

慌てて背を向け「救急箱救急箱」とわざとらしく口にしながら、柊は「あっぶね」と思っていた。我に返れば自分の激しい感情は思い上がりでしかなく、守ってもらったばっかのくせに何血迷ってんだか、と呆れた。さっきの今でまだ情緒不安定なのかもしれない。いつも和章に教えられたり助けられたり、情けないほど子どもだ。

浴衣は袖口が広くてありがたい。噛み痕を消毒してガーゼとテープで保護するくらいがせいぜいだが、一応の手当てをして救急箱の蓋《ふた》を閉めると、それが何かの合図だったみたいにまた外の雨音が大きく聞こえてくる。

「……やまないね」

「やまないな」

「朝まで降るのかな」

「かもしれない」

何だこの会話、と思っていたら和章もうつむいて笑いをこらえている。今夜の和章は、やけに感情表現が豊かだ。柊と同じく、嵐の余韻が消えていないのかもしれない。

「……何だよ」

「何でもない。おそろしく意味のない会話だったなと思って」

「すいませんね！」

そういえば、和章と「ふつうの会話」をあまりした記憶がない。たいてい、柊が途中で腹を立てたりやるせなくなってしまったりで、円滑《えんかつ》なコミュニケーションはすくなかった気がする。俺たちって何なんだろう、と柊ははたと不安を覚えたのだが、和章は「どうして」と笑ったまま言った。

「嬉しいんだよ、俺は。こんな無意味なやり取りをまた君とできてる、それが嬉しい。それが楽しいことも嬉しい」

嬉しい、楽しい。率直な喜びを表す言葉が、和章の口からこうもぽんぽん出てくるのが意外すぎてもったいない気さえする。でもこれが本来の性格なのかもしれない。心を許した相手にはまっすぐ応えようとしてくれる。

……それは、俺が特別ってこと？　石蕗先生の孫だからじゃなく、石蕗先生が死んじゃったからでもなく、ほっとけなくて心配だからでもなく。

一回、セックスした負い目からでももちろんなく。

はっきりと問い質《ただ》す勇気が出ず、柊はそっかとかそれならよかったとかまたしても意味のない言葉を口の中でもごもご転がしてから「ええと」と場をつなぐための隠当《おんとう》な話の接《つ》ぎ穂《ほ》を探した。

「あの、温度！」

「うん？」

しまった、あからさまに「何の話？」って顔、でもほかに思いつかないし、と構わず続けた。

「さ、寒くないかなって」

「寒い」

返答には間もためらいもなく、訊いたくせにちょっと面食らってしまう。そうだ、思ってもないのに「そんなことないよ」とお茶を濁《にご》すような性格じゃなかった。

「あ、そっか、ごめん、」

エアコンつけようか、俺のぶかぶかのカーディガンなら羽織れるかな、提案の選択肢を迷う柊に和章は平然と（見える顔で）言った。

「……寒いから、もっと近くに来てくれ」

ダイニングの椅子に掛けた和章が、今手当てしたばかりの手を柊に向かって差し出す。もっと伸ばせば触れられる距離なのに、そうしようとはせず。生乾きの髪の毛が一瞬で水分を蒸発させて逆立《さかだ》つかと思った。血の巡りだけをさかんにして、頭も口も回らないでいる柊を見て和章は苦笑まじりに「分かりにくかったかな」と小首を傾《かし》げた。

「分かるよ！」

慌てて反論する。

「いくら何でも——俺だって、そこまで世間知らずじゃない」

「君は、俺なんかよりずっと世間を知ってるだろう」

「素できょとんとすんなよ、じゃなくて」

えい、と言うつもりはなかったのに口走りながら両手で和章の手を取る。驚いて放してしまいそうなほど熱かった。

「……こーゆーことだろ?」

「うん」

しみじみとした嬉しさをたたえて和章が答える。こんなに豊かな人だったのか、と泣きそうに思う。和章の中にひっそり蓄《たくわ》えられていた(おそらく本人は必要としていなかった)光や色。それは、あの半井《なからい》というふしぎな印象の男が与えていったものかもしれないけれど。

柊は早くも和章の手の重さと体温を持て余してしまう。分かる、なんて言いきったものの、この先どういう動きに出ればいいのだろう。やばい、手汗かいてきた。なのに、和章からは余裕めいたものを感じる。動物の動向を見守るように柊を眺めている、そんな気がした。

「もっと」

「え」

「もっと近くに来てくれ——って言ったら、それも分かってくれるか」

さらに頭がのぼせて、じょうろで水をかけられたら水蒸気が立ち昇りそうだ。浴室で裸で抱き合っていたのに、水分を拭《ぬぐ》って服を着たらもう湯気にけむるテンションを忘れてしまった。

柊が硬直していると和章はこれも珍しく、あまり本気ではなさそうに「ごめん」と謝った。

「言い方がずるいな。俺は、」

「分かる」

和章の手を強く握って再度主張した。

「分かるってば……俺の部屋、二階。……そーゆーことだろ？」

頬は熱いし心臓がばくばくしていて、にらみつけるように言い放ってしまったと思う。それでも和章は目元をやわらかくほころばせて立ち上がった。二階でいちばん日当たりのいい部屋の、ふんだんな光を今は味わってもらえないけれど、中に入ると和章は心もちまぶしそうに目を細めた。

「ごめん、散らかってて」

柊にとっては通常のありさまだが、和章の家の整然を思えばそう前置きせずにいられない。

「いや」

和章は軽くかぶりを振ってつないだままの手を持ち上げると「君のにおいがする」と言う。

「えっ」

「いや、おかしな意味じゃなく」

目が合ったままそらせないでいると、先に視線を外したのは和章のほうだった。

「あんまり見ないでくれないか。緊張がおさまらなくて困ってるんだ」

そむけた横顔から、全身から、輪郭線《りんかくせん》のようににじみ出す甘い困惑の気配。和章から見た柊も、同じものを放散しているのだろうか。

「あの——」

柊は口ごもりつつ机を指差した。

「引き出しの中に、ワ、ワセリン入ってんの……手荒れの時とかに塗ってるやつ……あ、あれで大丈夫だよね……?」

なるべくさらっと言いたかったのに、まあ案の定というか、上ずってめちゃくちゃどもった。

そこへ、和章がいきなりぎゅうと抱きしめてきたものだから「ひゃっ」と背中に氷でも入れられたような声を上げてしまう。

「なっ、なに?」

「ありがとう」

「普通に言って、ていうか礼なんか言わなくていいけど」

「困ってるって言っただろう」

しっとり湿った髪を、和章のささやきが焙《あぶ》る。

「自分がどんな顔をしているのか、想像もつかなくてやばい気がする」

「やばいって……」

自分ならともかく、本来の和章の語彙《ごい》にはない言葉を口走ってしまうほど、余裕をなくしている。柊は腕の中で笑いをこらえきれなくなった。

「何か、おかしいか」

「おかしいよ、『やばい』とか言うの、超似合わなくてやばいんだけど」

「君だって使ってる」

「俺はいいんだよ、ふつーだから」

「俺だって普通だ」

あ。耳の上にかかる息がついさっきより熱い。それに気づいた瞬間、背骨がしなるほど抱きすくめられた。

「藤澤さん、そんな力入れたら、右手が」

柊の制止が煩《わずら》わしいとでもいうように首すじに鼻先を押しつけてくる。

「んっ……」

「普通の男だよ、欲とエゴまみれの。知ってるだろう」

「知らない」

喉を反《そ》らし、和章の後ろ頭を手でくしゃくしゃにしながら言い返した。

「藤澤さんは、つめたくて、優しくて、変わった人で……俺は何にも知らない」

だから知りたい。だから教えて。言葉にならない求めに、和章も行動で応じた。柊をベッドに横たえ、最初はそっと唇を落とす。額、その上の生え際、まぶたや目尻や頬や鼻翼《びよく》のつけ根。やわらかなキスで柊は全身花びらみたいにふにゃっとなった気がする。でも唇が唇に触れると、かっと火の芯が通った。

「ん、んっ……」

なまめかしい軟体にこじ開けられてその芯はどんどん勢いよく強固になる。和章の舌が柊の口腔《こうこう》じゅうを舐《な》め回し、撫で回し、突つき回して、背中のうぶ毛がぞくりと逆立つように感じた箇所《かしょ》はとりわけ入念になぞられた。どうして悟《さと》られてしまうのだろう。

「んん……っ」

Tシャツの上から身体のかたちを査定するように動いていた手が、布地をかすかに押し上げるふたつの地点をすぐに探り当て、指先を引っかけた。

「あ」

触れられるほどにやわやわと頼りなくなっていきそうな唇とは違って、そこはささやかな刺激にも固くなって反応する。布の下で完全に尖《とが》っているのが自覚できるくらいに指で愛撫してから、和章は素肌に手をすべらせて直接乳首を弄《いじ》った。

「ああっ!」

身体の内側から羽根でくすぐられるようなざわめきがごくうすい表皮をじんじんと張り詰めさせた。熟しきったらあとは自《みずか》ら弾けて破れていくしかない果皮《かひ》をまとった、後ろめたい心細さを感じる。でもその色づいた粒をついばんだのは鳥のくちばしじゃなくて和章の口唇《こうしん》だった。

「や、っん、ぁ」

どこもほころびていないし何がにじみ出るわけもない、でもやわらかな唇に吸い上げられて自分の肉体の奥底から得体の知れないものが引きずり出される気がして怖い。なのに柊の声は怯《おび》えより媚《こ》びや甘えに近かったし、和章はどんどん遠慮なく両方の乳首に歯を立て、舌で上下に転がした。

「あ……っ、やだ、や」

前にした時と、そんなに違う手順を踏まれているわけじゃない。この先もきっとそうだろう。けれど柊は思った。最初の夜と全然違う。衝動が暴発した切実さはあの、弔《とむら》いの晩のほうが強かった。こうするしかない、と互いが本当に思っていた。正しかったとか間違っていたとか後づけの判断なんか無意味で、だから和章の口から「後悔してる」と聞かされて傷ついた。

今は、別にしなくてもいい、と分かっている。穏やかに朝まで眠る、あるいは柊がまだ知らない和章について教えてもらう、そんな過ごし方も選べた。でも和章は「もっと近く」を望み、柊はそれに応えたいと思った。

こうするしかない、じゃなく、こうしたい、ふたりで抱き合いたかった。だって一度はものの数じゃない。百回や千回につながるかもしれない、今夜が、二度目の夜だ。

「ん」

片手で腫《は》れた乳首を擦《こす》り、へその周辺の皮膚をきつく吸引しながらもう片手で器用に柊の下肢を裸にしていく。下着をずらされた時に上向いた性器が引っかかったのは前と同じで、でも今夜はひどく恥ずかしかった。

「ああ！」

完全に昂ぶっていたところは、傷もささくれもない手に握り込まれるだけでびくびくと大きく脈打つ。その脈の速さに合わせて上下に動かされると鼓動は下腹部全体に響き、何とか外に逃がそうとすれば腰がひとりでに揺れた。

「ん」

明かりは最小限に絞《しぼ》ってあるので、覗き込んでくる和章の顔は影が濃くてよく見えない。それでも、はっきりと欲情しているのが伝わってきた。息遣いや手つきで分かる。前みたいな、罪悪感や迷いとまだらの欲望ではなく、交わりたい、と単色に塗りつぶされた望み。柊の身体をあちこち弄り回して欲情している。自分で言ったとおり普通の男だから。そして触られるまま高まる柊だって同じく普通だった。普通の身体同士でありふれた、特別な行為に耽《ふけ》りつつある。嬉しくて泣きそうだった。

「あ、あぁ……」

和章の肩口にすがると、しんなりした浴衣の生地が手の中できゅっと圧縮される。どうせ部屋着なんだから、と祖父は糊《のり》を利かせるのを好まなかった。でも和章はぱりっとしているほうがいいのかもしれない。ふとよぎる、日常の生活と地続きのもの思いは、すぐに性器への摩擦でかき消されてしまった。

「あ、あ、や、ん、んんっ……」

先端がじわりと濡れてくると、手を汚してしまうのがいたたまれないのに、和章はひっきりなしにこぼれる先走りで過敏な鈴口《すずぐち》をぬるぬると覆《おお》ってしまう。指の感触にねっとりした湿り気が加わると、とたんにくちゅくちゅいやらしい音が立つ。硬直がこれ以上なく反り返っているのが、そのつけ根のじんじんと切迫詰まった痛みで分かる。

柊はいきたい。このまま、和章の手で射精させてほしい。自分の手ですませるのは簡単なのに和章にしてほしい。こんなにもみっともなく腰を振る姿を見せて、羞恥《しゅうち》にはとめどがないのに、止められない。

「ぁ、藤澤さん……っ」

「うん?」

風向きが変わったのか、雨粒がばたばたと窓を叩き雨宿りもできず風雨にさらされている木々の梢《こずえ》がしなってしずくを振りまいている。山に来たばかりの頃、嵐の晩は怖かった。祖父の寝床に潜《もぐ》り込む年齢ではなかったし、窓枠ががたがた鳴ると、深い夜闇から誰かがやってきたみたいで頭から布団をかぶって眠れない時間をやり過ごした。でも今は、外がうるさければうるさいほど、ふたりきりでいるのを強く思い知らされる。こんなにも、和章しかいない――すくなくとも、柊にとっては。

「いく――出る……」

だから離して、ではなく、このまま最後まで触れていて、と柊が無言でねだると、和章は激しく手を使って応えた。裏側の縫《ぬ》い目をとりわけ強く、でも痛くはせずにくまなく扱《しご》き上げ、下から上へと放出を促《うなが》す。その動作で昂ぶりきった中心に新たな管が通り、初めての射精を教えられていく気がした。下半身が重たく感じるほど充塡《じゅうてん》された興奮が、敏感な頭部のさらにてっぺんを撫でられた拍子に解き放たれ、柊の性器を、脊髄《せきずい》を、心臓を貫《つらぬ》いて外に射出された。

「あ、ああ……っ!」

瞬間の快感は、あらゆる神経が波打ったかと思うほど強烈だった。上体を起こして和章にしがみつき、はあはあ全身で呼吸する。正座の痺《しび》れに似た余韻で指が落ち着かない。

「あ——は……」

「大丈夫か?」

「へいき」

和章はそっと柊の髪を撫でると、「もう寝ようか」と気遣わしげに尋ねた。

「何で!」

くったり寄りかかろうとしていた頭を慌てて持ち上げる。

「あ……ひょっとして右手痛くしちゃった? ごめん」

「そうじゃなくて、君がつらいんじゃないか」

「違うよ、ただちょっと」

「ちょっと?」

「……気持ちよすぎただけ」

つーか分かれよ、と汗ばむ額をいっそう熱っぽくさせつつ白状すると和章は茶化しもせず「それならよかった」とほっとしたように柊を抱き寄せる。まだ性感はともされたままで、そんな優しい接触にも「ん」と鼻にかかった吐息で答えてしまう。

「藤澤さんが、うまいんだよ……」

ぎゅっと背中につかまりつぶやくと「嬉しいけどそんなことはない」と返ってくる。

「君が、素直なんだ。心も身体も」

「誰とでもこんなふうになるわけじゃないから」

柊はとっさに反論する。

「……ほかの人とやったことねーけど」

「分かってる」

頬に手のひらが添い、くちづけを求めてくる仕草に柊は従った。舌と舌がたっぷりと絡み合う交歓に、頭の中で水音がしたたる。その水がまた口腔に巡り、和章の体液と混ざり合っているんじゃないかと思った。眼球の裏まで舌先でまさぐられている気がする。柊は、和章のどこまで届いているだろう。

「あ」

キスしながら再び柊を慎重に押し倒すと、和章の手は吐精の感覚がまだ生々しい性器を通り過ぎてさらに奥まったところを窺う。指先は乾いているが、柊がこぼしたものが伝って湿潤《しつじゅん》を帯びていた。

「んっ……」

体内に向かって窪《くぼ》んだちいさな口に指の腹を塞《ふさ》ぐように宛《あ》てがうと、入ってこようとはせず円を描く動きで優しく撫でた。体温と感触だけでもそこはたやすくほどけていきそうだ。他人に触らせるような場所ではないはずなのに、もっと深い部分の疼《うず》きを自覚してしまう。さっき和章が手でいかせてくれたように、柊も、ここで和章に気持ちよくなってほしい。交わり、つながりたい。そのいやらしい欲求を正しく汲《く》み取ったか、後ろがすこしやわらかい猶予《ゆうよ》を生んだ。

和章はチューブ入りのワセリンの中身をたっぷり指につけ、今度は体表の境目から内側に分け入ってくる。

「ああ……」

諦めめいた、脱力めいた声がこぼれた。一度したくらいで慣れられる感覚では到底ない。でも、こんな、指一本でやっとに思える径《みち》で男の性器を呑み込めるのを柊は知っている。覚えている。だから最初ほどの強張《こわば》りはなく、ちょっと寂しかった。おののきながら受け容《い》れることが、和章への信頼の証《あかし》だという気がするから。柊の怯えを分かってほしい。それでも引き下がらないでほしい。和章だけに許している行為を、捧《ささ》げる身体を喜んでほしい。

「あ、あっ」

保湿のための軟膏《なんこう》でコーティングされた指が根本まで侵入してきた。粘膜《ねんまく》の引きつれる独特の居心地悪さ。鈍《にぶ》い痛みが内臓にまで届く反面、なかですこしずつ動かされるとじりじりとしたもどかしさを覚える。ワセリンがじょじょに体温になじみ、異物が狭い口の中を滑《すべ》るようにスムーズに出入りし始めると、もどかしさは明確なもの足りなさに変わる。もっとじゅくじゅくになるほどの熱で、とろけることができるはずなのに。

だから、和章が指先を軽く曲げ、その熱源にあたるポイントに探り探り刺激を与えた瞬間、何かの罰を受けたように腰から背中にかけて大きく跳ねた。

「や、あ、あぁ、そこ……っ」

後からその感覚を反すうしようとしてもできない、今、こうしてまさぐられることでしか味わえない鮮烈な快感。それでいて、一度でも味わってしまえば、忘れられない。この気持ちよさ、このどうしようもなさ。自分の身体の奥に、こんな反応を返す場所があること。

「ん、や、やだ……」

言葉とは裏腹に、粘模は熱く締まってワセリンどころか和章の手まで蝋《ろう》のように溶かしてしまいそうだった。その熱を二本、三本と増やされた長い指が攪拌《かくはん》し、挿入に合わせた収縮を教え込む。もはや痛みもなく拡張された口は異物を啜《すす》ってひくつき、一度達した性器に手を伸ばされると関節のありかも分かってしまいそうなほど過敏に吸引してみせた。

「あ、いや、それ、っ」

また膨《ふく》らんでいる昂ぶりは早く楽になりたいはずなのに、後ろと同時に弄られると苦しい。過ぎた甘さが焦《こ》げついて苦くなる。

「い、一緒にすんの、や」

「ごめん、分かった」

和章は愛撫をやめ、柊の手をとってそっとくちづけると、脚の間からぐっと伸び上がってきて耳元に唇を寄せた。硬くなった性器同士が触れ合う。

「あ——」

その張り詰めように今さら驚き、柊は思わず手を伸ばして確かめてしまった。今にも弾けそうに脈を巡らせた血管に指先が届くと和章が「う」と短く呻《うめ》いて顔を伏せる。

「……急に触らないでくれないか」

「ご、ごめん」

でも柊の手は接着されたようにその硬直から離れない。そろりと全体を撫で、みじんの隙間もなく隅々まで欲情しきっていることに欲情させられた。

「思ったより、その、大変な感じで、びっくりしたっていうか……」

「君はほんとに俺を分かってない——大変に決まってる」

和章の声はひくく、枕の羽根の中、ベッドの下の暗がり、地面の、つめたい土の中から深い響きを伴《ともな》って柊の耳に忍び入ってくる。

「君を抱きたくてずっと大変だ……これを、挿《い》れてもいいか」

聞こえた瞬間、指を抜かれたばかりの後ろがあからさまに鳴き、「んっ」と悶《もだ》えてしまった。

「柊？」

顔を覗き込まれ、ぎゅっと目を閉じてかぶりを振る。

「な、何でもない、です……ど、どうぞご自由に……」

自分としては真剣だったのに、和章は肩口に額を押しつけて笑いを噛み殺している。

「なに！」

「いや、どうにも我慢しきれなくて……これが『ツボに入る』ってことかな」

また、らしくない言葉遣いを。

「俺、まじなんだけど」

「俺も当然そうだよ」

今夜、新しい和章を何度見せてくれるつもりなのだろう。柊にとってはひどく新鮮な、翳《かげ》りのない無邪気な笑顔で和章は言った。

「君といると、楽しい」

「ほんとに？」

セックスしたい、より嬉しかった。嬉しいとか楽しいとか、とにかくポジティブな感情が兆《きざ》すことそのものを自分に禁じている節《ふし》のある男だから。

「うん。君は——かわいい」

「えっ」

「気を悪くしたか」

「そんなことない、けど……若干《じゃっかん》びっくりした？　まあ、絶対『かっこいい』ではないし、俺
……」

「いやならもう言わない」

かわいいなんて言われて喜んでいいのか、とは思う。でも二度と言われないのも残念というか寂しいというか——柊は自分の中で「まんざらでもない」と正直に結論づけ、「藤澤さんが言いたい時に言ってくれたらいいよ」と答えた。

「四六時中でも？」

「冗談だよね？」

「さあ」

今度は、若葉が芽吹《めぶ》いたように淡い青さでほほ笑む。出会った頃は、何て無愛想で無表情な人間だろうと近寄りがたさしか感じなかったのに、笑顔ひとつ取ってもこんなにバリエーションを隠し持っていた。たとえば花も実もつけない、おもしろみに欠けると思っていた植物の豊かな植生や自然の必然だけが生み出せる美しさに触れた時と同じ感動があって、でも植物たち

と違うのは、他人に伝えたい、教えたいとは思わない点だった。

誰も知らない和章を、ひとり占めにしていたい。願わくは、「あの人」も知らない和章を。

「悪い、本当にもう、限界だ」

触れるだけのキスを残して、和章は柊の両膝を抱えると限界が近いという性器で柊の内側に踏み込んできた。

「あ、ああ……ぁ――」

丁寧に馴らされたのと、柊自身も興奮していたおかげで苦痛というほどの苦痛は感じない。熱く硬い欲望にじりじり侵食《しんしょく》されている間、自分が途方もなく無防備で、そして途方もなく和章の前にさらけ出し、投げ出している、そのことへの被虐《ひぎゃく》めいた陶酔《とうすい》に包まれていた。

「ん、っう……」

怒張《どちょう》が、自分のなかに収まってしまう。鼓動も硬さ大きさも、すこしもそこなわれないまま。それは内臓を押し退《の》けられる圧迫感よりずっと強烈に柊を悦《よろこ》ばせた。

「ああ……あっ」

指では届かず、ひらかれないままだった奥を強引にこじ開けられて喉と足指を同時に反らせる。息が止まり、また吐いた途端、咥《くわ》えているものの密度を全身で感じた。

「痛くないか」

と尋ねる和章こそ、どこか痛めたように不自然に顔を歪《ゆが》めていて、限界を引き伸ばして耐えてくれているのが分かる。こんな表情がかわいい、なんて言っても伝わらないだろうから、柊は「大丈夫」と笑いかけた。

「痛くないから、藤澤さんの好きなようにしてほしい」

「そんなこと軽く言うもんじゃない」

「軽くないよ、真剣だって」

「なお悪い。……俺の好きなようにしたら、とんでもないことになりそうだよ」

これも冗談……かな？

「俺よりも君は、どんなのが好きなんだ」

「え、わ、分かるわけないじゃん、そんなの」

仮にあれこれと内心で所望《しょもう》する展開があったとしても申告できる気はしないが、和章は「そうだな」と至って素直に頷いた。

「……じゃあ、こういうのは？」

「あっ……」

深くつながったまま、密着した下腹部をさらにぐっと押しつけてくる。性器でしか触れられない腹の奥の、衝動そのものが渦巻《うずま》いているみたいな疼きの根源を刺激されてぞくぞくした電流が全身に四散《しさん》していく。

「や！」

「嫌い？」

「んっ……」

ゆるゆると首を横に振る。

「好き？」

「まだよく分かんない、でも――あ、あっ！」

「うん？」

「や、やめないで、もっと……」

柊が欲しがると、和章は柊の腰の近くに両手をついて深部を繰り返し窺う。うねる内奥《ないおう》から嵐が生まれ、この夜に吹き荒れているような錯覚に陥《おちい》った。

「ああ、あっ、あ、あぁ」

柊の喘《あえ》ぎにつれ風雨の音も高くひくく、強く弱くなる。柊の中の、和章の中の、お互いしか知らない嵐。

「ん、っ、柊」

呑み込んだ昂ぶりが、ぶるりとしずくをふるい落とす生きものみたいにさざめくのを感じた。肩から上半身全体をふるわせ、和章が射精する。

「あ……」

内腑《ないふ》に放たれたものはすこしも冷えないまま柊の内壁をいっそういやらしくねっとりと仕立

て、そして和章の性器も鎮《しず》まらないまま再び柊を犯し始める。

「んん、あ、や……っん、」

「……これは、嫌いじゃないか?」

「やっ……も、訊かないで——あ、っ!」

根本まで挿し込んだまま突き入れる動きがすこしずつストロークを大きくし、浅く深く、あるいは浅く浅くの律動で粘膜を余さず味わおうとしていた。じんじんと熟れてひらききった交接の口から性器と連結したような快感を得られるしこりまで、先端の張り出した部分で引っかかれると柊は何度もちいさく絶頂した。

「やぁ、やっ、ああっ!」

自分の手でした時なら「あんまうまくいけなかったな」と消化不良で終わるはずなのに、挿入で与えられるそれは立て続けに柊を追い上げ、噴き上がりきらない噴水がずっとしぶきを跳ねさせている。先走りと精液が混ざった半透明のしたたりが緩慢《かんまん》にこぼれ続ける。このまま、気持ちいいのが続いたらどうなっちゃうんだろう。期待と不安が半々の肉体を和章は幾度も穿《うが》つ。シーツについた両手の甲に浮き上がる血管を見たらたまらなくいとおしくて、そっと指でなぞるとすぐさま手を取られ、つないだまま縫い止められた。

「あ、手、あんま力《りき》まないで、けがが」

「いいよ、別に」

さらにぎゅっと力を込められ、柊は「だめだってば」と訴える。

「仕事、できなくなったら困るじゃん、俺がやなんだよ。藤澤さんはもっとちゃんと自分を大事にしないと。でなきゃ、どんなに俺を大事にしてくれても悲しい」

和章の目が、見開かれる。そこに広がる感情は分からなかったが、柊が映っているのは確かだった。

「分かった」

和章は言った。

「なるべく、気をつける」

「ほんと?」

「あしたから」

「え、あ——だめ、っ、あ、ああっ!」

無情に退いたものが、容赦《ようしゃ》なく突き上げてくる。抽挿に翻弄《ほんろう》されてわななくばかりだったやわらかい襞《ひだ》は、和章の呼吸に合わせて引き絞り、あるいは弛緩《しかん》するタイミングを覚えて快楽を貪《むさぼ》った。柊の頭は恥ずかしさを感じたが、身体は、日光や水をごく当たり前に享受《きょうじゅ》するように和章を受け容れている。和章から与えられるものを余さず吸い尽くそうとしている。

俺は、藤澤さんにあげられてるかな。何かじゃなくて、どこかじゃなくて、俺にあげられる全部。全部あげるよって言葉で言うのは簡単だけど。

「ん、藤澤さん、ちょっとだけ、手、離して」

「ごめん、痛いか」

「違う。抱きたいから」

面食らう和章に構わず手をほどくと背中をぎゅっと抱きしめる。肌に浮く汗、荒く吐き出す二酸化炭素、今にも骨の囲いを破って飛び出しそうな心臓の鼓動も、かたちがあろうがなかろうが全部あげたい。

「……ありがとう」

柊は何も言わなかったのに、和章はそうつぶやいた。そして柊の腕を巻きつけたまま優しく、激しく動いた。

「あ、あ、あっ……」

ずっとつながっていたいけれど、肉体の生理は終点を目指している。矛盾がせめぎ合う狭間《はざま》を和章の性器がもみくちゃにして行き来する。

「や、いや、ぁ」

汗で指がすべるので、いけないと思いつつ爪を立てて縋《すが》りそうになる。何とか指先でこらえていると、和章が「いいんだ」と言った。

「引っかいてもいいから——離れないでくれ。寂しいのは、たまらないのは、俺のほうなんだ。ずっと……」

心の底の底からの、懇願《こんがん》みたいな声。この世に柊と和章しかいなくなってしまったみたいな——そうなのかもしれない。こんな嵐だから。柊は腕を脚を絡めて身体じゅうで和章にしがみついた。そうすることで、和章の内側で何かがほどけた気がした。

「柊……」

「あ、あぁ、ん——」

どんどん言葉はいらなくなる。互いの中に沈んでいくばかりになる。没頭《ぼっとう》ってこういう状態か、と思う。いきたがる生々しい感覚とすこしも相反せず、身体は身体の、心は心の交わりに溺《おぼ》れる。やがてそれらがぴったり重なり、柊はあとどのくらいで和章が達するのか手に取るように分かった。和章もきっとそうだろう。

「ああっ……藤澤さん、あ、あっ！」

「う、っ、柊っ……」

ほら、重なる。一瞬の果て、一瞬の凪《なぎ》。続く眠りも。

そっとカーテンを開ける。まぶしい。台風一過の、突き抜けるような青い空だ。枕元に置いた携帯を確かめると、宗像からメールが届いていた。やはり敷地の至るところで倒木《とうぼく》や枝折れの被害が出ているらしく、しばらくは休園して復旧作業に追われることになりそうだ、とあった。落胆したが、文末にあった「皆で頑張ろうな」という言葉に、そうだへこんでる場合じゃない、と気持ちを立て直す。働くんだ。

カーテンをじゃかっと全開にすると、傍《かたわ》らの和章がゆっくり目を開けた。

「いい天気だよ」

「うん……おはよう」

「藤澤さんの服、ひとっ走り行って取ってこようか。何でもいい？」

ベッドから下りようとすると「柊」と引きとめられた。

「ん？」

「先生のこと」

「え？」

和章の目は、寝起きとは思えないほどさえざえとしている。

「俺が、もう一時間か二時間早く見つけていれば、先生は一命を取りとめたかもしれない――そんなふうには、思わないのか」

「何それ」

柊は顔をしかめた。

「そんなこと考えてたの？　怒るよ」

「思わないか」

「思うわけないじゃん。藤澤さんがいてくれたから、じいちゃんをほったらかしにしなくてすんだ、前も言ったけどそれだけだよ。そういう考え方って誰も幸せにならない」

「そうか」

和章はそっと手のひらで目を覆《おお》う。ガーゼににじむ血と、まだ消えないあざが痛々しい。顔立ちも身体つきも整っているだけに、野蛮な傷はいっそうむごたらしく見えた。

「まぶしい？　カーテン閉める？」

「いや……」

かぶりを振って、上体を起こす。和章が柊と向き合った瞬間、何か大事な話をするんだ、と直感した。

「整に、会ったんだな」

「うん」

その名前を、かつて何度も口にしていたのだと分かる口調だった。また、胸がちくりとする。

「友達だった」

和章はゆっくりと話した。

「子どもの頃から、家が近所で。整は……何ていうのか、すこし独特なところがあったけれど、だからこそ、俺の性格も許容してくれていて、そうべたべたした感じじゃないにせよ、とにかく仲よくやってた。でも、俺は、いつからかな、友達としてじゃなく、整を好きになってた。

もちろん本人に言えるわけがなかったし、このままずっと友達として近くにいられればいいと思うようにしてた」

ああそうか、やっぱり好きだったんだ。和章が、半井《なからい》と並んでいるところを想像すると、自分よりずっとしっくりくるような気がする。でも半井はここにはいない。その事実が、柊の劣等感をかろうじて宥めた。

「大学三年生の時、整の両親が交通事故で死んだ。……ふたりと最後に話したのは、俺だった」

「え？」

「他愛《たわい》のない世間話をして、別れて、その後事故に遭《あ》ったんだ。遺体も見せてもらえないほどのひどい事故だった……整はショックで何も手につかなくなった。ほっといたら抜《ぬ》け殻《がら》みたいになって死ぬだろうと思った。俺は、おじさんやおばさんとしゃべったことは黙ったまま、整の傍にいた。俺があの人たちに声をかけなければ、すこしずつ時間がずれて、死なずにすんだ——そんなことを打ち明けたって、ますます整を壊すだけだって自分に言い訳した」

「俺だって黙ってると思うよ」

相手を混乱させこそすれ、何の救いにもならない。でも、「そうだな」という和章の同意は、ひどく淡泊だった。

「整のフォローで慌ただしく日々が過ぎて、ひと段落した時に、ふと思った。もう整には、叱って立ち直らせてくれる人間がいない。俺がずっとこのまま一緒にいても、誰にも咎《とが》められない……」

その、よくない考えが差した瞬間のように、こんなに明るい陽を浴びながら、和章の瞳が翳《かげ》る。

「ほかの友人知人から切り離して、すこしずつ整を囲い込んだ。整は気づかなかった。俺の望みどおりに、俺だけを見てほかの人間を必要としなくなっていった。優しくするふりで、じわじわ整を追い詰めたんだよ。……洗脳に近い。でも俺は、何でだろうな、そこまでしながら……整に好きだと言われた時、おそろしくてたまらなかった」

「嬉しかったんじゃなくて？」

「怖かった。すべてが願ってたとおりになって、でも俺の願いっていうのは、ここまでしないと叶えられないものだったのかと思った。肉親を失って、ずたずたの状態で俺に依存して……俺の好きだった、家族と仲がいい、決して明るい性格じゃないけどちゃんと自分を持ってた整なら、俺を好きにならなかった。だから、友達でいたいと答えた。もう、いろんなことがねじれてわけが分からなくなって、それでもねじれの、始めのところまで戻るわけにはいかなかった。本当のことを知ったら、整は絶対に俺を許さない。傍にいるのは怖かった、けど離れるのはもっと怖かった」

「じゃあ、何で」

離れてしまったのか、という柊の疑問には答えず「それでも楽しかったよ」と続ける。

「毎日過ごせて。別に、ふたりして鬱々《うつうつ》と暮らしてたわけじゃなく、当たり前の日常も、ほっとする瞬間もたくさんあって……ずっとこのままでいいんじゃないかって希望がふっとよぎるんだ。でも、ずっとこのまま？　何も変わらず？　って思うと、同じぐらい絶望する。この先には何もない、ふたりきりで、ひらけていくところがない。自分でつくった檻《おり》の中に整と閉じ込められて、ぐるぐる回り続けてた。……それが変わったのが、去年の夏前だった」

和章は懐かしそうに、それでいて痛みに耐えるように目を細めた。

「整に、好きな男ができた」

「え？」

「偶然だったんだ。それも他愛のない、メールの送信間違いから始まって、実際に会うようになって……俺は結局、顔も知らないままだけど、健《すこ》やかな……とてもいい意味で、普通の男だったんじゃないかな。全部、後から知った」

普通の男を好きになる。よくも悪くも独特の雰囲気があった半井を思い出すとすこし意外だった。

「整は、その男と寝たんだ。夜中に家を出て、会いに行って。……すごく会いたかったんだろう。翌朝とか次の日の夜じゃ駄目だったんだ。お互いにあの夜じゃなきゃいけなかった」

和章の声はその瞬間だけ、ひどくよるべなく聞こえた。

「知った時、何だろうな、怒りと、まさかっていう気持ちと、自分に対してざまあみろっていう、すがすがしさみたいなものもあったかもしれない。なりたちが正しくないものは、こうやって壊れる運命だったんだって。整が、自分の意思で俺じゃない人間を選んで、檻から出て行く」

和章がいちばんおそれ、そしていちばん望んでいたかもしれない未来。

「俺は整を、無理やり抱いた」

腕のガーゼが、じわっと赤みを増して見えた。柊の気のせいだろうか。

「それで、終わった……もちろん、ちゃんと話し合いはしたけど」

「一生会わないっていうのは、藤澤さんが決めたこと？　それとも、一生会いたくないって言われたから？」

「決めたっていうわけじゃない。お互い、そのほうがいいだろうっていう暗黙の了解みたいなもので……整は俺に怒らなかった。何もかも知った今でも、すこしも怒ってないと思う。最後に言われたのは、ちゃんと自分を幸せにしてほしい、だった」

置いていく人間の、先へ進む人間の、残酷な置き土産だったかもしれない。もう行くから、傍にいてあげられないから、と。

「ありがとう」

と柊は言った。最初に言うのは、その言葉しかないと思った。

「藤澤さんのこと、ちゃんと教えてくれて。されたことより、したことのほうが話すハードル高いと思うんだけど、話してくれてありがとう。藤澤さんたちの過去には何も言えないけど、そう思う」

相手に刺したとげ。自分に刺したとげ。和章はゆっくりかぶりを振り、立てた膝に顔を埋《うず》めた。子どもみたいな仕草。

「先生が言ってた。自分が自分であることからは逃げられないって。本当にそうだと思う。俺は悪いことをした。俺がそれを忘れても、悪いことは俺を忘れない。どこまで逃げてもついてきて『お前はそういう人間だ』って呪文《じゅもん》みたいに繰り返す」

有佳《ゆか》の耳元にも、かつての友人の耳元にも、それはいるだろうか。働き、恋をし、生きる日々の合間にささやき、影を落としているだろうか。当然の報《むく》いだ、と切り捨てられるほど柊は潔白じゃない。

「藤澤さん」

丸くなった背中に手をあてる。そこにはちゃんと柊の影が落ちる。和章は生きてここにいる。柊の手が届かないところで起こった色々を経《へ》て、隣にいてくれる。「悪いこと」に感謝したら、それも「悪いこと」なのか、分からない。「悪いこと」をあらかじめ知っていたら、和章を好きにはならなかったのか？　――それは、分かる。

「俺が、ゆうべ『自分を大切にして』って言ったの、重かった？」

「いや、同じようなことを言うんだなと思ってすこし驚きはしたけど、素直に納得できた。同じことじゃなくて、君が整じゃなかったからだと思う」

「俺、今の話聞いても、すこしも藤澤さん嫌いになってないよ」

「……ありがとう」

「『俺がいる』って言ってくれたの、嘘じゃないよね」

「ああ」

「話してくれたのは、前にこうだったから駄目って言うためじゃなくて、前はこうだったけど一緒にいるって、言うためだよね」

自分を許せないままの和章でいい。古いとげは刺さったままでいい。その代わり、これから刺さるとげは、柊が全部抜く。柊のとげを、和章が抜いてくれるはずだから。

「うん……」

和章の声が初めてふるえた。

「君が、好きだ……」

明るい、新しい、朝だ。どんな嵐の後にも必ずくる。

数週間後、植物園はひとまず無事に再開を果たした。まだ修繕や手入れが必要なところはたくさんあるが、そこは営業しながら整えていこうということになったらしい。和章は開園と同時に入り、出迎えてくれた柊に「君のいちばん好きなところへ連れて行ってくれ」と頼んだ。柊の足は、いつか歩いた椿《つばき》のエリアを抜けてドーム状の温室に向かう。ラン室、多肉植物室、熱帯高山植物室、とさまざまな案内板がかかっていた。

「こっち」

本来の順序を無視し、関係者通路をうねうねと抜けてたどり着いたのは「夜の温室」というプレートがかかった小部屋だった。

「入って」

冬の外気と変わらないほど冷えた部屋は暗く、透明な樹脂《じゅし》の柵《さく》越しに咲く花たちにだけほんのりとライトが当たっていた。月光と変わらない程度の光源なのだろう。針朝顔《はりあさがお》、月見草、蛇瓜《へびうり》、月下美人、夜顔《よるがお》……花はどれも白く、人工の夜の中でうっすら発光して見えた。

「きれいだろ?」

柊がそっとささやく。

「ここでは、声をひそめないといけないのか?」

「いや、何となく。植物に悪いような気がして」

「騙《だま》して起こしてるのに?」

「人聞きわりーな。……きれいじゃない？」

「そうだな」

「あ、全然思ってない……」

「正直、よく分からない」

なるほどこういうふうに咲かせているのか、と納得しただけだ。きれいかきれいじゃないかで訊かれると、柊の髪や瞳のほうがいいと思う。ほら、花を覗き込むとライトに映《は》えてきらきら光ってる。

なりたちが正しくない、という自分の言葉について、和章は今でも考える。柊といるなりたちは、果たして正しかったか。石蕗の死や整の訪問という大きなきっかけがなければ、どう転がっていたのか。考えると怖くなる。昼夜逆さまの温室みたいに正しくないところに整を閉じ込めた。それと同じことをしていないか。これからしないと言えるか。

不意に、柊が手を取った。深緑の目の球面に自分が映っている。

「どうした？」

「どうもしないけど」

柊はきっと、正しい、とは言わない。間違っていてもいい、と言う。狂わされた箱の中でも花は光を頼りに咲く。夜は暗闇じゃない。光がにせものかどうかなんて、花にとってはどうでもいいのだ。ただ咲ければ。本能はなりふり構わず強い。

「俺もいつか、ナーサリーがしたいな」

柊が言う。

「好きな植物育てて、大事にしてくれる人に分ける」

「ここで？」

「んー……最近は違うこと考える。都会の真ん中に真四角の殺風景《さっぷうけい》な家があって、その屋上が俺の庭。緑がジャングルみたいに繁ってて、道行く人がぎょっとすんの。家の前を電車で通り過ぎる時、何だあれってついつい窓に張りついちゃうようなさ……そういう庭」

柊は嬉しそうに未来の話をする。そこに和章がいるのを、当然の前提として。暗がりを見ていた視線がはっと引き戻される。柊が和章の夜に明かりをくれる。俺は、君の夜を照らせるかな。

夜の、ちいさな庭にふたりきりだ。白い花が光っている。手をつないでいる。その温《ぬく》もりがある。庭を出たなら晩秋の陽射しが。あしたもあさっても、きっとある。

いつか柊がつくるだろう、ふたりの庭にも。朝には水をまき、昼には雑草を間引き、夜は一緒に歩こう。お互いにしか聞こえない声でいろんな話をしよう。眠くなるまで、過去と今と未来の話をしよう。

夜の庭で、あすへの希望を灯《とも》そう。

〈 ブ ラ イ ト ガ ー デ ン 〉

bright garden

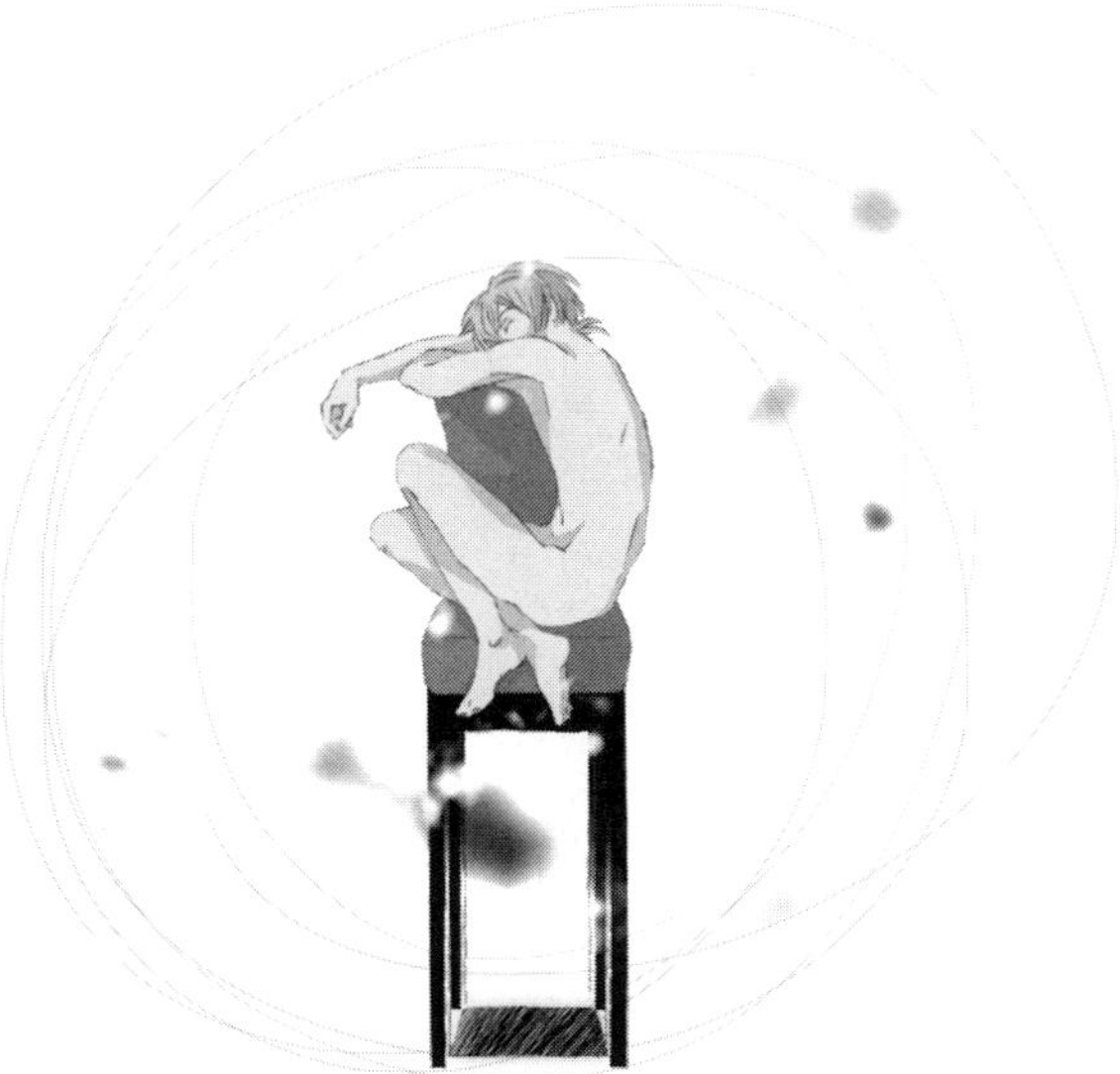

「うん……うん、じゃあ、また連絡して。うん、大丈夫」

久しぶりに固定電話へかかってきた用件は、思いもよらないものだった。受話器を置いて柊《しゅう》はふうと息をつく。別に悪い話ではなかった。困っているわけでも——いや、困ってる、かな。迷ってる？　どうしよう。何かを考える時、つい廊下の先や二階に視線をめぐらせるくせが消えない。無意識に、訊くべき相手を探しているのだ。

じいちゃん、どうしよう？


「大伯母《おおおば》さんの孫、って俺から見てどういう関係でしたっけ？」

昼の休憩時間、弁当の包みを開いてそう尋ねると、予想外に物議《ぶつぎ》を醸《かも》した。

「何だっけ……またいとこ？」

「それってていとこの子どもじゃなかった？」

「違うよ、いとこの子どもはただのいとこの子どもだろ」

「はとこだろ？」

「ふたいとことか言わない？」

「聞いたことねーよ」

「ていうか、大伯母さんっていうのはじいちゃんばあちゃんのお姉さんってこと？」

「え、そこから？」

「あの、えーと……」

別に続柄当てクイズをしたかったわけじゃないんですけど、ていうかややこしいこと言ってすいません。論争をよそに淡々とお茶を淹《い》れたりしてみる。

「要は、親同士がいとこってことだから、またいとこだよ」

宗像《むなかた》の一言で終止符が打たれた。

「はとこもふたいとこも意味は同じ――で、そのはとこがどうかしたのか？」

「あ、きのう電話かかってきて、はとこって男で、もう結婚してて女の子もいるんですけど……」

今年、娘が小学校に上がるのを機に、マンションを購入した。契約したのは去年の話。まだ更地の段階からどんどん「ご成約《せいやく》」が進んで完売御礼になるのは、都会では特に珍しくないらしい。そんな一生の買い物を現物見ずにしちゃうんだ、と柊は驚いたが、そうでもしないと希望の階や間取りがどんどん埋《う》まってしまうから、と言われた。

ローンの手続き、入居説明会に鍵の引き渡し、引っ越し、といくつもの煩雑《はんざつ》なステップを踏んで年明けにめでたくぴかぴかの新居へと移ったのだが、ほどなくして幼い娘が異常を訴え始めた。

「目の周りとか手とか、あと喉《のど》も腫《は》れ上がっちゃったらしくて」

「あー、シックハウスね」

粗悪《そあく》な塗料や接着剤が使われていたというわけではなく、単純に体質とか相性の問題だったらしい、ということは誰にも責任がないし補償も求められない。

「大人でも新築の家ってきついよ、匂いとか。いろんなものがまだ乾いてないんだなって分かるもん」

「そーそ、しばらくまめに換気して風通しよくしてやれば治まるような気がするけどなあ」

「でも、もう家自体が怖くなっちゃったみたいで、近づくだけで大泣きするらしいんすよ」

「あー、そりゃかわいそうに」

「でしょ」

はとこの娘（これには呼び名がないらしい）には、祖父の葬儀で会った。その前はまだ赤ん坊の時、はとこが祖父に見せるため連れてきた。だから彼女にとっては初対面といっていいわけだが、すぐに柊ちゃん柊ちゃんと懐いてくれて、とてもかわいかった。あの子がそんなつらい思いをしていると想像するだけで心が痛む。

「で？」

と宗像が先を促《うなが》した。

「やー……あの、」

ごはんの上に載せた塩鮭《しおじゃけ》をほぐしながら、なぜか柊は小声になる。

「うちに住みたいって頼まれて」

「なるほどな」

新しいマンションにはもう住めない。再度引っ越しても買い手が見つかるまで二重に住居費がかかるし、いい値段で売れるかどうか分からない。家具や家電も買い換えたから貯金も心もとない。将来を考えれば、すこしでも安いところに住みたいと考えるのは当然で、ひとりきりで家賃いらずの一軒家に住んでいる親せきに打診するだけしてみようと考えるのもしかり。

「それって下宿させてくれって意味か？」

「向こうはそれでもいいみたいですけど……や、それでもいいとか、上からもの言ってるわけじゃなくて、あくまで考えてみてくれ的な」

「でも子育てに適した環境とは言えないだろ、自然はいっぱいだけど学校の選択肢ないぞー」

「蜘蛛《くも》も百足《むかで》も出るしな」

柊もそれは言った。うちは結構古いからこまごまと手がかかるし、ここは街とは全然違うよ、と。

「奥さん、田舎の育ちだからそういうのは平気みたいです。むしろ庭があるの嬉しいって」

「ま、背に腹は代えられないかあ……どうすんの？　お前のことだから受け入れてやりそうな気がするけど」

「うーん、一緒に住むのはちょっと……」

多少の気心が知れていても家族と親せきは違うし、共同生活のイメージがまったく湧いてこない。

「オッケーするなら、俺が出てってどっかにワンルームでも借りようと思ってるんすけど、いいとこありますかね」

「え、まんまと追い出されちゃうわけ？」

「そういうわけじゃ……あそこ、ひとりで住むには広すぎるし、掃除とか面倒だなって思ってはいたんですよ」

原付《げんつき》通勤だから、今より多少遠くなっても困らない。ひとり暮らしを続けつつ、時々庭の手入れだけしに行かせてもらう——というのが、丸く収まるやり方だと思っていた。しかし周りは「んー」と首をひねる。

「このへんでワンルームなあ……」

「ないよな」

「ないってことはないけど、すくないから相場が高いんだよ。へたに都内住むより金かかる」

「そっか……」

箸《はし》を手に考え込んでいると「お前も下宿すればいいんじゃん」と言われた。

「え？」

「ほら、先生んとこ通ってきてた人、今もふもとの戸建《こだ》てに暮らしてんだろ？　置いてもらえよ」

「あー、そしたら家賃も光熱費も半分ですむな。いいじゃん」

気楽な提案と賛同に、柊は慌ててかぶりを振った。何も知らないからって（当たり前か）、そんな無邪気に勧められると顔が赤くなりそうだ。

「いや、無理っすよ」

「何で？　駄目元で言うだけ言ってみれば？」

「えー……」

「あ、そんな仲よくない？」

「ど、どうかな」

「何だよはっきりしないなー」

すごくいい、ともいえる。反面で、遠い親せきより及び腰になってしまう部分もあって、それは柊が一方的に遠慮しているからじゃなくて、和章《かずあき》もそうだと思う。互いの距離は、点と点をつなぐ簡単な直線では測れない。それぞれの軌道で回る天体のようなもので、ぐっと近づく時もあれば見えないくらい遠ざかる時もある。完全に重なり合うことはない。それは男と男でも、男と女でも変わらない。

「まあ、先生の家賃すって決めちゃうこともないだろ」

「そうだよ。気の毒だけど、ほいほい引き受けるのはやめとけ。安易に同情して、もし後々トラブルになったら、親族って赤の他人より厄介《やっかい》だぞ」

「お前、ちょっとのんきっていうか、無防備なとこあるからな」

「はあ……」

そういうものか。本題に入ってから一切口を挟まなかった宗像をちらりと窺ったが、のんびりとお茶を啜《すす》るだけだった。


夜、地下の書庫にパソコンとちいさなストーブを持ち込んで地元の不動産情報をチェックしてみた。和章が使っていた机と椅子を今も残してある。忠告されたとおり物件はすくなく、割高だった。齢《よわい》二十四にして、家賃ってすげー高いじゃん、という現実と直面してしまう。

現状の手取りから生活をシミュレーションしてみるとぎりぎり、というか破たんしそうだった。特にぜいたくはしていない。庭で使う用具や肥料は園で分けてもらえるし、食料品や日用品以外の何か──服とか靴とか娯楽──にかかる費用など微々《びび》たるものだった。それでも、柊の収入で部屋を借り、自活していくのは相当に厳しい。バイトという立場での昇給カーブはもうてっぺんで、今後上がりはしないだろう。

あー何か、すごい駄目な人間みたい。柊は背もたれに思いきり寄りかかり、首を反らせた。天地逆さまになった書架が目に入る。もっとも、中身がないからどちらから見ても似たようなものだ。

祖父の書斎の本棚に収まる程度を残して、あとは全部どこかしらに引き取ってもらった。感傷でここに残しておくより、必要としている誰かの手に渡るほうがいいと思った。本にとっての死は読まれなくなること、と祖父が生前話していたから。今、家にある本は、人に託すには古すぎる百科事典や、祖父が特に愛用して傍線《ぼうせん》をたくさん引いた辞書だった。

じいちゃんはいっぱい勉強して、勉強を仕事にして、結婚して子どもつくってこの家建てて……えらかったんだな、と痛感してしまう。

毎月、給料の半分は家に入れていた。そういう取り決めだった。でも祖父の死後両親から「お金、おじいちゃんから預かってるからね」と教えられ、まったくの手つかずだったと知った時は、想定外だったといえば嘘になるけど、ちょっとショックだった。お年玉を貯金してもらう子どもみたいに、結局最後まで、半人前の孫でしかなかったのだと。

──おじいちゃんが、本気で柊のお金をあてにするわけがないでしょう。

柊が「水くさい」とこぼすと母は呆れた。

──だってさあ……。

──別に、好きに使っていいなんて言ってないからね。将来柊にやりたいことができた時、きっと役に立つだろうって貯めてくれてたんだから。

そんなわけで一定の蓄《たくわ》えはある。しかしそれを切り崩しながら淡々とひとり暮らしをするというのは、祖父の希望と違うだろう。枠《わく》だけになって連なる書架の奥行きを逆さまに見つめていると、頭に血が集まるせいもあるのかくらくらしてくる。これがもっと延々と続けば最後はひとつの点になるように、今の迷いも不安も、ちゃんとあるべきところへ収斂《しゅうれん》してくれるのだろうか。

不安なのは、自分のことだけじゃないんだけど――。

思い浮かべた瞬間に携帯がふるえた。慌てて姿勢を戻し「はい」と出る。

『柊』

柊しか出ない電話で、確かめるように名前を呼ぶ。その第一声がたまらなく好きだった。できれば口にしている時の顔が見たいけれど、残念ながらこのニュアンスは電話限定だ。テレビ電話でも違うと思う。

「……こんばんは」

『元気か』

「うん」

あのさ、とはとこからの電話について打ち明けると、和章はしばらく黙った後、尋ねた。

『その話、もし先生がご存命なら持ちかけてきたかな』

「んー……さすがにしないんじゃない？　何で？」

『何となく、つけ込むというか、足下を見られているんじゃないかと思って』

「そんなことない、と思うけど……」

『そうかな。先生が生きていたら最初から選択肢になくて別の策を講《こう》じたけど、君がひとりで住んでいるのを幸い、家を貸してくれと頼むのは、あまりいい印象を受けない』

「うーん、そんなずるい性格じゃないよ。切羽詰《せっぱつ》まった時に、そういえばって頼りにするのは当たり前だろ？　もし住むんなら維持管理費とか固定資産税はあっちで持つって言ってくれてるし」

『そんなのは当たり前だ』

ほんのすこしだけど、厳しく言われた。柊は焦《あせ》って取《と》り繕《つくろ》う。

「や、でも、まだ決めたわけじゃないから。ごめんって断るかもだし」

『気持ちとしてはどっちに傾いてる？』

「……分かんない」

そうか、と相づちを打つと和章はまたしばし沈黙した。

『……柊が決めることだけど、俺がいやなのは、身内の苦境を聞いて、君が後ろめたく思ってるんじゃないかってことだ』

「え？」

『うすくとはいえ血のつながった親せきが、せっかく買った家に住めないで困っているのに、自分は祖父から家一軒ぽんと相続してひとりで暮らしてる……そういう負い目が生じるのはよくない』

「あー……」

否《いな》めない。というか、和章にはっきり言われて、自分の中でぼんやりわだかまっていた心苦しさの正体が分かった。何で藤澤《ふじさわ》さんには、俺の考えてることが分かるんだろ。

『先生が君のために遺《のこ》してくださった場所について、マイナスの感情を持たないでくれ』

「うん。……ありがとう」

和章は、柊より柊に優しい、と思う時がある。その実感はちょっとくすぐったくて、柊に安心をくれる。親でも親せきでもない、けどこんなに俺のこと考えてくれる人がいるんだから、きっと大丈夫だ。

『……声がよく響いてるな。ひょっとして地下にいるのか？』

「そう。ごめん、聞き取りにくい？ 上行く」

しゃべりながら立ち上がると「いや、大丈夫だけど」と言う。

『寒いだろう』

「ストーブあるから平気」

電話口で心配ばかりさせているから、見えもしないのに手のひらをかざして暖かいアピールをしてみる。

『用意周到なんだな』

「うん」

やっとすこし、笑う気配がした。しかし「マンションとか見てた」と続けるとまた声のトーンは微妙な複雑さを帯びる。

『やっぱり、そっちの方向で考えてるんだな』

「どんなもんかなって思っただけだって。間取りとか見んの、結構楽しかったし——藤澤さんは、何してた？」

自分の話ばかりしてもな、と話題を強引に変える。和章は一週間ほど前から仕事で不在だった。

『今は新島《にいじま》にいる』

「えっ⁉」

間違っても冗談など言う性格ではないが、確かめずにはいられなかった。だって、事務所に顔を出すとかちょっと人と会うとか言っていたので、東京で完結する用事だとばかり思っていた。

「新島ってあの、島？」

柊が知らないだけで、都心に同じ地名があるのだろうか。しかし和章はあっさり「うん」と答えた。

『伊豆《いず》諸島の——飛行機だとすぐだよ。当たり前だけど、緑が多い』

「へー……」

それも仕事？　と訊こうとしてやめた。プライベートのわけがない。でもどういった仕事で、何をしに行ったのか、という点にまで踏み込めない。

『君が見たらおもしろい植物もたくさんあるんだろうが、残念ながら俺じゃ分からないな。こういう土地の生態系は独特なんだろうし……夏場は海岸にスカシユリや昼顔が咲いてきれいだと教えてもらった』

「そっかー」

相変わらず植物に興味のない和章がどんな顔でそれを聞いていたのか想像するとちょっとおかしい。ある程度の愛想《あいそ》は示したのだろうか。しかし柊が今もっとも気になるのは、そんな遠くまで何をしに行っているのかという問題だ。

「もうしばらくそっちにいる？」

『そうだな……あと一週間ぐらいかかるかもしれない。また電話するよ』

「分かった」

電話を切る直前、「家の件」と改めて念を押された。

『くれぐれも、急いで決断しないでほしい。考えてることがあったら教えてくれ』

「うん」

会話の前後で状況は何も変わっていないのに、和章の声を聞いてしまった後だと、書庫の静寂と夜の空気はひどくよそよそしい。四十九日を終え、相続の手続きや遺品の整理も片づいた。死にまつわるめまぐるしいあれこれが葉のように落ちれば、ひとりで暮らしている、という現実が裸の幹として立ち現れてくる。祖父の不在は色もかたちも重さもなく、けれど確実に柊の肌身に染みこんでくる。

ひとりきり、とは違う。和章がいてくれる。でもそれは物理的に四六時中くっついているというわけじゃない。年末、柊の誕生日を過ぎたあたりから和章は仕事を再開したらしかった。断定できないのは、はっきり「また何かつくるの?」とか訊いて無用なプレッシャーを与えてはいけないと思ったからだ。いったい、和章が頭のどこをどういうふうに使ってひとつの製品をつくりあげるのか、柊にはまるで想像がつかない。

メールを打ったり、電話で何か話していたりする。落書きともデザインのアイデアともつかないものが和章らしくない散漫さで書かれた白い紙が机に置いてあることも、夜中いつまでもパソコンに向かっていることもあった。そして年が明け、一月の終わり頃になるとちょくちょく家を留守にして都内へ出向く。これで身辺が何も動いていないと思うほうが無理だ。

柊は知らん顔をしながらすごくそわそわしている。何つくってんだろ、と単純に楽しみなのと——本格的に再始動したら、和章はここで暮らし続けるわけにはいかないんじゃないかと心配で。あちこち出かけてこなさなければならない仕事もたくさんありそうだし、もともとこの土地に特別な愛着もない。祖父がいなくなり、書庫が空っぽになった今となっては柊のためだけにとどまってくれていると言っても差し支えない。

和章は、引っ越すつもりかもしれない。さっきの電話でそのかすかな危惧《きぐ》は色濃くなった。だって、和章の口から「うちで暮らせばいい」という申し出はとうとう一度も出てこなかった。こっちから何も言わずに期待するのは卑怯《ひきょう》な話だが、ちょっと出方を窺ってしまったところはあった。結果、心から柊を案じてくれたものの、同居なんて話にはこれっぽっちもならず——単に、誰かと一緒に住むのが苦手なだけかもしれない。

……でも、あの人とは暮らしてた。

つめたい天板に頰を押し当てる。ずるい、と思ってしまう。半井整《なからいせい》に対してじゃない。「他人と生活し、その結果もうしないと決めた」という経験をいち早くしてしまっている和章に。そこに柊の入り込む余地がない——なんて本人には絶対言えないけど。

好き合ってるって、イコール「何でも話せる」だと思っていた。比較対象として間違っているのかもしれないけれど、たとえば柊の両親が遠慮し合うところなんて見たことがない。

じいちゃんが聞いたら、笑うかな。呆れるかな。

ひとりの夜は時々、夕暮れの影みたいににゅうっと長く伸びて柊を朝から遠ざける。だから精いっぱい楽しいことを考えようとした。

これから植物たちに訪れる季節。春夏秋冬それぞれに好きだけれど、春の輝きはやっぱり格別だった。ボランティアの人たちと球根をたくさん植えて、桜のライトアップの準備をして、園芸市を開き、蘭《らん》や山に自生する草花の特別展示もする。杏子《あんず》に馬酔木《あせび》に山茱萸《さんしゅゆ》、山葵《わさび》。柊の好きな花がたくさん咲く。ふもとの小中学校の子どもたちが遠足や写生会に訪れ、客足もぐっと増える。

小型ストーブの灯油が切れるまで明るい庭について考え、自分を温め続けた。

宗像に「柊、ちょっと」と呼ばれたのは、それから三、四日後のことだ。

「はい？」

交流のある大学の植物園に寄贈する種子のリストを整理しているところだった。

「散歩に出ようか」

「……はい」

何か、特別な話があるらしいのは明白だった。最近俺、怒られるようなことしたっけ。少々びびりながら後ろをついて歩くと、宗像は、山の植生をとどめた自然林へと入っていった。そこには、枝同士が接した結果、完全にくっついてしまったモミとムクノキが立っている。いわゆる「連理《れんり》の枝」というやつで、異種同士は非常に珍しい。こういうのを見ると柊は植物って自由だ、と思う。動けなくても話せなくても、人間のちっぽけな考えなど及ばない生を謳歌《おうか》している。

宗像はモミの幹にぽんぽんと触れ、柊に背中を向けたまま「あれ、どうなった？」と尋ねる。

「はとこに家貸すの貸さないのって話」

「あー、保留にしてますけど。何かみんな、結論急ぐなっていうアドバイスくれたし……」

「そうか」

あれ、ひょっとすると物件探してくれてたとか？　だったら悪いな、と思ったタイミングでおもむろに切り出された。

「なあ、柊」

「はい」

「お前、大学でちゃんと花卉学《かきがく》勉強したらどうだ」

「え？」

まったくの不意打ちだった。大体、さっきの家の話とどうつながるんだよ、と柊は面食らう。

「何すか、急に」

「いや、何年も前から思ってたよ。もったいないって。お前がどんなにここで頑張ってくれても、正職員じゃないからってだけで権限的にタッチさせられない業務はたくさんあるし、給料の面でも報《むく》いてやれない」

「それに関しては俺、」

すこしも不満がない、といえば嘘になる。でも納得して働いている、そう言おうとした柊の言葉を、振り返って遮《さえぎ》る。おっとりした宗像にしてはまれな強引さだった。

「だってもったいないよ。学歴なんかどうでもいいが、系統立った学問は絶対無駄にならないんだ——今からずるいことを言うけど、俺と柊の仲だから許してほしい。……先生だって、そう考えてたはずだ。いつかは言わなきゃって思ってたはずだ。でも先生が亡くなったから、俺しか言える人間がいない。だから言う。通信制でも何でもいいから高卒の資格取って、大学に行け」

すくみ上がりそうなほど、まじめというよりは恐ろしい顔つきで、宗像がきのうきょうの考えを口にしているんじゃないというのは伝わってきた。でも急に言われても、ただでさえ悩みが多いのに混乱してしまう。柊は額に手のひらをあてて「だって」と言い淀《よど》む。

「花卉学つったら農学部とかでしょ、こっから通える距離にそういう大学って……」

「柊」

さらに厳しい口調で言われた。

「『どこで』じゃない、大事なのは、お前が何をするか、なんだよ。ここに縛られて道を狭めるな」

「——それって……」

おかしくもないのに、唇の端が上がった。

「俺にここ、辞めろって言いたいんですか？」

「……そうだ。いったんここを離れて、違う世界に行ったほうがいい。俺は柊を、ここで飼い殺すのだけはいやだ」

心から柊を思ってくれているからこそ、宗像も覚悟を決めて告げた。頭では分かっていても「ひどくないすか」と恨み言がこぼれた。

「ひどいって言われりゃそうかもしれない、でも俺は、今自分が言ってることが、五年後、十年後のお前にとって絶対にプラスになるって信じてる。これが嘘なら、いつになるか分からんが、俺はあの世で先生に殺されてもいい」

「……何すかそれ」

祖父の名前を出すのはずるいと思うのに、あの世でまた死ぬのかよ、と今度は本当に笑った。

「急にいろいろ言って悪かったな。でも俺も、今を逃したら言えなくなると思ったから。……考えてみてくれ」

軽く柊の肩を叩いて、宗像は去って行った。柊はぼんやりと、交わり、つながった二本の枝を見上げる。

二本の幹をぐいっと強く押してみても、どっしり根を張った彼らはびくともしない。柊はそれを、不自由だとも縛られているとも思わない。

じゃあ、俺はどうなのかな。それなりに根づいたつもりだった。でもそんなのは幼い思い込みだと、宗像に気づかされてしまった。違う土壌、違う水、違う光がお前には必要なんだと。

それを無視してここに居座れば、ひょろひょろやせた貧しい根っこのまま「若さ」という可能性を空費して五年十年と経っていくのだろう。植物にとってはささやかな年月でも、柊には違う。

和章の留守中に合鍵で入るのは初めてだった。自由に出入りしていいよ、とは言われていても、なかなか気が引ける。あっちは仕事中なのに、全然気持ちの整理がついていない状態で電話やメールをするのは迷惑になるだろう。せめて和章の気配があるところで、今後について突き詰めて考えたかった。

しかし。

「えーと……」

壁に埋め込まれた空調の操作パネルの使い方がよく分からない。へたにあれこれ触って壊してしまったらと思うと怖い。でも、原付で初春の夜風に吹かれてきたものだから非常に寒い。しばらくふるえていたがとうとう耐えかねて、窮余《きゅうよ》の策として風呂を借りることにした。

バスタブに湯を張り、三角座りで浸《つ》かっていると、凝《こ》り固まった頭もじょじょにほぐれてくる。

勉強して大学に行く。和章も前に「それだけの話」だと言った。「いくらでも選択肢はある」

とも。柊が目を背《そむ》けていただけだ。ちゃんと自立した社会人になりたい、いつかは種苗《しゅびょう》を自分の手で取り扱ってみたい……でもここで働いていたい、和章の近くにもいたい、はとこの力になってやりたい……いろんな希望が今ももつれているけど、たぶんいちばん現実的なのは「一度実家に戻る」というプランだった。

バイトと勉強をしながら高卒資格を取って、大学に進む。いくらかの生活費を入れるとしても安く上がるし、学費は、祖父が貯めてくれていた資金をあてれば何とかなる。家も空いて、親も喜ぶ。和章が東京に引っ越したら、という距離的な問題もクリア。

今の仕事を辞める、という最大の転換を選べば、悪くない道だった。でも九年も続けてきた生活を何もかも変えてしまう、というのはものすごく不安だった。今さら受験勉強なんかしてもどこまで身につくのか分からないし、辞めてしまえば後戻りできないし、何より、居心地よく暮らしていた箱庭を出て行くことそのものへの恐怖は強かった。ああ、俺って、ほんとに世間知らずで情けない。

思い詰めると身体より頭が煮えそうで立ち上がる。浴槽の栓を開き、ごぼごぼ湯の抜けていく音を何となく聞いていると、そこに玄関のドアが開く音が混ざった。願望込みの空耳かな、と思いつつシャワーカーテンを細く開けて窺っていると、やがて浴室の扉も開いた。

「……柊」

驚いた、というか戸惑ったような顔で和章が立っていた。

「あ、おかえり——ごめん、風呂、勝手に借りてた」

暖房のつけ方が分からなかったから、とはみっともなくて言えない。

「いや、それは全然……バスルームにいるとは思わなかっただけなんだ」

嬉しいよ、といともさらりとつけ足し、洗面所で手を洗う。柊はカーテンの裏で待機する。

なぜって、バスタオルを近くに置いておくのを忘れてしまったからだ。和章がいるのに裸で取りに行くのは恥ずかしい。「裸になる」以上の行為に及んでいても恥ずかしい。こういうもの慣れなさもいつか磨耗《まもう》して平気になるのだろうか。

「柊、ひょっとしてタオルか?」

じっとしていると、和章にそう訊かれた。

「あ、うん」

「持って行く」

「ありがと」

平静を装《よそお》いつつ手だけ出して待っていると、前触れもなく、カーテンごと包むように抱きしめられた。「わあ」と素《す》っ頓狂《とんきょう》な声が出る。

「なっ……なに?」

「いや」

撥水《はっすい》加工が施《ほどこ》されたポリエステルの生地《きじ》越しに、背後で笑う和章の気配を感じる。

「あんまりあからさまに緊張してるから……」

「だってしょーがないじゃん！　急に帰ってくんだもん！」

「うん」

「……一週間ぐらいって言ってたのに」

帰ってきてほしくなかったような言い方になってしまうのが自分でも謎で、でも和章にはちゃんと分かっているらしかった。

「早く帰りたくて、急いだ」

身じろぐたびにカーテンがしゃりしゃりこすれて耳障《みみざわ》りで、もどかしかった。心臓の音だけ聞いていたい。

「ただいま」

「うん」

「もっと触りたいな」

「……うん」

しかし次の瞬間、するりと腕が離れた。そして今度こそバスタオルが、浴槽のへりにそっと差し出される。

「でもきょうは、先に見てもらいたいものがあるから」

「え」

「風邪ひかないうちに、身体拭《ふ》いてこっちにおいで」

と言って和章はあっさり出て行った。ついさっきまでは恥ずかしいからひとりにしてほしかったのに、今はどうしてくれるのかこの期待を、と軽く地団駄踏みたい心境だった。向こうがわざとやっているわけじゃないのが、また悔しい。

服を着てリビングに行くと、大きなスーツケースが魚の開き状態で広がっている。衣類や手荷物は旅の後とは思えないほど整然と小分けのポーチに収まっているが、一部にぽっかりと空白があった。あれ、と視線を移すとカウンターの上に半透明の繭《まゆ》みたいなものが置いてある。気泡《きほう》入りの緩衝材《かんしょうざい》で厳重に包まれているせいで、中身は分からなかった。

和章が、柊の髪に軽く触れて乾き具合を確かめる。適当にすませると拭き直しを命じられる時もあるのだけれど、きょうは妥協してくれたらしい。若干不満そうではあるが黙って頷いていた。

何重にも守られた何かに手をかけ、梱包《こんぽう》を剝《は》がしていく。次第に、うっすらとした緑色が透けて見えてきた。

「わ……」

とうとう裸になったそれは、透き通ったオリーブグリーンのグラスだった。

「ガラス?」

「そう。抗火石《こうかせき》っていう、日本では新島とか限られた地域でしか採れない石からできる」

絵だった。

ぽってりと肉厚のグラスは、下半分にもう一枚、うすいガラスの層を履《は》かせたようなつくりをしていた。それは木立のシルエットになっていて、全体を眺めるとぐるりと円を描く緑の影絵だった。

和章は冷蔵庫からミネラルウォーターを取り出し、グラスにそそぐ。すると、カウンターの上にきらきら光るさみどりの影が映し出される。柊がよく知っている、みずみずしい山の輝き。

「……すごい。すげーきれい……」

それしか語彙《ごい》のない自分が歯がゆい、でもそうとしか言いようがなかった。眺めていると、自然にとろりと目が細まってくる。たゆたう木洩《こも》れ日《び》みたいに揺れるグリーンは、きっといつまで見ていても飽きない。

「これは試作品のグラスだけど、ランプシェードとか、ペーパーウェイトもつくってもらおうと思ってて」

「へー、早く見たいな。じいちゃんが生きてたら、きっと買うよ」

「だったら嬉しい」

和章の両手が、柊の頬を包む。

「君と、初めて会った時の、俺の記憶みたいなものだから」

「うん」

「あ、それで……」

「え？」

「天気がよくて、明るい陽が射して、君の瞳が緑で……そういうのを、何とかかたちにしてとどめておけないだろうかって思ったら、自然と湧いてきた。あんなに空《から》っぽだったのに」

ありがとう、と言われ、ゆるゆるかぶりを振った。何もしていない。空っぽなんかじゃない、和章の中にはずっとちゃんと、あった。ただ見失っていただけだ。

俺には何があるのかな。

「和章さん」

意識せず、名前が口からこぼれた。初めてだった。自覚すると顔が熱くなった。和章も急にどうしたんだとふしぎそうに目を覗き込んでくるからいっそう照れたが、それでも伝えなければいけないことを言う。

「俺、ここ出る。山を降りる。植物園は辞める」

和章はかすかに目を瞠《みは》ったが、口を挟まずに柊の言葉を聞いていた。

「大学に行く、大学で植物の勉強する。その後どうするかは分かんないけど、ここから出て行く」

「そうか」

「でも、怖い時は助けてくれる？」

「当たり前だろう」

ぎゅうっと抱きしめられた。

「柊、一緒に暮らそう」

「……ほんとに？」

「こんなことで嘘なんかつかない」

「それは分かってるけど――俺、とりあえず実家帰ろうかなって」

「駄目だ」

和章ははっきり言った。

「俺が、心配ばっかかけるから？」

「違う」

湿気でしんなりとくたびれた髪の間に、和章の指が潜《もぐ》る。

「俺が駄目なんだ。いつでも当たり前みたいにいてほしい。毎日柊の顔が見たい。毎日会いたい。君がひとりでがらんどうの地下にいると思うのも、ほかの誰かと生活していると思うのもいやなんだ……それがいちばん、よくない望みかもしれないけど」

指先のかすかなふるえが髪の毛に伝わる。ああ怖いんだ、と分かる。また、閉じ込めてしまったらどうしよう、壊れてしまったらどうしよう。

俺はあの人とは違うんだよ、ともどかしい気持ちは確かにある。でもそれより、怖がりつつも和章が望んでくれたことが嬉しいと思った。柊だって、自分を信じきれないから新しい道に進んでいくのが怖い。

一〇〇％の保証は、ない。だから何回目であろうと、最初の一歩が尊《とうと》い。

柊は和章の背中に思いきり腕を回した。

「好きだよ」

そういえば、ちゃんと告白したのも初めてかもしれない。

「和章さんがいちばん好きだから、いちばん一緒にいる」

「好き」だけじゃどうにかならないことはたくさんあるだろう。でも「好き」さえもなければどうにもならない。芽吹きを待つ種、音を立てて刻もうとする秒針、互いの中にちゃんとある。

「ありがとう」

和章の指から、ふるえが抜けた。そのまま柊の手を取って寝室に連れて行く。ベッドに並んで腰掛け、触れるだけのキスをした。

唇に気を取られている間に和章の手が柊のうなじに回り、浅いカットソーの襟《えり》ぐりからじかに背中へと触れた。その瞬間、「ふわっ」と腑《ふ》抜《ぬ》けた声を出してしまう。和章はすこし驚いてから、笑った。

「背中、駄目か？」

「え、や……よ、よく分かんないけど」

ざわっと後《おく》れ毛《げ》が逆立った。くすぐったさという薄皮の下に何か違う感覚があるのだけれど、それを確《しか》と見極められない。

ていうか「駄目」っていったいどういうニュアンスで受け取ればいいのか、と考えていると、今度は下から背筋を撫で上げられてぐっと背中がしなる。くぼんだ溝に、ごく軽い電気の束が埋まっているみたいだ。

「わわっ……」

身体の芯がどこにあるのか見失ってしまって力が抜ける。すると和章は柊をうつ伏せに寝かせて肩甲骨《けんこうこつ》の上まで服を捲《まく》り上《あ》げた。

「あ……」

発見だ。背中を全部見られるのも結構恥ずかしい。ふだん、自分の目にも触れないせいだろうか。

「じっとしてて」

「は、はい」

和章の両手が剝き出しのそこをすべる。撫で、さする。それから指先でたどる。骨に沿ってついた肉の厚さやカーブ、感触を、手から頭へ取り込もうとするように。

「ん――」

決して、あからさまに性的じゃなかった。マッサージとかヒーリングとか、そんな単語のほうがふさわしい繊細《せんさい》な手つきで、でも柊は、それが和章の手で、接しているのが和章の体温だと思うだけで何だかたまらなかった。自分の肌が静電気に似た性感の層をまとい、それが和章の手であっちへこっちへとなびかされるたびに肩を縮めてしまう。

「あ、や」

髪の毛が触れる微細な感覚に耳の後ろがぶるっとした。それを追うように唇が、左右の肩甲骨の間を吸い上げる。

「んっ……」

短くてきついキスを丹念に刻まれた。自分の身体が、とてもまだらなセンサーを内蔵していると知る。すこし位置をずらされただけで感じ方は微妙に変わり、その都度違う色の吐息がこぼれた。柊について正確な地図でもつくろうとしているように和章の愛撫は丹念だった。

「……っ」

下半身に差し掛かられると、反応の差はあからさまになる。尾《び》てい骨《こつ》付近を吸引された時、思わず枕に顔を埋めた。唇のやわらかさに油断した皮膚がするどい吸引の中で吸気《こき》に引きつる瞬間の、どこか後ろめたい寒気。自分の吐いた息は羽毛にこもって尚更熱い。

「……柊」

和章が軽く後頭部に触れる。

「窒息《ちっそく》するよ。……こっちを向いて」

沈没したままいやいやすると「ふしぎだな」と言われた。

「君は、最初がいちばん大胆だった」

「……それは、何か違うじゃん！」

思わず振り向いて反論した。

「必死だったし……ためらったりびびったりしたら、藤澤さん、やめちゃうんじゃないかと思って——」

「何だ、また名字に戻るのか」

「え、えっと」

「それに俺は、そんなに自制心のある男じゃないよ」

肩を押され、今度は仰向《あおむ》けになった柊の胸に唇が落ちてくる。

「あっ……」

乳首を口唇《こうしん》で弄《いじ》られ、とうとう興奮のあらわな声が洩れた。身体の背面にじっくり植えられた甘いとげは血流に乗ってあちこちに回っていて、柊のそこはもう朱《あか》さとちいさな固さを帯びていた。唾液《だえき》をまとった舌にくるまれるとさらに腫れ、もう腫れようもなく張り詰めると尖《とが》りの先でじんじんと、痛みが欲しいくらいの疼《うず》きを訴える。やわらかな愛撫じゃなく、明確な刺激で傷をつけてほしい。

「ん、や、あぁ……っ」

充血して膨《ふく》らんだ期待をからかうように爪の先で引っかかれて思わず腰を浮かせる。その夕イミングで、ベルトをしていなかったジーンズの前を和章がくつろげた。乳首よりもっと切迫した密度で張《みなぎ》っているのが分かってしまう。しなりを逆撫でられ、ごく軽く握られただけでぴくんと脈を乱して悦《よろこ》んだ。

「んんっ」

柊の着衣を膝まで下ろすと、和章はいったん伸び上がって唇を求めた。躍り込んできた舌に舌を差し出す。深く口唇で交わりながら、むずかるように自分の足をこすり合わせて邪魔な服を押しやった。

「ん、ん――」

過敏な先端は、口と口の間で立つ卑猥《ひわい》な音に誘われて濡れ始めていた。和章の指はその周辺で円を描き、湿った発情を思い知らせるように針の穴ほどの窪《くぼ》みでぴたぴたと短い糸を引かせたりもする。

そのまま、キスをしながらいかされるのかと思ったら、和章は不意に身体を起こし、柊の両膝を立てさせる。

「……やだ！」

意図を察すると、さすがに脚が強張った。

「柊、力抜いて」

「むりやだむりやだむりやだ」

割とポピュラーな行為として涼しい顔で市民権を得ているけど、実際そんなに誰も彼もやっているわけじゃない——って、乏《とぼ》しい情報源からでも小耳に挟んだ気がする。

「恥ずかしがらなくていいから」

本気で言っているのに、和章は柊の足の甲をするりと撫でて、優しい笑顔でささやくのだ。

「じゃあ、恥ずかしがるところも見せてほしい」

口を開けば羞恥《しゅうち》の火が息と一緒に出てきそうだった。黙って首を横に振る。

「好きだよ、柊。……いろんなことを、俺に許してほしい」

「……ずるいよ」

火は出なかった。両脚を大きく割り開かれても、もう抵抗はできなかった。何をされたわけでもないのに、好きだという気持ちだけで逆らえない、そしてその空恐ろしさにさえ陶然《とうぜん》としている。だって、柊の性器はずっと硬いままだったから。おじけづく頭と裏腹に、和章から与えられる快感をうずうず待って。

「あ、あぁ……!」

腐敗ぎりぎりの発酵を孕《はら》んで熟《う》れ落ちそうな果実、の内部に突っ込んだらこんな感じだろうか？　なまあたたかく、ぬらりと湿った口腔《こうこう》に含まれた時、柊はそんなことを考えた。

「やっ、あ、っん……っ」

膝がむずかるように閉じようとしては、間にいる和章の身体にはばまれる。何でもいいから身動きして気を散らさないと、こんなおびただしい快感のみに集中していたらどうにかなりそうだ。

「あっ、ああ……っや」

ぴったりと周りを包んだ唇が上下に発情を扱《しご》き、深く口内に呑み込まれたかと思えば、そのささやかな空洞で舌に舐め回される。正気でいろなんて無理だ。性器はふつふつたぎる熱の一部をとろとろこぼし続けながら脈を速く強くし続ける。

「柊」

裏側の感じやすい継ぎ目を舌先でたどり、あられもない発色で血の集中を示す先端をねぶって和章が言う。

「……恥ずかしいか？」

「うん、っ……」

固く目を閉じ、何度も頷いてから「でも」とつけ足した。

「——気持ちいい……」

「うん」

見えないけれど、また、柊の好きな顔で笑っているような気がする。セックスってもっと後ろ暗いじめじめしたものかと思っていて、もちろんそういう面も確かにあるのだろうけれど、濃密に煮詰まりながら、どこかが澄んでいく。だから和章は、あんなに優しくて甘い表情を見せてくれた。

「あっ、いや、あ……っ、ああ……！」

性器を貫《つらぬ》く管《くだ》の奥、そこにわだかまる精液よりまだずっと深い場所の、性欲そのものを吸い上げようとするようにきつく啜《すす》られ、手に負えないほど発熱させられた昂ぶりはひとたまりもない。白濁《はくだく》が体内をせり上がっていく一瞬足らずの感触にさえ身悶《みもだ》えながら、柊は激しく達した。爆発に似た絶頂が目に見えない細かなかけらを降らせ、それが肌に落ちて蒸発するたび汗ばんだ身体はわななないた。

「んっ……」

「柊……もっとしてもいいか？」

「うん――して」

和章の舌は、性器のさらに奥にさえ忍んできた。まだ頑《かたく》なな器官を濡らし、わずかに潤《うる》めば長く器用な指を潜り込ませてくる。

「あぁ、や……っ」

身体のなかで感じる和章の身体は、ほかの何もかなわない生々しさで、柊は、和章が望むとおりに許しきっている自分の肉体が嬉しい。きっかり同量、許されていることも。

たぐるようにして奥へ進んだ指は、腹の裏側から柊をたまらなくさせるところを探り当てて、猫の顎《あご》でもかわいがるようにこりこりと弄った。

「ああっ！　……やだ、っ……」

ほとんど柊の制御を離れていた性感が、とうとう完全にコントロール不能になってしまう。下の口はあからさまにねだるうごめきで指を締め上げ、いいポイントをこすられるたびせつなげに粘膜《ねんまく》をひくつかせてみせる。今しがたの放出など忘れてしまったのか、柊の性器は再び弓なりに脈打っていた。

「や、っあ」

抜けていこうとする異物を、内壁は勝手に収縮で引き止める。それを戒《いまし》めるように小刻みな前後で浅い場所を翻弄《ほんろう》しながら和章は言った。

「すごいな──ついこの間まで、何も知らない身体だったのに」

「んっ──だめ……？」

「どうかな」

「あ、いやっ……！」

また、ぐっと根元まで押し込まれて下腹部全体がずきずきするほど感じた。

「でも、駄目なほうが嬉しい。俺が駄目にしたって思うのが、たまらなく嬉しい」

「あ、あっ、あ──」

熱くてきついぬかるみを内包《ないほう》した駄目な身体はどこもかしこもくにゃくにゃだった。ひそやかにとろけた脚の間に和章の先端が触れた瞬間、全身に歓喜と情欲がさざめく。

「あ、っ……んん……っ」

挿入はなめらかだった。本来ならこんな質量は拒《こば》まなければならないはずの器官が、張り出した頭部を、太く浮かぶ血管を、悦んでくわえる。深く交われば和章はもっと傍にきてくれるから、もっとしっかり抱き合える。

「あぁ、ああ、あっ」

もう、どこがいいとかよくないとかじゃなく、ぴったりとつながった和章の一部が出たり入ったりするたびにこすれる粘膜自体が、取り繕うところのない快感そのものだった。ひっきりなしに耳を打つ性交の音も、身体の下で波打つシーツも、この部屋にある何もかもが、セックスの一部だ。

もちろん、繰り返し柊の身体を突き上げて、同じ快楽を貪《むさぼ》る和章も。

呼吸が分かる。鼓動が分かる。柊のことを、いとおしいと思ってくれているのが分かる。あの枝のように、ひとつにくっついたままではいられないけれど、これから何度だってこんなふうに交わるだろう。昼に夜に睦《むつ》み合い、絡み合う。身体だけでも、心だけでもなく。

「あっ、あ、やっ……んん、あぁっ……」

「柊……」

泣きそうな声を聞いて、柊も泣きたくなった。悲しくもせつなくも幸福でもあって、和章に

対する混然とした感情までが律動でかき回されてもう分からない。好きだということしか分からない。

「っん……」

「あ――」

ぴったりと包んだ和章の性器が一度硬直し、それからしゃくりあげるように数度、熱いものを噴き出させた。

「んんっ……」

それを残らず受け止め、抱きすくめられた安堵で柊も情欲をこぼす。


「ひとつだけ、約束してくれないか」

和章がやけに真剣な顔で言った。

「うん、なに?」

「引っ越したら、原付に乗るのはやめてくれ」

「え?」

「二十三区内になると思うから、交通量が多くて怖い」

便利なのに、と思ったが、柊は「うん」と頷いた。山とは違うのだ。電車なりバスなりあるだろう。

　でもそれより、一緒に歩けばいいや、と思うのが楽しかった。晴れた日も雨の日も、ふたりで暮らす街を。そうしたら街路樹や川べりに咲く花の名前を、和章に教えてあげられるから。

「興味がない」とすぐに忘れてしまうかもしれないけど。

　ゆっくり歩こう。

　そういえば、と柊はひとつの疑問を口にする。

「さっきのグラスとか、また名前つけてもらうの？　『wabisuke』みたいに」

「今回のは自分で決めてる」

　柊を身体ごと抱き寄せ、和章が内緒話の音量で言う。

「ナイトガーデン」


「じゃあこれ……こまごま書いてるけど、基本的には育てやすいのばっかだから、まあ適当にしてても大丈夫だと思う。あんま、このとおりにしないと、ってがちがちにならないほうが却っていいかも」

「ありがとう、頑張るね」

　庭の手入れについて思いつく限り書き留めたノートを手渡すと、はとこの妻は大事そうにしっかり抱えた。

「頑張るほど立派なもんじゃないしさ」

「それより柊、ほんとに駅まで送ってかなくていいのか？」

とはとこが尋ねる。

「うん、タクシー呼んでるし……あ、もう来たみたい」

門の向こうから車が近づいてきていた。

「忘れ物あったら、教えてもらった住所に送ればいいんだよな？」

「うん」

ちいさな手が、シャツのすそをくいくい引っ張る。

「柊ちゃん、いつでも遊びに来てね？」

こら、とはとこが慌てて叱った。

「ここは前から柊ちゃんのおうち！」

いーよ、と柊は笑った。

「……遊びに来るよ」

出がけに、郵便ポストを探った。また手紙が届いていた。前は、迷った挙句シュレッダーに刻ませた手紙。柊はボストンバッグの口を開ける。祖父の書斎にあった写真立てが覗く。

封筒を、しまう。新しい住所を添えて返事を書くつもりだった。文面はまだ何も考えていないけれど。

タクシーには和章が乗っている。

「もういいのか？」

「うん――すいません、出発してください」

車はUターンして、坂道を下る。柊は振り返り、新しい住人に手を振って別れを告げる。いい天気だった。

柊と祖父母が愛した家と庭が、今、光を浴びながらどんどん遠ざかっていく。

《とげたち》

togetachi

ここを出て行くのは柊次第《しゅう》、でもここからどこへ行くか、については、正直自分ひとりでは決められないのだった。

「親に説明しないといけないんだけど」

と和章《かずあき》に相談すると「それはそうだ」とすんなり同意された。

「俺に何か、できることはあるか？」

「いや、うーん、そもそもどういうふうに話せばいいのか……」

山で好きな男の人ができたので、街で一緒に暮らします——昔話っぽいな、しかもいろいろうまくいかなくなってバッドエンドな予感の。

和章は言った。

「へんに偽《いつわ》ったり、隠したりするのはよくないと思う」

「いくら成人してるとはいえ、ご両親はまだまだ心配だろうし」

「和章さんの家は？」

「改まって将来の報告なんかすると逆に驚くだろうな。別に関係は悪くないが、互いに不干渉というか」

きっと、和章さんの親って感じの親なんだろうな、と何となく思った。

「うちはどうかなー、普通の親だからなー……」

「普通、というのがどういうのかよく分からないけど、ひとり息子が男と暮らすと言い出したら大多数の親はあ然とするだろうな」

「うん、そのへんを……」

柊は軽く口ごもった。

「ど、どういうふうに親にぶっちゃければいいのか……恥ずかしいとかじゃなくて、すげえ話がこじれそう」

まだ半人前のくせに恋人と同棲？　と、そこは性別関係なく渋い顔をされそうだが。

「仮に何らかのカムフラージュをするとして、赤の他人の俺が単なる恩義や厚意《こうい》でルームシェアを申し出るほうが、却《かえ》って不審を抱かれると思う」

「そっか、そうだよね」

柊にしたって、嘘を塗り重ねて一緒にはいたくない。和章の精神的な負担になるのはいやだし、そもそも悪い企《たくら》みをしているわけじゃないのだから。

「……とりあえず、率直に話してみる」

「俺から説明しなくていいのか？」

「今回はひとりでいい。でも親が駄目って言ったり、和章さんと話をさせろって言ってきたら、お願いする」

「分かった」

自信はないけど、と和章は苦笑した。

「通夜《つや》でのあれが初対面だから、印象はよくないだろうな」

「え、それはないよ……でも、親がどうしても許しません、って言ったら？」

いちばんの懸念《けねん》をぶつけてみる。

「基本的には、許してもらえる、もらえないの話じゃないと思ってる。俺と君の関係だから。つき合いそのものを断《た》てと言われても無理だけど、たとえば君が大学に入るまでとか、大学を卒業するまでは親の監督下に置きたいという主張なら仕方がない、かな」

「それって諦めるってこと？」

「待つんだよ」

一緒に暮らそう、とあんなに熱っぽく誘ってくれたのに。ハードルが自分サイドにあるにもかかわらず、柊はあからさまにがっかりしてしまった。すると和章は苦笑の中にあやすような気配を覗かせて「折を見て俺からもお願いするから」と柊の頭を撫でた。

「一度駄目でも諦めるな、だろう？」

「うん……でもたまに家出しちゃったら置いてくれる？」

「終電までは」

泊めてもくれないつもりらしい。

それで柊はだいぶ消沈して、でも両親が「好きにしなさい」と（呆れや諦め込みにせよ）認めてくれるという望みは一応捨てずに電話をかけてみる。この家をはとこに提供する意向と、植物園の仕事にはいったん区切りをつけて大学進学を目指す希望を伝え、いよいよ本題に入ろうとしたところで出鼻を挫《くじ》かれた。

『あらそうなの、ちょうどよかった』

電話口で母が声を弾《はず》ませる。

「何が？」

『こっちも大事な話があるってこと。次の土日のどっちか、家にいる？』

「日曜なら……てか話ってなに？」

『電話じゃ言えないから大事な話なの！　日曜の昼過ぎにお父さんと行くからね、忘れないでよ』

大事ってそれは、俺の告白より？　さっさと電話を切られてしまい、柊は「えー……」と途方に暮れるしかできなかった。ちょうどよくて大事な話？　まったく心当たりがないけど、母親の口調は明るかった。かけ直してしつこく訊いたら却って風向きが悪くなるかもしれない。それに、柊の用件だって緊張は割増でも対面のほうがいいに決まっているので、おとなしく週末を待つことにした。

やっぱり俺も立ち会おうか、と和章は言ってくれたが、まずはひとりで感触を探ってみたかったので「大丈夫」と固辞した。自分の両親が偏見に任せてひどい言葉を吐くような人間だとは考えたくもないが、動揺して和章に八つ当たりしないとも限らない。柊は思春期のまっただなかに実家を出たから、父や母の、恋愛に対するスタンスなど一度も聞いた記憶がなかった。祖父に言われてまめに電話はしたし、向こうも一、二カ月に一回はようすを見に来て、ちゃんとコミュニケーションは取っているつもりだったが、それでもこの九年は親子にとって埋《う》めがたい空白の日々だったと実感させられる。

けど、俺は、この先和章さんと暮らしたい。親不孝かな。和章さんに何年待ってもらったら親不孝じゃなくなるのかな。コーヒーの用意をしながらぼんやりそんなことを考えていると、もう庭先に車がやってくる音がする。

「きれいに暮らしてるじゃない」

客用のスリッパに足を通すやいなや、母は家の中をきょろきょろ見回し感心していた。

「それ、先月来た時も言ってた。ひとりでも掃除ぐらいするし！」

「褒《ほ》めてるんだから何度言ってもいいじゃない」

大事な話とやらの中身が気になって喜ぶ余裕もない。リビングにコーヒーを運んで両親と差し向かいになると柊から「で、なに？」と切り出した。

「せっかちねえ……。あのね、お父さん会社辞めるの」

「えっ⁉」

まさかリストラ？　それって大事な話っていうかピンチな話、大学とか言ってる場合じゃないのかも、ごめん和章さん……すうっと血の気《け》が引きかけた柊を見て父親が「違う違う」と軽く手を振った。

「くびじゃない、今年で五十になるから早期退職制度で早めにリタイアしようと思ってるんだ。退職金多くもらえるし、こう言っちゃ何だけど、おじいちゃんが遺してくれたものもあるから、柊が心配する必要はないよ」

「あ、そうなんだ……」

ひとまずほっとしたが、すぐ次の疑問が湧いてくる。

「父さん、会社辞めて何すんの？」

父はごく普通に多忙なサラリーマンで、これといった趣味や生きがいはなかったように思う。そば打ちの勉強とか？　と、ベタな脱サラ後生活が頭に浮かんだが、返答はまたも柊の想定外だった。

「何ってことはないが、海外へのロングステイを考えてる」

マレーシアよ、と母が嬉しそうに補足する。

「物価安いし、都市部なら便利だし、日本からそんなに遠くないしね」

「十年の長期ビザを取得するつもりなんだ。十年後にどうするかは、ひとまず暮らしてみてから考えるよ」

「あっちは常夏だって言うけど、日本の夏だって過酷《かこく》だし、お父さんもお母さんも寒いの嫌いだしね」

そんな両親のプランについて評価を述《の》べるような知識はなく、柊の口からとっさに出たのは「俺行かねーから！」という宣言だった。

「マレーシアとか絶対無理！」

「何よ」

母がむっと唇をへの字にした。

「いいじゃない、英語も身につくし、きっと日本で見かけない植物もいっぱいあるわよ」

「そういう問題じゃねーだろ」

「じゃあ柊はどうするつもりなの」

「俺は――」

すこしだけ言い淀《よど》んだが、いい機会だからぶっちゃけよう、と腹を決める。こっちだって驚かされたのだから。

「――藤澤《ふじさわ》さん、覚えてる？　じいちゃんの通夜で会った……あの人と一緒に暮らしたい。だから海外には行かない」

「暮らしたいってそんな、ご迷惑でしょ。人さまのおうちに」

どうやら単純な下宿、あるいはルームシェアくらいに考えている口ぶりで、柊はいよいよ自分から核心に触れざるを得なかった。

「俺、藤澤さんのこと好きだから。藤澤さんも好きだって言ってくれてる」

その「好き」の意味は正確に伝わったらしく、両親は顔を見合わせる。ふたりともが、そこにどんな感情を表していいものか決まっていないというような白紙の表情で柊の鼓動はカウントできないほど速くなる。でももう後には引けない。

「迷惑かけないとは言えない。もちろん働くけど勉強もしないとだから金銭的に五分五分《ごぶごぶ》にはできないし……でも俺真剣だから」

「ちょっと待ってよ、何なの急に」

「母さんたちだって急じゃん」

「そうだけど……藤澤さんと柊が？　いつからそんなことになってるの」

そんなこと、は単なる言葉のあやだろうか。母ははっきりと怒って見えたが、どのポイントに対してかまだ分からない。

「お通夜の時にはそうだったの？　それであんなに柊を庇《かば》ってたの？」

「いや、そん時はまだ……えっと、三、四ヵ月……？　ぐらい？」

「ついこの前じゃない」

呆れた、と母が嘆息《たんそく》する。

「要は、まだ気持ちが盛り上がってる最中だから同棲したいなんて軽く言うんでしょ。やめときなさい」

「軽くない」

あからさまに若気《わかげ》の至り扱いをされ、柊もむっとした。

「だってどうするの、あっさり別れるはめになったら。ここは人に住まわせてあげる、私たちは外国……路頭に迷う気？」

「ならない！」

語気荒く言い返すと、手つかずのコーヒーの表面がマグカップの中でかすかに揺れる。

「……ならないために、一緒に暮らす。大体、和章さんはそんないい加減な人じゃないから」

この場ですべてを理解してくれと言うほうが無理な注文に決まっている。でも柊は、若さや未熟さではなく、和章の心に疑問符をつけられるのは耐えられなかった。和章が、柊との人生を望むまでにどれだけ葛藤してきたか。

「あっそう」

母がソファから立ち上がる。

「じゃあ好きにしなさい。どうせ最初からそのつもりだったんでしょう」

言い捨てると、コートを片手に出て行ってしまった。引き留めるタイミングをつかめず、柊は黙って遠くなる足音や扉の音を聞いていた。ああ、どうしよう。好きにしろ、とは言われたがさすがにあれをもって「ＯＫもらえたよ」と和章に報告するわけにはいかない。おそるおそる父の顔を窺うと、コーヒーに口をつけてから平静そのものの口調でつぶやいた。

「バカだな、柊」

「分かってる」

「違うよ。お前の事情じゃなくて、話の持っていき方がまずいっていう意味だ。母さんは本気で柊をマレーシアに連れて行くつもりなんかないのに」

「えっ？」

「当たり前だろう。東京のマンションは賃貸に出して、年金受け取りにしてる退職金と合わせてあっちでの生活費にするつもりなんだ。ビザの要件に定期収入がいるからな。だから柊が東京で暮らすんなら、ひとり暮らしする部屋について話し合おうと思ってたのに、お前が頭ごなしに拒絶するもんだから、母さんもかちんときたんだよ」

「謝ってきたほうがいい？」

「もうしばらくしたらな。時間置いたほうが母さんも頭が冷えるだろ。コーヒーうまいよ」

「……どうも」

父子ふたりきりなのがとても久しぶりで、居心地が悪いわけではないが戸惑っていた。しかし父親は悠然とコーヒーを飲み、何やら意味ありげな含み笑いを浮かべる。

「なに？」

「いや、ああいう男が好みなのか、ってふしぎな気持ちになって」

「うるさいなあ」

「はは、いっちょまえに照れてる」

こういうノリの人だったっけ？　と思った。でも、そもそも「どういう人」なのかなんて、柊はろくに知らなかったのかもしれない。

「……何で会社辞めんの？」

「びっくりしたか」

「そりゃ、するよ。その上マレーシアとか……ていうか、正直、母さんとそんなに仲よかったのかっていう……や、悪いと思ってたわけじゃないんだけど、一緒に海外ってすごいおしどり夫婦なイメージあるから」

ふたりでちょくちょく外食や旅行に出かける、ちょっとしたスキンシップを欠かさない、写真をたくさん飾る……すくなくともそういう夫婦ではなかった。会話は家庭という社会における業務連絡（夕食の要不要や冠婚葬祭の情報共有など）が大方《おおかた》で、柊はどこのうちもそんなものだろうと漠然と感じていた。

「ああ、確かにそうだな」

父は息子の指摘をおかしそうに受け止める。

「柊がうちを出ていくと見事なほど会話がなくなってさ、でも、暗い家に帰るのは気が滅入《めい》るよな。だから、いつの間にか惰性《だせい》でおざなりにしてたコミュニケーションをちゃんと取らないとって思った。それこそ、帰り道に猫がいたとか花が咲いてたとか、そんなちいさなことから。子はかすがいっていうのは確かにそうだけど、かすがいありきで怠《なま》けてた自分に気づかされた」

柊が祖父と暮らした日々と同じだけの昼と夜が両親にも重なっていて、ふたりだけが知る時間と生活があった。柊は今まで思いを馳《は》せたことがなかった。

「それで、結婚前のふわふわした未来予想図じゃなくて、これからどんなふうに暮らしていきたいとか、何をしたいとか、時間をかけてすり合わせて決めたんだ。おじいちゃんは還暦過ぎたあたりから心臓が弱ってきた。ひいおじいちゃんもそうだったらしいから、自分もだろうな、と考えた時、普通に勤め上げて定年迎えた途端にガタが出てくるなんて空《むな》しいと思った。酒が飲めないとか好きに運動できないとか。元気なうちにもっと自由に生きてみたい、それも大きかったな」

「そっか……俺も六十で弱るのかな」

「お前はおばあちゃん似だからなあ」

「……もっと早く死ぬじゃん」

「そうかもしれないし違うかもしれない。まあ、何にせよいつどこで何が起こるか分からないんだし柊も好きにしていいよ。大学に行くんなら学費や生活費の心配はしなくていい」

「ありがとう」

父親は何かが抜け落ちたようにふっと肩を下げる。

「……親父が死ぬ、二週間ぐらい前だったかな。電話で話した時、大学の教え子だった人に蔵書のリスト化をお願いしてる、柊にも新しい交流が生まれていい影響が出てると思うって言ってたよ。身辺整理なんか始めて、ぽっくり逝《い》っちゃうんじゃないかって、軽口を叩いた。親父は笑ってた。あれが声を聞いた最後だった。俺はいつも余計なことを言うんだ……柊にも、親父にも」

お父さんじゃなくて「俺」。おじいちゃんじゃなくて「親父」、言葉遣いの変化を、父自身意識しているのだろうか。

「通夜で藤澤さんに会って納得したよ。ああ、こりゃ親父が気に入るわけだって。親父はすごいな。自分がいなくなっても柊の傍《そば》にいてくれる人間をちゃんと残していった」

宗像も似たような感想を洩らしていた。

「あの人は、じいちゃんの代わりじゃないよ」

「分かってる。それでも、親父が死んだ後、柊はしっかりしてただろう。悲しみすぎて抜《ぬ》け殻《がら》みたいになるんじゃないかって心配してたけど、家をきれいに保って、バイトにも行って。俺たちが思うよりずっと大人になってたんだな、外国に行っても大丈夫だなって、母さんと話してた」

それは確かに、和章のおかげだ。和章がいてくれなかったら、祖父を失った苦しさとどう折り合いをつけていたのか、想像もできない。

「……そろそろ、母さんのところに行ったほうがいいかもな」

壁の時計を見て、父が言った。

「これ以上放置するとまたすね始める」

「難しいな……ていうか父さん、よく分かってんね」

そりゃ夫婦だからな、と父は笑った。


遠くまでは行ってないだろう、という父の推測に従って家のぐるりを歩いてみると、裏庭の日陰でしゃがみ込んでいる後ろ姿を発見した。まさか泣いてないよな、とおそるおそる近づくと、「花が咲いてる」と案外落ち着いた声で母が言う。

「これ、柊が植えたの？」

「ああ、福寿草《ふくじゅそう》。前から自生してるやつ」

「そうなの。かわいい花ね。黄色が鮮《あざ》やか」

「毒あるよ」

「……どうして、かわいいって楽しんでる時にそういう話をするの？」

「ごめん、一応注意しとかなきゃと思って」

「もう、そんなんじゃ――」

と、何か言いかけて不意に口をつぐむ。

「なに?」

「……彼女できないわよってつい言いそうになったの」

「ああ……」

やっぱちょっと気まずいな、と曖昧《あいまい》な相づちを打つ。母は土からそのまま顔を出したような福寿草に目を落とし、柊を振り返ろうとしない。

「……柊は、男の人が好きなの?」

「別に誰でもってわけじゃ」

「そんなこと分かってるわよ。……前からそうだったの? ほんとはそういうことでも悩んでて、言えなくて、うちを出て行く原因にもなってた?」

「いや、それはない、全然」

母の深読みに驚いて柊は即座に否定した。

「あの当時は考えてもなくて、今もふしぎな感じはしてるけど、恥ずかしいとか悩んでるとか、ないし。好きになった人が好きな人、そんだけ」

「そう」

短く答えて、母はまた黙り込んだ。さっきはごめん、と、ひと言謝るべきかと迷ったが、もう怒りは収まったようだし、「身体冷えるよ」と声をかけるに留めた。

「男の人かあ……って、まだ混乱してるの」

「うん、しょうがない」

「でも、おじいちゃんがここにいたら、そうかい仲よくするんだよ、ですませちゃうんだろうなって」

「うん、ぽいな」

そして、藤澤くんももの好きだね、くらいは涼しい顔で言いそうだ。つめたい風がひゅるっと通り過ぎ、母の肩越しに福寿草の花びらがそよぐ。

「あの人は、ほんとに『先生』って感じで、こっちに考えを押しつけたりしないし、よく話を聞いてくれた。でも、おじいちゃんが何かを言うと、ああ、結局これが正しいんだろうなって諦めちゃうの。筋が通ってて、冷静で、説得力がある。かなうわけがない。お父さんは血が繋がってるから気にならないみたいだけど、私は時々悔しい気分になって、だから……」

野草がまた元どおりにひっそりと静止するまで言葉を切ると、絞《しぼ》り出すように洩らした。

「心のどこかで、柊をおじいちゃんに取られたって、ずっと思ってた……」

父にも、母にも、とげがあった。抜けても痕が消えないとげ。ちいさな黒い穴の空いた心で生きていく。ひそやかな痛みを、「親」じゃないひとりの人間として、「子」じゃない柊に打ち明けてくれた。柊はそれを嬉しいと思う。誰の魂にも別々のとげが刺さり、胸は寂しい痛みの穴だらけになる。でもその穴に時々光が射せば自分だけの星座を描き、美しさに慰められるだろう。束の間の癒《い》やしを、希望と呼ぶに違いない。

柊は母の背中にそっと手を添え、「手紙、書くよ」と言った。


両親を見送ってから和章の家に行くと、合鍵を探っているうちに内側から玄関の扉が開いた。やや硬い表情の和章に「大丈夫だった！」と満面の笑みで告げる。

「一緒に暮らしてもいいって――わっ」

言ってくれた、と言い終わらないうちに強い力で抱きしめられる。

「……よかった」

和章がひとり気を揉《も》んでいた時間が、長い息として吐き出される。空気が抜けて胸がへこんでいくのを、目を閉じて感じていた。はらはらしてくれて、すごく傍にいたいからすごくはらはらしてくれて、ありがとう。

「けんかになったりしてないだろうな？」

安心した途端別の懸念が頭をもたげたらしく、和章は柊の顔を覗き込んで問いかける。

「してないよ。すぐ別れたらどうすんのとか言われたけど」

「なるほど」

保護者としてもっともな心配だ、と真顔で頷く和章に笑ってしまう。

「どうする？」

「どうしようか」

と言いながら、柊の肩を抱いて家の中へと促《うなが》す。真剣に検討すべき議題なのだろうが、たぶん棚上げのまま春を迎え、ここを出て行く。そして次の春、その次の春、いつしか埃《ほこり》をかぶって忘れられていくだろう。さらにいくつもいくつも季節が巡れば、そっと取り出して眺めるかもしれない。こんなこと言ってたね、と笑い合って。幸せな夢、夢のような幸せ。

柊は、扉と鍵をしっかり閉めた。

アイノネ（あとがきに代えて）──一穂ミチ──

AFTERWORD

折れたヒイラギモクセイは、業者に委《ゆだ》ねることになった。園の倒木と一緒に回収し、ウッドチップとしてリサイクル処理してもらう。つらかったが、このまま放置していると病害虫の温《おん》床《しょう》になりかねない。

根を掘り起こした後、土をかぶせ直したところだけぽっかりと緑が絶えている。しゃがみ込み、やわらかな地面を手で撫でていると和章《かずあき》が尋ねた。

「新しく植え直すのか?」

「どうかな……今は考えてない。ほっといてもすぐ何か伸びてくるだろうし」

「そうか」

「『倒木更新《とうぼくこうしん》』って知ってる?」

「いや」

「松とかの針葉樹林であるんだけど、木が倒れたら、その幹の上から新しい芽が出るんだ。日当たりの面でも有利だし、幹の栄養を吸って大きくなれる」

「うまいサイクルができてるんだな」

「うん。それで、稚樹《ちじゅ》が成長すると、苗床《なえどこ》になってた木は完全に朽《く》ち果てて姿を消す。でも、稚樹は倒木をまたぐかたちで根を張ってたから、そのかたちはいつまでも残ってる」

もう土へと還《かえ》った親を、いつまでも抱きしめるように。空虚に見えて、それは大きな存在の証だ。

「『根上がり』っていうんだ。実物見ると、ちょっと感動するよ」

和章は何も言わなかった。背中を向けている柊《しゅう》にその表情は分からないが、人の話をいい加減に聞き流したりしないので、和章の沈黙は平気だ。だから気にせず土をいじっていると、やがてこう言われた。

「君と先生みたいだ」

「え？」

「じいちゃんはこう言ってた、じいちゃんはこうしてた、って、君はごく自然に言う。先生は亡くなってしまったけど、君の中にちゃんといて、さまざまな指針になってくれてるだろう。今の柊をかたちづくった要素のとても大事なところに先生がいて、俺は君といると、いつでも先生に会える気がしてる」

若い木の根が、確かにそこにあったものの姿を、言葉ではなく、生命そのもので伝え続けているように。

「そっか」

もっと話したかったこと、教えてほしかったこと、心残りにはきりがないけど。

「じいちゃんのとこにいなくて、普通に学校行って大人になってた俺と出会っても、つき合わなかったかもしれない？」

「そうだな」

あっさりした肯定に笑ってしまう。本来なら残念がるべきところなのかもしれないが、柊は嬉しかった。ここで暮らす自分、として和章と出会えた値打ちが。

「君だってそうだろう」

「かもしんない」

ねじ曲がって叶わなかった恋の果てにやってきた和章だから、恋をした。目に見えない過去を抱いた根はこれからまた伸びていく。柊は和章を、和章は柊を内包《ないほう》して。互いを水や光や土にして。

「いい大人になりたい」

柊はつぶやいた。

「漠然《ばくぜん》としてるな」

「じいちゃんの話をしたら、じいちゃんのこと知らない人にも『いいおじいさんがいてくれたんだな』って分かってもらえるように。俺を見てたら分かる、って思ってもらえるように」

「今でも思うよ」

「じいちゃんが生きてたら確実に『甘やかさないでください』って言われてるよね」

十年後、二十年後、どんな自分になっているのか分からないけれど、誰かが柊の中に和章を見つけてくれたら、それもきっと嬉しい。

＊＊＊＊　＊＊＊＊　＊＊＊＊　＊＊＊＊

フルール文庫さまより二〇一四年に発行された「ナイトガーデン」に加筆・修正し、このたび完全版としてお色直しがかなうことになりました。和章の前日譚にあたる「ふったらどしゃぶり」とともにこうして新しい機会を得られたのは、読者の皆さまのお声と、新書館の担当氏の尽力があったからです。この場をお借りして心からお礼申し上げます、本当にありがとうございました。

前作を書いた後、和章には誰ともくっつかずにひとりで生きていってほしいというご感想、あるいは、やっぱり「どしゃぶり」の整《せい》と幸せになってほしかったというご感想、いろいろちょうだいしました。そのどれもが、和章をひとりの生きた人間として大切に考えてくださっていて、嬉しかったのを今でもよく覚えています。「ナイトガーデン」も、和章と柊が選んだひとつの道のりとして受け止めていただけますと幸いです。

またどこかでお会いできますように。

一穂ミチ

▼フルール文庫版
「ふったらどしゃぶり When it rains, it pours」
あとがきカット

▼フルール文庫版
「ナイトガーデン」あとがきカット

この本を読んでのご意見、ご感想などをお寄せください。

一穂ミチ先生・竹美家らら先生へのはげましのおたよりもお待ちしております。

〒113-0024 東京都文京区西片2-19-18 新書館
[編集部へのご意見・ご感想] ディアプラス文庫編集部「ナイトガーデン 完全版」係
[先生方へのおたより] ディアプラス文庫編集部気付 ○○先生

- 初出 -
ナイトガーデン：フルール文庫版（KADOKAWA／2014年刊）に加筆・修正
ブライトガーデン：フルール文庫版（KADOKAWA／2014年刊）に加筆・修正
とげたち：書き下ろし

ナイトガーデン 完全版

著者：一穂ミチ いちほ・みち

初版発行：2019年6月25日
第3刷：2025年4月5日

発行所：株式会社 新書館
[編集] 〒113-0024
東京都文京区西片2-19-18 電話（03）3811-2631
[営業] 〒174-0043
東京都板橋区坂下1-22-14 電話（03）5970-3840
[URL] https://www.shinshokan.co.jp/

印刷・製本：株式会社光邦

ISBN978-4-403-52485-1

©Michi ICHIHO 2019 Printed in Japan

定価はカバーに表示してあります。乱丁・落丁本はお取替え致します。

無断転載・複製・アップロード・上映・上演・放送・商品化を禁じます。

この作品はフィクションです。実在の人物・団体・事件などにはいっさい関係ありません。